국경의
도서관

국경의 도서관

펴낸날 | 2015년 12월 21일 초판 1쇄

지은이 황경신
디자인 niceage
펴낸이 이태권
펴낸곳 (주)태일소담
　　　　서울특별시 성북구 성북로8길 29 (우)02834
　　　　전화 745-8566~7 팩스 747-3238
　　　　e-mail sodam@dreamsodam.co.kr
　　　　등록번호 제2-42호(1979년 11월 14일)
　　　　홈페이지 www.dreamsodam.co.kr

ISBN 978-89-7381-817-4 03810

이 도서의 국립중앙도서관 출판시도서목록(CIP)은 서지정보유통지원시스템 홈페이지
(http://seoji.nl.go.kr)와 국가자료공동목록시스템(http://www.nl.go.kr/kolisnet)에서
이용하실 수 있습니다.(CIP제어번호: CIP2015033391)

국경의 도서관

38 True Stories
& Innocent Lies

황경신 지음

차례

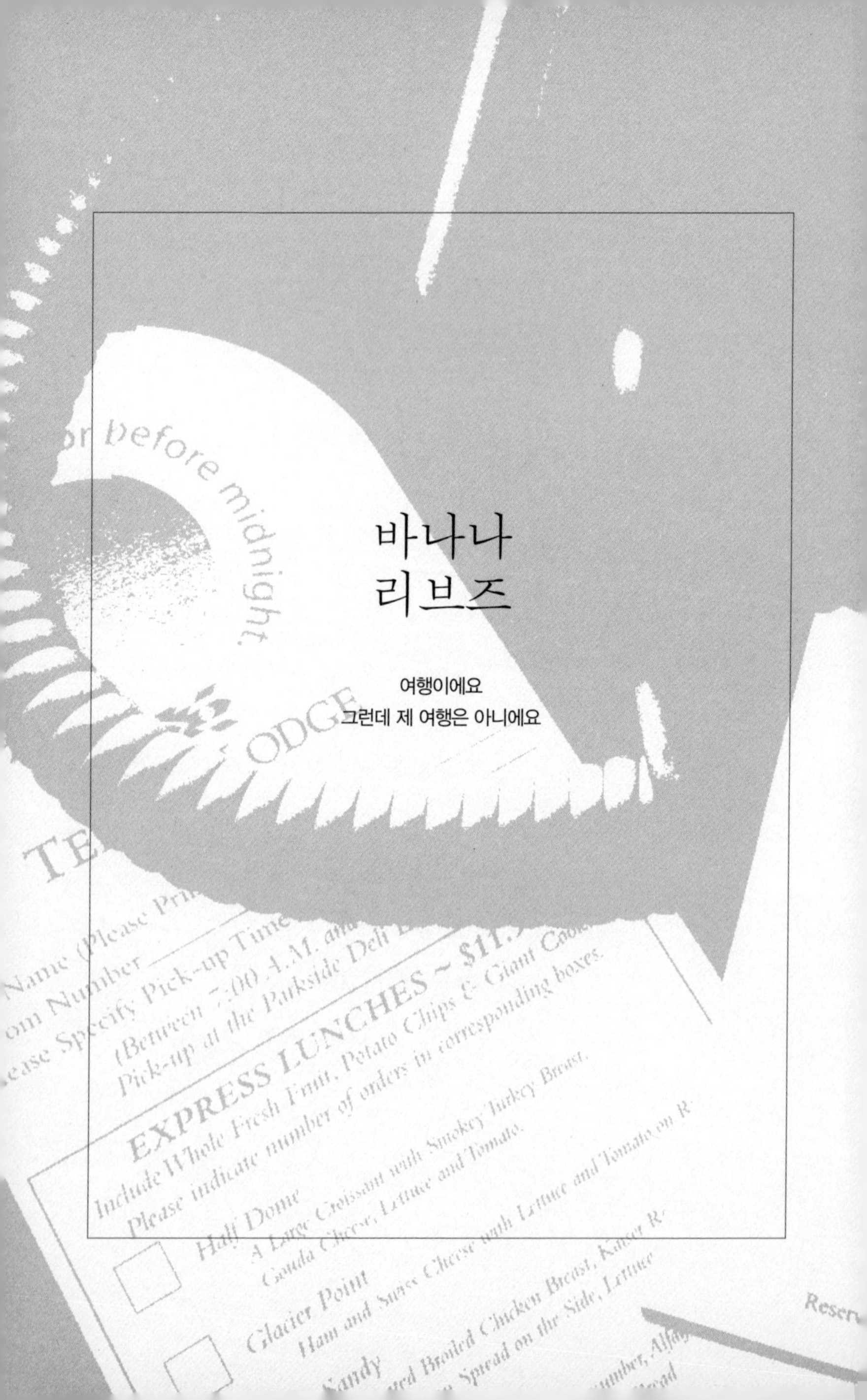

바나나 리브즈

여행이에요
그런데 제 여행은 아니에요

"바나나 리브즈요?"

"그렇습니다."

"그거면 되나요?"

"그거면 됩니다."

"하지만…"

수화기 저편에서 전화벨이 울리는 소리, 잠깐만요, 여보세요, 하는 목소리, 잠깐만요와 여보세요 사이의 거리감 같은 것들 때문에 나는 하지만, 다음에 하려던 말을 잇지 못했다.

"응, 공항이야. …글쎄, 연락이 안 될 수도 있어. …왜긴 왜야. …아무튼 비행기가 곧 이륙하니까 끊을게. …노력해볼게."

남의 통화를 엿듣고 있다는 불편함과 게이트가 닫히기 전에 얼른 탑승을 해야 한다는 초조함으로 인해 갈증이 일었다. 건조한 입술을 혀 끝으로 축이며 립밤을 꺼내기 위해 손으로 가방 안을 더듬고 있는데, 목 소리가 다시 가까워졌다.

"죄송합니다. 다른 질문이 있습니까?"

"몇 가지 더 있긴 한데, 지금 비행기를 타야 해요."

나는 립밤을 포기하고 게이트를 향해 걸음을 옮겼다.

"알겠습니다. 나도 당분간 이 빌어먹을 휴대폰들을 죄다 꺼놓을 테 니까, 연락은 내 쪽에서 하겠습니다. 잘 부탁합니다. 다녀오세요."

"출장인가요? 아니면 여행?"

이륙을 하고 한 시간쯤 지나, 첫 번째 기내식을 제공하기 위해 스튜 어디스들이 카트를 끌고 통로를 돌아다니고 있을 때, 옆자리의 남자가 말 을 걸었다. 뭐라고 대답을 해야 하나, 나는 잠깐 망설였다. 모르는 사람들 끼리 나란히 앉아 밥을 먹어야 하는 어색함을 조금이나마 누그러뜨리기 위해 예의상 한두 마디를 나누려는 것이 그의 의도라면, 그저 적당히 둘 러대면 될 것이다. 하지만 대화가 의외로 잘 통해서 이야기가 길어질 경 우, 처음의 거짓말을 무마하기 위해 계속 거짓말을 만들어내야 할 것이 다. 나는 대답 대신 살짝 미소를 짓고, 그쪽은요, 하고 질문을 되돌려주었 다. 남자가 대답하기 전에 스튜어디스가 우리 자리로 다가오는 바람에, 앞좌석 등받이에 붙어 있는 테이블을 내리고, 치킨 요리와 생선 파스타

중 하나를 선택하고, 음료를 고르느라 잠시 부산해졌다. 공교롭게도 우리 둘 다 파스타와 레드와인을 원했다.

조그마한 병에 담긴 와인을 각자의 컵에 따른 후, 남자가 건배를 청하는 바람에 어쩔 수 없이 눈이 마주쳤다. 나는 입매만 살짝 올린 미소를 짓고 가볍게 컵을 부딪쳤다. 와인에서는 덜 숙성된 풋내가 났다.

"아들이 있답니다."

무거운 짐을 내려놓듯 쿵, 하고 남자가 말을 뱉었다. 있답니다, 라는 말의 의미를 추측하느라 나는 반응할 타이밍을 놓쳤다.

"일주일 전에 알았습니다. 열두 살이랍니다."

그렇게 말해놓고도, 믿어지지 않는다는 듯 고개를 갸우뚱하며, 남자는 와인을 비웠다.

"여행 가서 잠깐 만났던 여자였어요. 애초에 무슨 약속도 없었고, 여행이 끝나면서 자연스럽게 헤어졌는데. 상상도 못 했습니다. 이메일을 보냈더군요. 아이와 처음으로 제대로 이야기를 했는데, 한 번 만나도 괜찮지 않겠느냐고."

남자는 빈 잔에 다시 와인을 따르고, 와인이 흔들리는 모습을 유심히 바라보았다. 마치 아들의 모습이 그 안에 있기라도 한 것처럼.

"이상한 일이죠? 아무한테도 하지 않은 이야긴데."

더 하고 싶은 말이 있는 걸까, 나는 잠깐 기다렸다. 하지만 남자는 묵묵히 파스타를 먹기 시작했다.

"여행이에요. 그런데 제 여행은 아니에요."

과연 제대로 설명할 수 있을까, 하며 나 역시 아무한테도 하지 않았던 이야기를 시작했다.

나는 여행을 대신해주는 사람이다. 의뢰인이 정해준 여행지와 날짜, 기간과 목적에 맞추어 경비를 산출하고 스케줄을 짜고 난이도를 감안하여 일당을 계산한다. 몇 차례의 조율이 끝나고 출발일이 정해지면, 공식적으로 또 대외적으로, 나의 의뢰인을 한동안 '여행 중'인 상태로 만드는 것이 내가 하는 일이다.

"자신을 여행 중인 상태로 만들기 위해 돈을 지불하는 사람이 있다는 말인가요? 그래서 그들이 얻는 게 뭐죠?"

남자는 디저트로 나온 초콜릿케이크를 포크로 신중하게 자르며, 물었다. 그게 무슨 말도 안 되는 소리냐고 비웃지도 않았고, 누굴 놀리는 거냐며 내 이야기를 의심하지도 않았다. 그의 목소리는 진지하고 순수한 호기심으로 차 있었다. 나는 용기를 내어, 나머지 설명을 하기로 했다.

"먼저 집을 떠나 낯선 곳으로 간다는 것이 두려운 사람들이 있어요. 비행기나 기차를 놓치지 않기 위해 신경을 곤두세우는 것도 싫고, 익숙하지 않은 곳에서 잠을 자는 것도 싫고, 여행 가방에 넣어 가야 할 것을 선택하는 것도 어려운 사람들이요. 그래서 지금까지 제대로 된 여행을 한 번도 해보지 못한 사람들이 의외로 많아요. 하지만 대부분의 사람들은 여행을 한 번도 가보지 않은 사람을 재미없어하잖아요. 사람들이 모인 자리에서 그런 화제가 올랐을 때 할 수 있는 이야기도 없고. 마음에 드는 누군가를 만났는데, 여행 경험이 없다고 고백하면 인생을 모르는 사람 취급을 당하지 않을까 걱정도 되고. 이 사람들은 내가 어떻게 계획을 짜는지, 어디에서 비행기를 갈아타는지, 공항의 풍경은 어떤지, 숙소는 어떻게 잡는지, 무엇을 보고 무엇을 겪는지, 계획과 현실은 어떻게 다른지, 이런 것들을 시시콜콜 알고 싶어 해요. 나는 하루에 두 번 이상 메일을 보내주고, 다양한 사진들을 첨부해요. 그러면 그들은 자신의 페이스북이나 트위터에 그런 것들을 올리죠. 가끔 그것까지 내가 해주기를 원하는 사람도 있어요. 아무래도 시차 때문에 실수를 할 수도 있으니까요. 그리고 여행이 끝나면, 그들은 친구들과 만난 자리에서 여행 이야기를 늘어놓으며 주도권을 잡는 거예요. 또 다른 부류는, '여행 중'이라는 팻말을 걸고 한동안 잠적하고 싶어 하는 이들이에요. 일주일 정도 여행을 떠난다고 공식적으로 밝히고 나면, 그 기간 동안 웬만한 일들은 피할 수 있으니까요. 누군가의 결혼식이라거나 가족행사를 별다른 가책 없이 건너뛸 수도 있고, 이런저런 부탁 같은 것도 거절할 수 있잖아요. 연인에게서 잠시 벗어나고 싶어 하는 이들도 생각보다 많아요. 그럴듯한 핑곗거리를 만들어내서 어디론가 가야 한다고 말한 다음, 며칠 정도 떨어져 지내는 거죠. 상처를 주지 않고도 자기 시간을 가질 수 있으니까요. 오래된 연인뿐 아니라, 이제 막 새로운 관계를 시작하는 이들에게도 그런 시간이 필요하다는 걸, 저도 처음 알았어요. 이런 경우에는 여행을 증명할 수 있는 몇 가지 요소들만 제공하면 돼요. 기념이 될 만한 선물을 사 오는 정도. 그리고 나중에 질문을 받을 때를 대비해서, 구체적인 여행의 경로와 날씨 같은 것을 기록하여 전달하죠."

"그럼 이번 여행은 어느 쪽입니까?"

"이번 여행은 좀 달라요. 그런데 이 일에서 가장 중요한 것이 보안이라, 저한테는 의뢰인의 비밀을 지켜야 할 의무가 있어요."

"이해합니다."

남자는 남은 와인을 비우고 냅킨으로 입을 닦았다. 우리는 양해를 구하는 미소를 주고받은 후, 각자의 의자에 머리를 기대고 눈을 감았다.

이번 여행은 좀 달랐다. 의뢰인은 나에게 여행지에 관한 정보도, 증명이 될 만한 사진도 원하지 않았고, 경비가 얼마인지도 묻지 않았다. 게다가 그 기간 동안 무엇을 하든 상관없다고 했다.

"스토리가 필요합니다."

자신을 영화감독이라고 소개한 의뢰인은 그렇게 말했다.

"제목만 정해졌어요. 하지만 스토리가 풀리질 않아서. 그곳에 가면 떠오를 것 같은데, 지금 일정이 너무 빠듯해서 짬을 낼 수가 없습니다. 그러니까 나를 대신해서 그곳에 가주면 좋겠어요."

"하지만 영화 시나리오 같은 건 써본 적이 없어요."

나의 항의에 대해, 그는 가볍게 웃었다.

"시나리오를 써달라는 게 아닙니다. 그저 몇 개의 단어면 됩니다. 문장도 좋지만, 단어보다 더 좋은 것도 아니에요. 어떤 색깔이나 무늬 같은, 단순하고 추상적인 것도 괜찮아요. 관광엽서 같은 사진은 필요 없습니다.

굳이 사진을 찍을 작정이라면, 눈을 감고 카메라를 흔들어대면서 마구 셔터를 눌러보세요. 아시겠습니까?"

"글쎄요, 해본 적이 없는 일이라…"

"어려운 일은 아니죠? 불가능하진 않잖아요."

"그야, 그렇죠."

"시간은 어떻습니까? 내일이라도 떠날 수 있으면 좋겠는데."

"지금 당장 맡은 일은 없지만, 열흘 후에는 가야 할 곳이 있어서 그 전에 돌아와야 해요."

"좋습니다. 짐을 꾸리세요. 티케팅은 제가 하겠습니다. 숙소도 잡아두죠. 아마 마음에 들 겁니다."

"며칠 정도면 되나요?"

"5박 6일 정도면 어떨까요?"

"꼭 가야 할 곳이나 해야 할 일은 없는 거죠?"

"물론입니다. 아무것도 하지 않고 숙소에 머무르는 것으로도 충분할 겁니다. 하지만 가고 싶은 곳이 있다거나 하고 싶은 일이 생기면 마음대로 하십시오. 내일, 공항으로 사람을 보내겠습니다. 수속을 도와주고 크레디트 카드를 전해줄 거예요. 수고비는 다녀온 후에 드리죠. 서운하지 않을 정도로."

믿어지지 않을 정도로 좋은 조건이어서, 어떤 함정이 있는 건 아닐까, 나는 잠시 고민했다.

"다른 질문이 있습니까?"

수화기 저편에서 또 다른 전화벨이 울렸고, 의뢰인의 말투가 약간 빨라졌다.

"제목이 뭔가요? 이미 정하셨다고 했죠?"

"그건 탑승 직전에 알려드리겠습니다. 미리 알려드려봐야 도움도 안 되거든요."

그렇게 해서 내가 받은 제목이 '바나나 리브즈'였다.

처음에는 당연히 '바나나 잎들'이라고 생각했다. 그런데 불현듯, 'leaves'가 'leaf'의 복수형이 아니라 'leave'라는 동사 뒤에 s가 붙은 걸지도 모르겠다는 생각이 들었다. 어느 쪽이든 스펠링은 같다. 하지만 어느 쪽일까. 'leaf'의 복수형이라면 의미는 단순하다. 그런데 만약 'leave' 쪽이라면. 나는 'leave'의 의미를 하나씩 짚어보았다. 떠나다, 출발하다, 그만두다, 남기다, 버리다, 저버리다, 버리고 가다, 방치하다, 건네주다, 지나가다… 어떤 것이든 그 주체가 바나나라면 썩 어울리지는 않는다. 그러나 영화 제목이라는 건 원래 말이 좀 안 되기도 하고, 은유나 상징이나 비유 같은 것들을 뒤섞어 쓰기도 하니까, 그런 식으로 풀릴 가능성도 있다.

문제는 내가 의뢰인에 대해 아는 바가 없어서, 그가 의도한 제목이 어느 쪽인지 추측할 수가 없다는 것이다. 그의 얼굴은커녕 심지어 이름도 모른다. 몇 번인가 정보가 필요하다는 이야기를 했지만, 그때마다 그는 '오히려 방해만 될 것'이라며 딱 잘라 거절했다. 내가 아는 것은 단 하나, 그가 최소한 세 대 이상의 휴대폰을 가지고 있다는 것뿐이다. 그와 통화를 할 때마다 수화기 저편에서 매번 다른 전화기들이 울렸기 때문이다.

생각이 어지러워 잠을 자기는 틀린 것 같아, 나는 앞좌석 아래에 놓아둔 가방에서 책을 꺼냈다. 기내의 불이 이미 꺼져 있었기 때문에, 어쩔 수 없이 독서등을 켜야 했다. 한동안 나는 이탈로 칼비노의『보이지 않는 도시들』에 집중했다. 제2부의 서문 마지막 문장에 밑줄을 긋고 잠시 책에서 눈을 뗐을 때, 옆자리의 남자가 기척을 냈다.

"방해가 되지 않는다면 하나 물어보고 싶은 게 있습니다."

조용하고 낮지만 금방 차가운 물에 헹궈낸 듯 맑은 목소리였고, 그래서인지 어딘가 친근하다는 기분이 들었다. 잠이 든 줄 알았더니 줄곧 아까의 대화를 짚어보고 있었던 건가, 생각하며 나는 보일 듯 말 듯 고개를 끄덕였다.

"그 사람들, 그러니까 의뢰인들은 뭘 합니까? 그러니까 여행 중인 상태일 때요. 여기저기 돌아다니다가 아는 사람을 만나면 곤란해질 테니까, 역시 집에 틀어박혀 있는 건가요?"

"매뉴얼이 있어요." 나는 책을 덮었다. "주의사항, 권장사항, 그런 것들을 제가 보내드려요. 일단 여행 기간 동안에는 가급적 외출은 하지 않는 게 아무래도 좋겠죠. 그러려면 그 사이에 필요한 것들을 미리 준비해야 해요. 식료품 같은 것들이죠. 미처 준비하지 못한 것들이 있을 때 이용할 수 있는 인터넷 사이트 같은 것도 알려드려요. 혼자 사는 사람들은 문제가 간단한데, 가족이 있는 경우에는 호텔을 잡기도 해요. 비싸지 않고, 조용하고, 주위에 괜찮은 식당이 있고, 혼자 지내기 편한 호텔들도 제가 소개해주죠. 조금만 신경을 쓰면 누구도 그 사람이 여행 중이라는 사실을 의심하지 않아요. 사람들은 의외로 타인의 일에 무심하거든요. 그리고 여행 중에는, 아무것도 하지 않죠. 그걸 위해서 저한테 비용을 지불하는 거니까요. 말 그대로 아무것도 하지 않고 지내는 날 같은 건, 인생에서 쉽게 얻을 수 없잖아요."

"과연 그렇군요. 그런 의뢰를 하는 사람들의 입장을, 전부는 아니지만, 어느 정도 알 것 같기도 합니다. 하지만 역시 완전히 납득이 가진 않는군요."

남자의 말이 이어지기를 기다렸지만, 그는 침묵에 빠져들었다. 나는 다시 책을 펼쳤다.

"얼핏 보게 됐어요. 아까, 밑줄을 그었던 구절."

기다렸다는 듯이 그가 입을 열었다. 나는 책에서 그 구절을 찾아 다시 읽어보았다.

"여행자는 자신이 갖지 못했고 앞으로도 가질 수 없는 수많은 것들을 발견함으로써 자기가 가지고 있는 것이 얼마 되지 않는다는 것을 인식하게 된다…"

"만약 그렇다면, 여행을 떠나지 않은 채 여행 중인 상황에 놓인 이들은 어떨까요?"

남자가 물었다. 하지만 나는 뭐라고 대답할 말이 없었다.

"혼란스럽군요. 납득이 안 되는 부분이 있고, 이해가 가는 부분도 있는데, 둘 다 선명하지가 않습니다. 이를테면 나는, 존재하리라는 상상조차 해보지 않았던 아들을 만나러 가고 있어요. 그런데 열두 해 동안 그 아이는 나라는 존재에 대해 수없이 생각을 했을 겁니다. 문제는 십이 년 이라는 세월이 아니라, 그 생각의 간극이에요. 그런데 그쪽은 어떻습니 까. 여행의 주체가 내가 아니라 타인이 될 때, 타인의 시선으로 세상을 만 날 때, 그 간극은 어떻게 합니까? 어차피 마찬가지일까요? 여행자란, 애 초에 그런 것일까요? 가질 수 없는 것들을 끝없이 의식하는 것이 여행이 라는 행위일까요?"

남자는 갑자기 고개를 흔들며 웃음을 터뜨렸다.

"미안합니다. 주제넘었지요. 하나만 더 물어봐도 되겠습니까? 아까 보안을 유지해야 한다고 하셨는데, 그 직업 자체가 비밀입니까? 아니면 의뢰인의 신분만 밝히지 않으면 되는 겁니까?"

"음, 글쎄요. 그런 생각은 해본 적이 없는데, 좀 복잡한 문제네요."

그는 고개를 끄덕이며 다시 눈을 감았고, 나는 그것이 뭔가 맥락 에 닿지 않은, 조금 이상한 질문이라고 생각했지만, 대수롭지 않게 넘겨 버렸다.

"바나나는 잊어버려요."

수화기 저편에서 의뢰인이 말했다. 그가 예약을 해둔 숙소는 조그 마한 정원이 딸린 아늑하고 정갈한 곳이었고 내 방은 푸른 호수를 접하 고 있었다. 숙소에 도착하여 짐을 풀고, 샤워를 하고, 산책을 나가 몇 장 의 흐릿한 사진을 찍고 돌아와, 이제 저녁을 먹으러 나가볼까, 하던 참에 전화벨이 울렸다.

"네? 하지만 이제 와서 의뢰를 취소하실 수는…"

"아닙니다, 취소하려는 게 아니에요."

그는 짧은 웃음을 터뜨렸다.

"감을 잡았어요. 그림이 그려졌습니다. 그렇지만 일정은 다 채우도록 하세요. 물론 일체의 경비와 수고비도 지불하겠습니다. 그나저나 꽤 근사한 곳이죠?"

"하지만 아무것도 하지 않고 돈을 받을 수는 없어요."

"했죠."

툭, 하고 내던지는 짧은 대답이었다. 네? 하고 나는 반문했지만, 그는 침묵했다.

"지금 뭐라고 하셨어요? 제가 뭔가 도움이 될 만한 일을 했다는 의미인가요? 하지만 전 조금 전에 이곳에 도착했는데…"

"배가 고프겠군요. 나도 그래요. 막혔던 스토리가 풀렸으니 며칠 느긋하게 지낼 마음이 드는군요. 식사나 같이할까요?"

번개처럼 섬광처럼, 나는 뭔가를 깨달았다. 목소리가 친근했던 건, 내가 이미 들어본 적이 있기 때문이었다.

"파스타가 좀 그랬죠? 와인도 별로였고. 로비로 내려와요. 제대로 된 와인을 마셔봐야죠."

"잠깐만요. 아들은 뭐죠? 지어낸 이야긴가요?"

"설정이죠. 그런 사연을 가진 남자가 비행기 안에서 특별한 직업을 가진 여자를 만난다… 그 특별한 직업을 영화에서 드러내도 될지, 그 이야기도 좀 해야겠군요. 아마 별 문제는 없을 거라고 생각하지만. 누가 믿겠습니까? 그런 직업이 실제로 존재한다는 걸. 그런데 솔직히 약간 감동했어요. 이번 일에 관한 이야기는 끝내 하지 않더군요. 그렇지, 조금 전에 카메라를 마구 흔들면서 사진을 찍는 걸 보았는데, 보여줄 수 있죠?"

"그럼 바나나 리브즈는 뭐죠? 이 스토리와 어떻게 연결이 되는 건가요?"

"바나나 잎으로 싸서 구운 생선 요리를 먹으러 갈 겁니다. 그 제목을 듣고 어떤 생각을 했는지가 제일 궁금해요. 아무튼 천천히 이야기를 해봅시다."

떠나다, 출발하다, 그만두다, 남기다, 버리다, 저버리다, 버리고 가다, 방치하다, 건네주다, 지나가다… 이 단어의 의미들이 나의 직업을 규정하는 단순하고 추상적인 동사일지도 모르겠다는 생각이 문득 들었다. '직업' 대신 '인생'이라거나 '여행'을 집어넣어도 그만이다. 가질 수 없는 것들은 어차피 지나간다.

이래도 저래도 그만이라는 생각 때문인지 파릇하고 싱싱한 허기가 밀려들었다. 바나나 잎들을 하나하나 열어 생선의 속살을 발라 먹는 저녁 식사가 끝나면, 내가 아직 알지 못하는 하나의 스토리가 탄생할 것 같다는 예감이, 목젖을 간질이다 바람을 타고 창밖으로 흘러나갔다.

나비와 바다의
놀라운 인생

아마 내가 더 큰 소리로 울었을 것이다

내 이름은 강나비. 그럴 일은 없겠지만, 만약 자서전 같은 걸 쓰게 된다면 첫 구절은 이렇게 시작해야 할 것이다.

'태어나 보니 옆집에 라이벌이 살고 있었다. 그 아이의 이름은 강 바다였다.'

아니다. 고작 나보다 일주일 먼저 태어난 바다의 이야기를 하기 전에, 어쩌면 엄마들 이야기부터 해야 할지도 모르겠다. 나와 바다가 그랬던 것처럼, 우리 엄마와 바다의 엄마도 소꿉친구였다. 같은 아파트, 같은 동, 당연히 같은 구조의 집에서 둘 다 무남독녀로 태어나, 붙박이장이 딸린 방의 문 앞에 똑같은 팻말을 단 것은 엄마들이 여덟 살 되던 해였다. 다른 건 팻말에 쓰인 이름뿐이었다. 엄마들은 같은 초등학교를 졸업하고 같은 중학교에 들어갔고, 역시 같은 고등학교를 나와 같은 대학교에 입학했다. 그 때까지는 모든 것이 순조로웠다. 같은 동아리의 한 선배에게 두 사람 모두 마음을 빼앗기기 전까지는.

　빵 한 조각에 물 한 모금까지 나눠 먹는 사이라고 해도, 한 사람을 나눠 가질 수는 없는 노릇이었다. 그리고 엄마들의 전쟁이 시작되었다. 하지만 그 사건은 하나의 계기에 불과했다. '그 남자는 우리를 각성시키기 위해 무대에 잠깐 등장한, 지나가는 인물이었다'고, 훗날 우리 엄마는 단언했다. 좌우지간 그 일을 필두로, 엄마들은 그동안 입고 있던 '소꿉친구이자 베스트프렌드'라는 의상을 훌훌 벗어던지고 본격적인 라이벌 구도에 들어섰다. 더 많은 친구, 더 높은 학점, 더 날씬한 허리 사이즈, 더 좋은 직장, 그리고 더 좋은 남편. 엄마들의 인생에서 '더'를 뺀다면, 아마 휑한 겨울 정원과 같을 것이다. 문제의 그 선배는 어떻게 되었느냐고 내가 물었을 때, 엄마는 이상한 질문을 받았다는 듯 피식 웃고는 이렇게 대답했다.

　"모르지. 기껏해야 남자일 뿐이잖니."

　나중에 엄마의 옛날 앨범을 뒤지다 동아리 사람들과 함께 찍은 사진을 찾아낸 나는, 어렵지 않게 그 남자를 알아볼 수 있었다. 그는 두 엄마들 사이에 끼여 곤란하면서도 기쁜 듯한 미소를 짓고 있었는데, 중요한 캐릭터를 맡을 정도로 멋져 보이진 않았다. 그 남자에겐 미안한 소리지만, 엄마들은 그게 누구라도 상관없었을 것이다.

　엄마들이 일주일 간격으로 결혼식을 올리고, 나와 바다가 같은 해에, 그것도 일주일 간격으로 태어난 것도 결코 우연이 아니었다. 바다와 내가 이웃이 된 것도 마찬가지다. 어느 할 일 없는 건축가가 나란히 지은 두 채의 집은 한 치의 오차도 없는 똑같은 구조였고, 마당을 공유하게 되어 있었다. 그때쯤 엄마들은 서로를 서로의 감시하에 두지 않고서는 평화로운 정신 상태를 유지할 수 없을 정도로 라이벌 체제에 길들여져 있었기 때문에, 의기투합하여 한날한시에 이사를 결행했던 것이다. 그러므로 우리 집도 바다네 집도, 그 집을 떠날 생각이 없었다. 그 이야기는 곧, 바다와 나는 살아 있는 한 떨어질 수 없는 운명이란 것이었다.

나와 바다의 최초의 라이벌전은, 내 기억으로는, 세 살 때 이루어졌다. 무대는 우리 집과 바다네 집이 공동으로 사용하고 있던 마당이었다. 바다와 나는 나란히 목마를 타고 있었다. 목마라고 해도, 나무로 말 비슷하게 만든 조그마한 유아용 기구였다. 우리는 목마에 앉아 앞뒤로 까딱까딱 몸을 움직이며, 엄마들이 입에 물려준 사탕을 빨고 있었다. 엄마들 역시 나란히 놓인 의자에 앉아, 새로 산 옷이나 그릇 따위를 보고 보여주며 신나게 수다를 떨고 있었을 것이다. 내가 기억하는 것은, 갑자기 찾아온 침묵이었다.

포근한 햇살 아래에서 달콤한 사탕을 빨며 흔들흔들 목마에 몸을 맡기고 있던 나는, 거의 잠들기 직전이었다. 묘한 침묵의 기운이 나를 깨우지 않았다면, 목마에서 굴러 떨어졌을지도 모르겠다. 위험을 느낀 건 아니지만, 뭔가 이상한 기분에 사로잡힌 나는 무의식적으로 도움을 청하기 위해 엄마를 바라보았다. 엄마들은 무섭기까지 한 얼굴을 하고 우리 둘을 뚫어져라 보고 있었다. 나는 고개를 돌려 바다를 보았다. 바다 역시 그 기묘한 순간을 체험하고 있는 중이었다. 순간적으로 바다와 나의 눈에서 불꽃이 튀었다.

"조금만 더."

엄마의 목소리는 믿을 수 없을 정도로 작았지만, 내 귀에는 똑똑히 들렸다.

"조금만 더."

바다 엄마의 목소리는 더욱 낮았지만, 바다 역시 분명하게 들은 듯했다.

바다가 천천히 몸을 앞뒤로 흔들었고, 나도 그렇게 했다. 우리의 흔들림은 점점 빨라졌다. 하지만 경쟁은 그리 오래 가지 못했다. 세 살 난 아이들에게는 무리한 레이스였다. 우리는 거의 동시에 목마에서 굴러 떨어졌다. 아마 내가 더 큰 소리로 울었을 것이다.

엄마들의 관계구도는 곧 우리에게로 전이되었다. 나는 바다만큼 빨리 달려야 했고, 바다는 나만큼 빨리 글자를 익혀야 했다. 우리는 거의 매일 등을 맞대고, 누가 더 자랐는지 재보았다. 처음에는 엄마들이 키를 대보게 했지만, 나중에는 우리끼리 그렇게 했다. 같은 초등학교, 같은 반이 되었을 때, 엄마와 나는 동시에 안도했다. 적은 눈앞에 있어야 했다. 내가 보지 않는 사이에 새로운 무기를 개발하면 안 되니까.

첫 승리는 나의 것이었다. 우리 학교에서는 가나다순으로 출석번호를 매겼기 때문에, 강나비가 강바다보다 앞 번호였다. 미래를 내다보고 내 이름을 그렇게 지은 엄마의 승리였을지도 모르겠다. 성적으로는 우열을 가릴 수가 없었다. 졸업할 때까지도 내내 엎치락뒤치락이었다. 나는 바다와 함께 축구를 했고, 교대로 골을 넣었다. 바다는 나와 함께 책을 읽었고, 교대로 백일장에서 상을 탔다. 하나부터 열까지 비교당하며 우리는 성장했다. 그 이야기는 곧, 하나부터 열까지의 모든 일상을 우리가 함께했다는 것이다. 바다와 내가 원하든 원하지 않든, 그것이 우리의 운명이었다. 어쩌겠는가. 말했듯이, 태어났더니 옆집에 라이벌이 살고 있었으니. 일희일비, 아침에는 웃고 저녁에는 울고, 오늘은 울고 내일은 웃는 날들을, 나는 바다와 함께 보냈다.

하지만 그런 날들은 우리가 예상했던 것보다 짧았다. 최초의 좌절은 열세 살이 되던 해, 초등학교를 졸업하고 중학교에 입학하던 날에 찾아왔다. 입학식 첫날은 몹시 혼란스러웠다. 태어나 처음으로 바다와 떨어졌기 때문일 것이다. 그리고 더 놀라운 일이 있었다. 바다는 남자중학교, 나는 여자중학교로 진학한 것이었다. 교복바지를 입은 바다와 교복스커트를 입은 내가 그날 오후 집 앞에서 마주쳤을 때, 우리 둘 다 바보처럼 입을 헤, 벌리고 한참을 서 있었다.

"너, 여자였냐?"

한참이나 시간이 흐른 후, 바다는 그 한마디를 툭 던지고 집으로 돌아갔다. 그날 밤, 나는 분한 마음에 엉엉 울며 잠이 들었다. 그리고 결심했다. 두 번 다시 저 녀석을 만나지 않으리라. 아니, 오다가다 부딪치지 않을 수는 없으니, 두 번 다시 말을 섞지 않으리라.

　그러나 우리의 사정이 어떻게 되었든, 엄마들에게는 달라진 것이 없었다. 엄마들은 공동마당에 나란히 놓인 의자에 앉아, 바다와 나의 성적표를 비교해보거나, 바다와 나의 상장을 돌려보거나, 바다와 나의 교우관계에 대해 정보를 교환했다. 바다와는 말을 섞지 않는다 해도 엄마와 대화를 단절할 수는 없었다. 아침에 눈을 뜰 때부터 잠이 들기 직전까지 집에서 내가 듣는 이야기의 구십 퍼센트는, 바다에 관한 것이었다. 그런 열악한 환경에서 내가 비뚤어지지 않고 자라날 수 있었던 건, 순전히 사랑의 힘이다. 엄마에 대한 사랑이 아니라, 이성에 대한 사랑 말이다. 나는 학교 선생님을 사랑했고, 편의점에서 아르바이트하는 대학생 오빠를 사랑했고, 대학에 입학하자마자 과 선배와 사랑에 빠졌다. 내가 사랑하는 사람들을 실망시킬 수가 없어서, 나는 안간힘으로 아름답게 자라야만 했다.

　영원히 떠날 수 없을 것 같았던 집을 떠난 건 대학 2학년 때였다. 집에서 학교까지 전철로 두 시간이 넘게 걸리는 거리여서 안 그래도 탈출할 기회만 엿보던 차, 마침 학교 앞에 집을 얻은 친구가 룸메이트를 구한다는 희소식을 알려왔다. 나는 당장 짐을 싸들고 거처를 옮겼다. 엄마들의 양동작전 탓에 바다와 나는 같은 대학에 들어가긴 했지만, 일부러 작정을 하지 않으면 만나기 힘들 정도로 바쁘고 넓은 것이 대학이고 캠퍼스다. 게다가 초등학교 졸업 후부터 서로를 소 닭 보듯 했으니, 어쩌다 운

나쁘게 마주쳐도 환담을 나눌 일은 없었다. 이대로 바다는 영영 안녕이라고 나는 생각했다. 운명이 쓸데없이 나서서 바다와 나를 묶으려고 하지만 않는다면 말이다.

　그 일은 대학 3학년, 여름방학이 끝나고 캠퍼스에 가을이 찾아왔을 때 일어났다. 나는 일 년 동안 사귀던 남자친구와 막 헤어진 참이었고, 그래서 친구가 소개팅을 권했을 때 별로 망설일 이유가 없었다. 그날 아침, 잠에서 깨었을 때, 깜짝 놀랄 정도로 느낌이 좋았다. 나는 내가 제일 좋아하는 원피스를 입고, 제일 아끼는 구두를 신고, 약속 장소로 나갔다. 바람은 살랑살랑, 햇살은 따끈따끈, 레코드 가게 앞을 지날 때는 심지어 내가 제일 좋아하는 음악이 흘러나왔다. 카페로 들어섰을 때, 내 코끝에서 문득 그리운 내음이 스쳐 지나갔다. 그 내음을 음미하기 위해 잠시 눈을 감았다 떴을 때, 내 앞에 그가 서 있었다.

　"뭐야. 너였어?"

　바다가 말했다.

　"뭐야! 내가 할 말이야!"

　무의식 속에서 잠자고 있던, 질 수 없다는 의지가 터져 나왔다. 하지만 바다는 싸움을 받아줄 생각이 없는 것처럼 보였다. 그냥 피식, 웃고는 의자에 털썩 앉았을 뿐이다. 그래도 내가 굳이 그 자리에 그대로 서서, 어디 덤빌 테면 덤벼보라는 얼굴로 쏘아보고 있자, 바다는 다시 바보처럼 웃으며 앉으라는 손짓을 했다. 내가 순순히 자리에 앉은 건 단지 맥이 빠졌기 때문이었다.

"오랜만이다."

내 얼굴을 찬찬히 들여다보며 바다가 말했다.

"뭐가."

허투루 보이지 않기 위해, 나는 가시를 바싹 세우고 대답했다.

"아닌가."

바다가 너무 쉽게 내 말에 동조했기 때문에, 나는 더더욱 맥이 빠졌다. 언젠가 그날처럼, 달콤한 사탕 같은 졸음이 쏟아질 지경이었다.

"어디 갈래?"

바다의 목소리가 나를 흔들어 깨웠다.

"바다."

내 목소리가, 나의 의지를 무시하고 흘러나왔다.

바다와 내가 약혼을 발표했을 때, 엄마들은 쌍수를 들고 환영했다. 엄마들의 입장에서는, 우리 둘을 묶어놓고 함께 감시하는 것보다 더 좋은 방법은 없었다. 게다가 우리가 운명을 같이하게 되면, 누구는 행복한데 누구는 불행하게 산다는 둥, 그런 비교는 할 수 없게 되는 것이다.

전쟁은 끝났다. 엄마들은 사이좋게 팔짱을 끼고 혼수 장만을 위한 쇼핑에 나섰다. 수십 년간 서로를 구슬리고 놀리고 속여먹다가 드디어 평화 협정을 맺은 엄마들과 매몰차게 흥정을 할 수 있는 상인은, 이 세상에 아무도 없었다. 나로 말하자면, 너무나 맥이 빠진 나머지 더 이상 싸울 마음이 들지 않았다.

"행복하기 때문이야. 맥이 빠진 게 아니라."

엄마는 그렇게 단언했다. 내가 마지막 남은 힘을 그러모아 고개를 흔들자, 엄마는 손거울을 가져다주었다. 거울 속에서, 스물네 살의 어린 신부가 바보처럼 실실 웃고 있었다. 강나비와 강바다의 놀라운 인생이 이 제 막 시작되었다.

당신도 이미
아는 이야기

완전을 생각한다면 둘보다 하나야

The Christchur

TAIWAN

REWI ALLEY

만약 내 인생을 한 권의 사전으로 축약한다면, 일어난 일들과 흘러온 길들과 종종 되새기는 상념들을 짧은 음절의 단어들로 요약한다면, 그 사전의 두께는 필시 덧없을 만큼 얄팍하리라. 지나온 날들을 헤아리는 습관은 다행히도 기르지 않았으니 새삼 서운할 것은 없으나, 잠시 동안의 외유를 기록할 때마다 아득한 미로에 갇힌 듯 막연해진다. 그러므로 당신은 나의 어수선한, 앞뒤가 어긋나는, 현실과 비현실이 마구 뒤섞인 이 편지를 그저 묵인하거나 용서해야 한다. 이것은 길 위에서의 편지이므로. 그리고 보라, 달콤하고 짜고 매운 향을 머금고 우리를 유혹하던 것들은 모두 사라졌다. 당신도 이미 알고 있는 이야기다.

나처럼 게으른 여행자도 느리지만 꾸준한 발자국을 길 위에 찍는다. 어떤 방향으로든 걸어가고 어떤 방식으로든 사람을 만난다. 박물관의 오래된 초상화 앞에서 시간의 각질을 마주하기도 하고, 놀랍고도 난처한 생을 막 시작한 아이들의 둥근 눈 속에서 무수한 일상의 반짝임을 발견하기도 한다. 아이들이 눈부신 생에 감탄하며 빛나는 것들을 잡으려 뛰어다니는 동안, 나이가 든 이들은 무료함을 견디기 위해 더 이상 새로울 것 없는 세상을 하나하나 되새긴다. 만약 시간이 거대한 원의 형태를 하고 있다면, 아이들은 원의 가장자리 어딘가를 맴돌고 있으리라. 시간의 원은 수레바퀴처럼 돌아가고, 아이들은 바퀴에서 떨려 나가지 않기 위해 종종걸음으로 나풀거린다. 그런 방식으로, 자신도 알지 못하는 사이에 조금씩 원의 안쪽으로 밀려 들어간다. 중심에 가까워질수록 움직임은 느려지지만, 시간의 반지름은 점점 짧아진다. 아무리 천천히 저녁을 먹어도 해는 지지 않는데, 눈을 떠보면 날들은 기억 저편으로 훌쩍 멀어져 있다. 시간의 언저리를 서성이다 걸음을 멈춘 이들이 간혹 말을 건네도, 나는 그저 가벼운 미소만을 건네고 돌아선다. 무슨 할 말이 있어 마음을 멈추겠는가. 무슨 마음이 남아 있어 할 말을 기억해내겠는가. 나의 얇은 사전 속에는 당신도 이미 알고 있는 이야기들밖에 없는데.

푸른 바다마다 햇살이 가득한데 태양은 아직 열기를 아끼고 있다. 넓은 모래사장을 뒤로하고 나는 굳이 좁은 오솔길을 걸어 손바닥만 한 해

안에 이른다. 순결한 모래 위에 빨간색 체크무늬 담요를 펴고 소로의 책을 꺼낸다. 이토록 느린 독서라니. 검은 글씨 위로 떨어지는 햇살의 조각이, 먼 바다 모퉁이에서 불어오는 바람이, 바람의 부추김에 마구 흩날리는 모래가 자꾸 나를 간섭한다. 그리하여 나는 눈을 들고 하늘의 구름을 헤아리느라 몇 번이나 같은 행을 되짚는다. 이윽고 눈길이 멎은 하나의 문장은 월든 호수에서 혼자 살았던 소로의 독백. 그대는 외롭다. 나도 외롭다. 혹은 아닌지도 모른다. 우리가 이미 알고 있는 이야기.

태양은 혼자다.
안개가 자욱한 날이면 태양이 두 개로 보이기도 하지만
하나는 가짜다.
신은 홀로 존재한다.
그러나 악마는 절대 혼자가 아니다.
수많은 무리들이 몰려다니는 군단이다.
초원에 자라는 한 그루의 현삼이나 민들레,
콩잎이나 팽이밥, 쇠등에나 뒤영벌이 외롭지 않듯
나도 외롭지 않다.
밀브룩이나 풍향계, 북극성, 남풍,
4월의 소나기, 1월의 해빙,
새로 지은 집에 처음 생긴 거미가 외롭지 않듯
나도 외롭지 않다.

완전을 생각한다면 둘보다 하나야. 소로의 책을 덮으며 나는 중얼 거린다. 길 위에서 언제나 나를 찾던 그 손은 얼마나 위태로웠던가. 태어 난 순간부터 줄곧 창공을 가로질러 온 한 마리 새처럼 크고 힘센 당신의 손은 얼마나 쉽게 날아가버릴 것 같았던가. 그 손 안에서 나의 작은 손은 잠시 세상을 잊고 짧은 안식을 누렸으나 이제, 날은 저물고 모든 문이 닫 히는 시간. 하얀 셔츠를 받쳐 입은 웨이터는 정중하게 인사를 하고 날랜 몸짓으로 테이블을 치운다. 그래, 당신도 잘 알고 있는 것처럼 우리의 이 야기는 그렇게 수만 년 동안 반복되고 있다.

그리고 돌아오지 마라. 모든 것을 날려버릴 듯 세차게 불어오던 바 람의 힘으로 당신은 그곳으로 나는 이곳으로 밀려왔으나, 그 이야기는 그 자리에 머물게 해달라. 지금 어딘가에서 만나고 헤어질 연인들을 위해, 홀로 살아갈 누군가를 위해, 거대한 시간의 중심으로 천천히 걸어 들어 가 놓쳐버린 것들을 향해 손을 뻗는 이들을 위해. 돌아오지 마라, 그 이 야기는. 당신과 내가 까맣게 잊어버린 채 다른 마음을 먹고 달리 살아가 도 그곳에서 나이를 먹고 오래오래 늙어가게 하라. 당신이 이미 알고 있 는 그 이야기는. 세상 누구보다 당신이 가장 잘 알고 있을 그 이야기는.

※ 본문의 인용문은 헨리 데이비드 소로의 『월든』에서 발췌했습니다.

인간이 아는 것이라고는 고작해야

바람이 분다는 사실뿐인 것을

_ 헨리 데이비드 소로, 『월든』 중에서

누가 누구를
배신했느냐의 문제

어느 한쪽을 선택할 수가 없었겠지?

우리는 친구였다.

"가끔은 그런 생각도 했지. 저런 게 무슨 친구야, 하고."

"하지만 이런 친구가 있어서 다행이야, 라는 생각도 자주 하지 않았니?"

서로에 대해 도무지 이해할 수 없는 부분들도 있었지만 살아온 날이 그토록 다른 것을 감안하면 '우리'를 '친구'라는 호칭으로 묶을 수 있다는 것 자체가 기적이었다.

"뭐 하나 공통점이라고는 없었지. 고향도 학교도 직업도 달랐으니까."

"나라면 이렇게 말하겠어. 성격도 취향도 습관도 달랐다고."

우리는 서로 다른 상류로부터 흘러온 물줄기 같았다. 어쩌다 한 줄기로 합쳐지는 바람에 하류의 거대한 물결을 타고 같은 곳을 향해 흘러 가야 했다. 우리가 뒤섞이고 엉키고 복잡해진 것은 그러니까 우리의 잘 못만은 아닐 것이다.

"우리의 유일한 공통점이라면…"

"좋아하는 남자의 스타일이었지."

멀찌감치 서서 다른 곳을 보고 있던 우리를 하나로 묶어주었던 것이 남자였다. 처음에 친구가 된 것도, 어느 단편영화에 잠깐 출연했던 배우의 이야기가 화제에 올랐기 때문이다. 그것만으로 순식간에 의기투합이 되었다. 남자에 대한 우리의 취향은 좀 독특했다. 누군가를 좋아하게 되면 그 사람에 관한 이야기를 하면서 행복해지는 법이다. 그런 점에서 우리는 서로를 만나기 전까지 내내 외로웠다. 대부분의 사람들은 우리가 폭 빠져 있는 사람의 존재조차 몰랐으니까.

"그런 쪽으로 공감대라고 할까, 그런 걸 느낀 게 처음이었지. 만나면 그렇게 즐거웠는데."

"겨우 그런 것 하나로 그렇게까지 친밀감을 느낄 수 있다는 게 신기했어."

우리는 떨어질 수 없는 친구가 되었고, 수많은 영화와 드라마와 소설 속의 인물들을 함께 섭렵했다. 우리가 열광하는 인물은 항상 바뀌었지만, 단 한 번도 합의가 이루어지지 않은 적은 없었다. 우리는 즐거이 그들을 공유했고, 기꺼이 정보를 나누어 가졌으며, 동경의 크기를 재어보면서 행복해했다. 어느 날 스크린에서 한 명의 남자가 툭 튀어나와 우리에게 말을 걸기 전, 그러니까 우리가 처음으로 동경의 실체와 맞닥뜨렸던 그날 이전까지는.

"그 사람이 누구한테 말을 걸었더라?"

"글쎄, 특별히 누구한테, 라기보다는 '우리'한테 말을 걸었던 거 같은데."

그날, 습도는 조금 높았고 온도는 조금 낮았다. 낙엽을 태우는 연기 같은 것이 바람에 실려 왔는데 가을은 아니었다. 어쨌든 나는 때 아닌 연기 탓이었는지, 눈이 매웠고 마음이 칼칼했다. 우리는 함께 연극을 보고 소극장을 막 나오던 참이었다. 길을 막아선 것은 그 사람이었다.

"이 근처에 가까운 편의점이 어디 있는지 아십니까?"

우리는 마주 보았고, 동시에 한쪽 방향을 가리켰다. 하지만 그곳에는 원하시는 담배가 없을 거예요, 라고 말한 것은 내 친구였다. 하지만 그곳에는 원하시는 브랜드의 녹차가 없을 거예요, 라고 말한 것은 나였다. 그는 눈이 동그래졌고 우리는 웃음을 터뜨렸다. 한 시간 후에, 우리는 그와 마주 앉아 무수한 질문을 퍼부었다.

"그 사람이 우리를 그저 팬으로 대했으면, 아무런 문제도 없었을 텐데."

"팬이라는 걸 한 번도 가져본 적이 없어서 그랬을 거야. 아무도 알아보지 못하는 무명배우였잖아."

어영부영 그런 식으로 우리는 다 함께 친구가 되어버렸다. 셋이 만나 밥을 먹고 셋이 만나 차를 마시고 셋이 만나 영화를 보러 다녔다. 그가 우리 둘을 저울질해보면서 은근히 그 관계를 즐기고 있다는 건 알고 있었지만, 불만은 없었다. 동경의 실체를 만나 밥을 먹고 차를 마시는 게 흔한 일은 아니니까, 우린 운이 좋은 거라고 생각했다. 그리고 어느 날, 밤 열한 시가 조금 넘은 시간에, 그에게서 문자메시지가 왔다.

'잠깐 나올 수 있지?'

그가 일러준 곳은 우리 셋이 자주 만나던 곳이었고, 나는 당연히 친구도 올 거라고 생각했다. 늘 그랬던 것처럼.

"너는 왜 안 오느냐고 몇 번인가 물어봤어. 계속 얼버무리기만 하다가, 헤어질 때 그러더라. 오늘 만난 거, 너한테는 비밀로 해달라고. 비밀로 해야 할 짓을 한 것도 아니었는데, 막상 그런 소리를 들으니까 왠지 흠칫해서 말을 못 했어."

"그 사람, 다음 날 밤에 나한테 연락했잖아. 나도 똑같은 이야기를 들었고."

일주일에 한 번, 나는 그와 둘이 만났다. 일주일에 한 번, 친구도 그를 따로 만났다. 그리고 일주일에 한 번, 우리 셋은 예전처럼 함께 만나 밥을 먹고 차를 마시고 영화를 보러 갔다. 두 달쯤 지났을 때, 그는 내게 사랑한다고 말했다. 역시 그즈음에, 그는 내 친구에게도 사랑한다고 말했다. 그리고 갑자기 그는 사라졌다. 나에게서, 내 친구에게서, 우리에게서.

"어느 한쪽을 선택할 수가 없었겠지? 너와 내가 너무 달라서."

"응, 그랬겠지."

거리에서 봄빛이 뚝뚝 떨어졌다. 그러기로 미리 약속이라도 한 듯,

친구는 저쪽으로 나는 이쪽으로 방향을 틀었다. 누가 누구를 배신했느냐의 문제는 묻어버리는 게 좋겠다고, 나는 생각했다. 말한다 해도 믿을 수 없고, 믿는다 해도 바꿀 수 없으니까. 나를 믿어달라는 말도 하지 말자고, 나는 생각했다. 믿음이란 혼자 지켜나간다고 지켜지는 게 아니니까. 누군가 믿어주지 않으면 빛을 잃은 다이아몬드처럼 초라해지는 게 믿음이니까.

어느 한쪽을 선택할 수 없었던 건 나도 마찬가지였다. 친구는 멀어지고 나는 초라해졌으며 믿음은 흔들리고 나부꼈다. 사랑은 봄보다 빨리 왔다가 서둘러 갔다.

나는
책갈피다

이해가 안 가
쉽게 찾는 게 뭐 중요하다고

내가 최초로 본 세상은 온통 책으로 가득 차 있었다. 사람들은 아침부터 저녁까지 새로운 지식을 습득하기 위해, 인생의 답을 찾기 위해, 무료함을 잊기 위해, 또는 누군가를 만나기 위해 그곳을 서성이곤 했다. 나는 그 서점의 한쪽 귀퉁이에 얌전하게 진열되어 있었지만, 그다지 행복하진 않았다. 그토록 많은 책들이 있었지만, 나의 존재 이유를 말해주는, 그러니까 나를 특별하게 만들어주는 책은 없었기 때문이다. 온종일 진열대에 꽂혀 있는 책과 오가는 사람들을 구경하는 일에 슬슬 싫증이 날 무렵, 운명처럼 나의 삶을 바꾸어줄 한 사람이 나타났다.

그녀의 손길에는 전혀 망설임이 없었다. 나를 만지작거리다가 그냥 돌아섰던 몇몇 사람들과는 달랐다. 쓸데없는 지문만 잔뜩 묻혀놓고 쌩,

바람소리를 내며 가버린 그들은, 버려진 내가 얼마나 상처를 받았는지 상상도 못 할 것이다. 하지만 그녀는 처음부터 작정이라도 한 듯 곧바로 내 앞으로 걸어와서, 혹시 누가 빼앗아가기라도 할 것처럼 재빠른 손길로 나를 움켜쥐었다. 그리고 나는 그날부터 그녀의 집, 정확하게 말하면 그녀의 책들 속에서 살게 되었다.

잘 알겠지만, 나는 처음부터 책을 위해 태어난 존재다. 그런 삶을 당신은 상상할 수 있는가? 나를 비롯한 나의 형제, 자매들은 오직 책만을 위해 살아간다. 만약 누구도 이해할 수 없는 어떤 이유에 의해 지상의 모든 책들이 사라지게 되면, 덩달아 우리의 존재도 사라지는 것이다. 그러나 당연하게도 또한 억울하게도, 우리의 존재가 사라진다고 해서 책들이 사라지는 일은 일어나지 않는다. 사람들은 우리 대신 연필을, 새 옷에서 떼어낸 라벨을, 누군가에게 받은 명함을, 아무 데나 굴러다니는 종잇조각 같은 것을 책 사이에 끼워둘 테니까. 물론 나의 주인인 그녀는 편의점에서 받은 영수증을 책 사이에 끼움으로써 나의 존재 이유를 무시하는 일 같은 건 하지 않았다.

일주일에 한 번이나 두 번, 서너 권의 책이 들어 있는 상자가 집으로 배달될 때마다, 그녀는 반짝반짝 눈을 빛내며 상자를 열고 책을 꺼내어 책상 위에 가지런히 쌓아두었다. 그리고 어떤 책을 먼저 읽을까, 고심하다가 한 권을 집어 들었다. 읽고 있던 책의 마지막 장을 덮고 나면, 그녀는 또 다른 책을 주의 깊게 골라 들고 표지를 응시하다가 페이지를 넘기기 시작했다. 나는 그녀와 책 사이에서 숨을 죽이고 있다가, 마침내 그녀가 책장을 덮을 때 책 사이로 들어가서, 책이 다시 펼쳐질 시간을 얌전히 기다렸다.

물론 기다리는 시간이 나의 예상이나 기대보다 길어질 때도 있었다. 그럴 때면 나는 몇 번이고 같은 페이지를 반복해서 읽으며 시간을 보냈다. 내가 모르는 앞 페이지에 무슨 이야기가 있을까, 내가 보지 못할 가능성이 높은 다음 페이지에 어떤 이야기가 펼쳐질까를 상상하면서. 찰스 디킨스나 제인 오스틴의 책은 기껏해야 두세 페이지 정도만 읽을 수 있었다. 책에 열중해 있던 그녀는 문득 고개를 들고 시간을 확인하고, 한숨을 쉬며 나를 집어 들지만, 쉽게 책 사이에 나를 끼워 넣지 못한 채 계속 페이지를 넘기곤 했다. 셰익스피어를 읽을 때면 그녀는 종종 연필로 줄을 긋거나 노트에 뭔가를 기록했다. 나도 셰익스피어를 좋아했다. 처음에는 별것 아닌 대사들처럼 보이지만, 몇 번이나 곱씹을 수 있는 뭔가가 그 속에 있었다. 같은 페이지 속에 몇 시간 또는 며칠씩 머물러야 하는 나 같은 존재에게 그보다 더 좋은 텍스트는 흔치 않을 것이다.

내가 싫어하는 장르는 미스터리 소설이다. 어쩌다가 살인 사건이 일어난 시간 속에 갇히기라도 할 때는 하루가 천 년처럼 여겨진다. 어둠 속에서 눈을 부릅뜨고 범인의 얼굴을 보려고 애를 쓰지만, 작가들은 좀처럼 그들의 모습을 드러내주지 않는다. 그 자리에서 꼼짝도 못하고 당하는 것이 아닐까, 하는 공포로 거의 질식할 것 같았지만, 한낱 책갈피인 나를 괴롭힐 범인은 이 세상에(적어도 책 속에는) 없다는 것을 알고 난 다음부터는 한결 마음이 놓였다. 그러나 범인의 정체를 끝내 모르고 다음 책으로 넘어가야 한다는 사실은 번번이 받아들이기 힘들었다. 마지막에 이를 수록 페이지를 넘기는 그녀의 손길은 빨라졌고, 책을 덮을 때까지 그 손길은 멈추지 않았다. '이제 다 끝났어'라는 의미의 한숨을 내쉬는 그녀를 바라보는 것만으로 나는 만족해야 했다.

내가 가장 좋아하는 책은 그림이나 사진이 많이 들어가 있는 것인데, 불행히도 그림이나 사진이 많으면 많을수록 내가 할 일은 줄어든다. 그녀는 틈틈이 마음 내키는 대로 아무 페이지나 펼치고, 그들을 가만히 바라보다가 책장을 덮곤 했다. 순서 같은 건 별로 중요한 것이 아니니까, 굳이 나를 꽂아둘 이유가 없는 것이다. 그녀가 특별히 마음에 들어 했던, 그래서 누군가에게 보여주고 싶어 했던 그림 속에서 하루를 지낸 적이 단한 번 있었는데, 그 책의 제목은 『르두테의 장미』였다.

"프랑스의 식물 삽화가래요. 르두테란 사람. 너무 아름답죠?"

장미 향기에 취해 있던 나는 갑자기 펼쳐진 페이지 속에서 깜짝 놀라 눈을 떴다. 처음 보는 낯선 풍경이 나를 어리둥절하게 만들었다.

"이 장미가 가장 마음에 들었나 보네요."

낯선 목소리가 들려왔다. 나는 눈을 크게 뜨고 두리번거렸다. 그녀와 어깨를 나란히 맞댄 채, 내가 꽂혀 있는 페이지를 들여다보고 있는 낯선 남자의 낯선 눈동자가 보였다. 장미를 자세히 보기 위해 그는 두 손으로 책을 들어 올렸고, 그 바람에 나는 주르륵 미끄러져 바닥으로 툭, 하고 떨어졌다.

'아앗!'

나는 소리를 질렀지만, 물론 그 소리를 들을 수 있는 사람은 없었다. 그녀조차 나의 존재를 까맣게 잊어버린 듯했다. 그녀의 따뜻하고 하얀 손은 나를 집어 올리는 대신, 낯선 남자의 손을 꼭 잡고 있었다. 나는 축축하고 미끄러운 바닥에 누워, 르두테의 장미가 두 사람의 얼굴을 가리는 모습을 보고 있었다. 핏빛처럼 붉은 장미 뒤로, 행복에 겨운 그녀의 한숨소리가 흘러나왔다.

그날 이후, 단 한 권의 책도 없이, 책을 읽으며 나를 만지작거리던 그녀도 없이, 수많은 밤과 낮을 나는 이곳에서 보냈다. 그녀와 그가 함께 앉아 있던 벤치 위에 아침부터 밤까지 무수한 사람들이 앉았다 일어섰지만, 나에게 주의를 기울이는 사람은 아무도 없었다. 눈앞으로 강이 조용히 흘러가고, 밤이면 바람이 흙을 날려 나를 덮어주었다. 나는 지루함과 외로움을 견뎌보려고 벤치에게 말을 걸어보았지만, 그는 나를 상대해줄 틈이 없었다. 낮에는 너무 바빴고 밤에는 너무 피곤했으니까. 벤치 옆에는 몇 백 살쯤 먹은 나무 한 그루가 있었는데, 언젠가 식물도감에서 본 적이 있는 나무였다. 나의 기억이 정확하다면 그는 야생 사과나무였다. 하지만 나이를 많이 먹은 탓인지 근근이 서 있기만 할 뿐, 입을 열 기력도 없어 보였다. 여름이 지나고 가을이 왔다. 바람이 내 위를 덮고 있던 몇 알의 흙을 날려 보내준 어느 아침이었다.

"아아, 따분해라."

조금 어리고, 조금 권태롭고, 조금 건방진 듯한 목소리가 어디선가 들려왔다. 나는 내 귀를 의심하며 소리가 나는 쪽을 돌아보았다. 하지만 아무것도 보이지 않았다.

"도대체 언제까지 여기 이러고 있어야 하는 걸까."

"너는 누구야? 어디 있는 거지?"

"그런데 말이야, 전부터 생각한 거지만, 넌 도대체 뭐야?"

어리고 건방진 목소리가 말했다. 소리는 땅속에서 들려오고 있었다.

"내가 누군지 묻기 전에, 네 소개부터 하는 게 순서지. 땅속에서 뭘 하고 있는 거야?"

"말하기 싫으면 관둬."

권태로운 목소리가 그렇게 말했기 때문에, 나는 서둘러 대답했다. 겨우 친구가 생길지도 모르는데, 순서 따위를 따지고 있을 때가 아니었다.

"난 책갈피야."

"책갈피? 그게 뭔데?"

"책의 페이지와 페이지 사이에 끼워두는 거지. 원래는 책갈피표 아니면 서표라고 해야 하지만, 보통 책갈피라고 불러."

"아이 참." 목소리는 조금 짜증을 내며 말했다. "그런 데다가 너를 끼워둬서 뭘 어쩌자는 건데?"

"읽던 페이지를 표시해두는 거야. 다음에 다시 읽을 때, 쉽게 찾을 수 있도록."

나는 인내심을 최대한 발휘하며, 다정하게 설명했다.

"이해가 안 가. 쉽게 찾는 게 뭐 중요하다고."

"사람들에게는 중요해. 그들은 아주 바쁘거든."

"그럼 넌 여기서 뭘 하는 거야? 이 근처에는 책 비슷한 것도 없는데."

내가 이곳에 있게 된 사연에 대해 설명을 해줘야 하는 걸까, 망설이고 있는데 목소리가 다시 말했다.

"난 말이지, 내년 여름에 피어나기로 되어 있어. 올해는 꼭 필 수 있을 줄 알았는데, 좀 더 기다려야 한다지 뭐야."

조금 뻐기는 듯한 목소리는 내가 다음 질문을 해주기를 기다리고 있었다.

"그래? 뭘로 피어나는데?"

"장미."

그때부터, 나는 그녀가 나를 찾으러 오기를 기다리며 그녀와의 추억을 되새기는 대신, 땅속에 묻힌 장미의 씨앗이 피어날 날을 기다리기 시작했다. 바람이 너무 많이 분다고, 비 때문에 떠내려갈 지경이라고, 이렇게 추워서야 얼어 죽을 게 분명하다고 씨앗은 줄기차게 투덜거렸지만, 코넌 도일이나 애거사 크리스티 안에 갇혀 있는 것보다 그쪽이 좋았다. 하나의 씨앗이 싹을 틔우고 자라나서 진짜 장미로 피어나는 모습을 나는 곧 볼 수 있을 것이다.

태어나서 처음으로, 책갈피가 아닌 다른 무엇이 되어도 좋겠다고 생각했다. 이를테면 겨울이 지나고 봄이 올 때까지, 하나의 씨앗을 따뜻하게 품어줄 수 있는 흙 같은 것이.

시인이 된
우체통

나는 행복을 위해 태어난 존재가 아니라고?

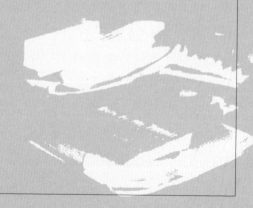

시작에 대한 기억은 없다. 내가 어디에서 왔는지, 어떻게 왔는지, 언제 왔는지, 누구도 가르쳐주지 않았다. 그냥 어느 날부터 나는 거리에 서 있게 되었다. 그다지 특별할 것도 없는 거리, 당신이 늘 지나다니는 그런 거리, 한쪽으로는 이차선 도로가 나 있고 다른 쪽으로는 고만고만한 건물들이 늘어서 있는 거리, 밤이 오면 가로등이 켜지는 거리, 아침이면 교복을 입은 학생들이 쉴 새 없이 조잘거리며 지나가고, 저녁이면 양복을 입은 남자들이 묵묵히 걸음을 옮기는, 그런 거리다. 물론 그중에서, 내게 눈길을 주는 사람은 아무도 없다.

더위나 추위, 눈보라나 바람이나 비 같은 건 내게 별 문제가 되지 않는다. 그런 것들은 왔다가 또 금세 사라진다는 것쯤은 이미 알고 있다.

영원히 계속될 것 같은 고통, 언제 끝날지 모르는 고통에 시달린 적도 있
었다. 하지만 이젠 아니다. 그 모든 것들은 반드시, 곧, 결국, 끝나고 만다
는 것을 어쩔 수 없이 배워버렸다. 그렇다고 행복하다고 말할 수는 없다.
상상해보라. 하루 이십사 시간을, 일 년 열두 달을, 밤낮으로 거리에 서 있
는 삶이 어떻게 행복하겠는가. 내가 이런 말을 하면, 내 옆에 서 있는 가로
수 녀석은 묘한 미소를 짓는다. 자기는 그런 것들도 진즉에 초월했단다.

"행복이나 불행 같은 건 그저 개념일 뿐이야. 게다가 왜 네가 행복
해야 한다고 생각하지? 너는 행복 같은 걸 위해 만들어진 존재가 아니야."

가로수 녀석은, 말하자면 일종의 철학자다. 적어도 자신은 그렇게
믿고 있다. 녀석은 나보다 훨씬 오래전에 태어났고, 나보다 훨씬 먼저 그
자리에 서 있었다. 그 점에 대해서는 존중해주어야 할 것이다. 하지만 뭔
가 불공평한 구석은 있다. 녀석에게는 가끔 날아와 노래를 불러주는 새
들이 있으니까. 새라면, 나에게도 있긴 있다. 뒤뚱거리면서 내 주위를 왔
다 갔다 하는 비둘기들 말이다. 하지만 비둘기들은 노래를 부르지 않는
다. 그들은 오직 먹이를 먹을 때만 입을 연다. 게다가 그들은 내가 어떻
게 생겼는지도 모를 것이다. 날아다니는 일도 없고, 위를 올려다보는 일
도 없으니까.

횡단보도를 지키고 있는 신호등 녀석도 이웃이라면 이웃이다. 그러
나 그 녀석은 너무 바빠서 말 한마디 붙일 수가 없다. 이건 나의 추측이
만, 녀석은 전생에 악어였을 것이다. 『피터 팬』에 나오는, 시계를 삼켜버
린 악어 말이다. 녀석의 배 속에도 시계가 들어 있다. 다시 태어날 때, 미

처 그걸 배에서 빼내지 못했던 모양이다. 혹은 그게 자신의 일부라고 생각했을 수도 있다. 꽤 오랫동안 시계와 하나가 되어 살았으니까.

신호등 녀석은 정확한 시간에 맞춰 빨간불과 파란불을 교대로 켜는 일을 한다. 빨간불과 파란불이 한꺼번에 들어오거나, 빨간불 다음에 또 빨간불이 켜지면 아주 곤란하다. 모르긴 몰라도, 당장 이상한 사람들에게 끌려가 폐기물 처리장 같은 곳에 버려질 것이다. 파란불이 켜질 때는 '띠리리리, 띠리리리' 하는 소리도 내주어야 한다. 그나마 녀석과 한두마디라도 주고받을 수 있는 건, 빨간불이 켜져 있는 아주 잠깐 동안이다. 우린 주로 이런 대화를 나눈다.

"어이, 신호등, 빨간불 타임이군. 요즘 좀 어때?"

"어, 우체통, 늘 그렇지 뭐. 너는?"

"나는 요즘 말이야…"

내가 이야기를 하는 동안, 녀석은 계속 시간을 체크하고 있다. 그도 그럴 수밖에 없는 것이, 횡단보도에 서 있는 사람들이 녀석만 뚫어져라 바라보고 있지 않은가.

"미안, 조금 있다 얘기하자."

신호등 녀석은 그렇게 말하고 카운트다운에 들어간다. 5, 4, 3, 2, 1. 띠리리리, 띠리리리. 잠시 후 파란불이 꺼지고, 녀석은 다시 내게 말을 건다.

"그런데 아까 무슨 이야기였지?"

그런 일이 몇 번 되풀이되다 보면, 아무리 나라도 더 이상 말을 하기 싫어진다. 이런 녀석들이 나의 이웃이고, 이런 것이 내가 서 있는 거리의 풍경이다.

나는 좀 외로운 것 같다. 내가 이렇게 말하면, 가로수 녀석은 분명 한바탕 돼먹지 않은 철학론을 늘어놓을 것이다. 삶의 본질은 외로움이라는 둥, 고통 없는 영혼은 없다는 둥, 어디서 주워들었는지 모르겠지만 들어봤자 별로 도움도 안 되는 이야기들 말이다. 그러니까 그 녀석에게 이런 소리는 하고 싶지 않다. 비둘기들이야 내가 무슨 말을 해도 눈 하나 깜짝하지 않고 자기들 볼일 보기 바쁠 테고(녀석들의 관심사는 오로지 먹을 것에 집중되어 있다), 신호등 녀석은 이야기할 시간도 없을 테니 그냥 그렇게 살라고 내버려두는 게 좋다.

하지만 외롭다고 생각하면 계속 외로워지는 거니까, 누군가에게 얘기를 좀 하고 싶다는 생각이 들 때가 있다. 나 혼자 주절주절 얘기를 늘어놓는 건 궁상맞아 보이니까, 누가 간단한 질문이나 짧은 대답이라도 해주면 좋겠다. 뭐 가능한 일이 아니라는 건 나도 안다. 도대체 세상에 어떤 인간이, 멀쩡한 정신으로 우체통과 이야기를 나누겠는가. 언젠가 술 취한 아저씨가 나를 붙잡고 엉엉 운 적은 있었지만, 중간중간 말 비슷한 걸 하긴 했지만, 나로서는 도통 알아들을 수가 없었다. 그래도 난 대화를 해보려고 노력을 했는데, 한참 통곡을 하던 그 아저씨는 무엇 때문인지 잔뜩 화가 나서 마지막에 나를 발로 뻥뻥 차고는 휘적휘적 걸어가버렸다. 그 후부터 나는 절대로 사람과 대화하려는 시도를 하지 않는다.

그렇게 해서 내가 선택한 것이 시다. 나는 시인이 되기로 한 것이다.

그러고 보니, 나만큼 시인이 되기에 적합한 존재는 이 세상에 달리 없다
는 생각이 들었다. 나는 혼자고, 시간은 펑펑 남아돌고, 종일 서 있다. 게
다가 외롭다. 나는 처음부터 시인이 되기 위해 거리에 서 있게 된 것이었
다. 그래서 나는 시를 쓰기 시작했다. 물론 내게는 컴퓨터는 고사하고 종
이나 펜도 없기 때문에, 시를 통째로 외워버리기로 했다. 너무 길어지면
외우기도 힘들고 잊어버릴 위험도 있으니까, 가능하면 서너 줄로 끝나는
짧은 시를 만들기로 했다. 그날부터 나는 눈에 보이는 모든 것들에 대해
시를 쓰기 시작했다. 푸른 새벽에 대해, 교복을 입은 여학생들에 대해, 한
낮의 태양에 대해, 거리를 달리는 차들에 대해, 집으로 돌아가는 사람들
에 대해, 비에 대해, 안개에 대해, 바람에 대해, 폭우에 대해, 새들에 대해
(비둘기는 빼고), 가로수의 푸른 잎에 대해, 다시 돌아오는 계절에 대해.

　　그 소녀를 처음 만났을 때를 기억한다. 심장을 후비는 듯한 꽃샘추
위 속에서, 가로수 녀석은 가지에서 이제 막 고개를 내민 푸른 싹들을 달
래느라 진땀을 빼고 있었고, 일찌감치 봄 코트를 꺼내 입은 사람들이 종
종걸음을 치며 내 앞을 스쳐 지나가던 날이었다. 소녀는 푸른빛이 감도는
검은색 교복 위에 오렌지색 목도리를 두르고 있었다. 친구들과 함께 어울
려 걸어가던 소녀는, 내 앞을 지나쳤다가 잠시 후 혼자 돌아왔다. 나를 빤
히 바라보는 눈동자는 망설임으로 가득 차 있었다.
　　마침내 소녀는 가방에서 반듯하게 봉해진 편지 한 통을 꺼내더니,
심호흡을 한 번 하고는 내 몸속으로 조심스럽게 밀어 넣었다. 편지는 툭,

둔탁한 소리를 내며 떨어졌고, 소녀는 흠칫 놀랐다. 하지만 이내 체념한 듯 몸을 돌렸다. 소녀가 돌아서기 전, 그녀의 입가에 떠올랐던 수줍은 미소를 나는 놓치지 않았다. 그래서 나는 그 소녀가 다시 올 것이라고 확신했다. 그날로부터 일주일이 지난 후, 지난번보다 조금 더 도톰한 편지를 들고 나를 찾아온 소녀의 입가에는, 지난번보다 조금 더 선명한 미소가 떠올라 있었다.

꼭 이 년 동안이었다. 소녀는 매주 월요일마다 내 앞에서 걸음을 멈추고, 내 몸속으로 한 통의 편지를 집어넣었다. 날이 갈수록 소녀는 눈에 띄게 예뻐졌고, 그 변화를 바라보는 나의 마음은 기쁨으로 가득 찼다. 거리는 온통 장밋빛이었고 세상은 그보다 아름다울 수가 없었다. 나의 시들은 사랑과 희망의 언어로 넘쳐났다. 나는 가로수 녀석을 비웃어줄 수도 있었다. 행복이나 불행은 개념일 뿐이라고? 나는 행복을 위해 태어난 존재가 아니라고? 그러나 불쑥 찾아온 그날들은 불쑥 끝이 났다. 그녀를 기다리는 동안 일주일이 지나고, 한 달이 지나고, 계절이 바뀌고, 해가 바뀌었다.

아주 오래전의 이야기다. 오 년이나 십 년, 아니 이십 년도 넘은 일일지도 모른다. 당신도 알겠지만, 이렇게 늘 같은 자리에서 같은 하루를 보내다 보면 시간 같은 건 무시하게 된다. 어쩌면 시간이 나를 무시하는 건지도 모르겠다. 어쨌든 나는 그 이후, 소녀를 보지 못했다. 어쩌면 내 앞을 지나가는 그녀를 알아보지 못했을 가능성도 있다. 이제 그녀는 더 이상 소녀가 아닐 테니까. 그때 소녀의 편지를 받았던 사람은 누구였는지, 소녀가 그 사람과 만났는지 헤어졌는지, 그들의 거리가 가까워져서 더 이상 편지를 주고받을 필요가 없어진 것이었는지, 그러다가 마음이 멀어지기라도 한 것인지, 그들이 행복했는지 불행했는지, 이제 와서 별로 궁금하지도 않다.

가로수 녀석의 말이 옳다. 행복이나 불행은 개념일 뿐이고, 나는 애초에 행복을 위해 만들어진 존재가 아니다. 나는 그저 거리에 서 있기 위해 만들어졌을 뿐, 그 이상도 그 이하도 아니다. 그러나 오늘 같은 날, 가로수 녀석이 어린 싹들을 재촉하고 있는 날, 횡단보도에서 파란불을 기다리는 사람들이 느긋하게 하늘이라도 한 번 올려다보는 날, 먹이를 쫓던 비둘기들이 가끔 걸음을 멈추고 멍하게 서 있기도 하는 날, 나는 그 소녀를 떠올려본다. 언젠가 시작되고 언젠가 끝이 난, 내가 모르는 이야기를 상상해본다. 그리고 나, 하나의 우체통, 거리의 마음은 지금도 같은 자리에 서서 모든 것을 바라본다. 그대와 나 사이의 좁혀지지 않는 마음의 거리를 가늠하며, 오늘도 시를 쓴다.

그러니 그대, 사라지는 것, 떠나는 것, 멀어지는 것을 두려워하지 말라. 거리가 없다면, 우리 사이에 바람도 불지 않을 테니까.

마음을 사다

세상일이란 알 수가 없지 않습니까

나는 마음을 사러 갔다.

"마음 하나만 주세요."

"어떤 것으로 하시겠습니까?"

"어떤 것이 있나요?"

"여러 가지 종류가 있지만, 단단한 것과 부드러운 것으로 크게 나눌 수 있습니다."

"어느 쪽이 더 좋죠?"

"취향에 따라 다르겠지만, 가격으로만 보자면 단단한 것이 조금 싼 편입니다."

"그쪽이 싼 이유는 뭐죠?"

"위험할 수도 있기 때문입니다."

"왜요?"

"단단하기 때문에 웬만해서는 부서지지 않지만, 한번 부서지면 그 것으로 끝입니다. 순간접착제나 땜질도 소용없습니다. 산산조각이 나버 리니까."

"그렇게 되면 다른 마음을 사야 하나요?"

"같은 손님에게 물건을 두 번 팔 수 없습니다. 그냥 마음 없이 사셔 야 합니다."

"단단한 마음이 부서지는 일 같은 게 쉽게 일어날 리 없잖아요."

"모두들 그렇게 생각하고, 저희도 최대한 주의를 기울여 단단하게 만들지만, 부서지지 않는다는 보증서는 써드릴 수가 없습니다. 세상일이 란 알 수가 없지 않습니까."

"그럼 부드러운 건 어때요? 단점이 없나요?"

"사소한 단점은 그쪽이 훨씬 많습니다."

"예를 들면?"

"쉽게 다칩니다. 아무것도 아닌 일에도."

"그런 건 싫어요."

"하지만 통증도 그럭저럭 견딜 만하고, 생각보다 쉽게 아뭅니다. 아 무래도 부드러우니까."

"아무리 많이 다쳐도?"

"참을 수 없을 정도의 통증은 발생하지 않는다는 보증서도 역시 써 드릴 수는 없습니다. 사람마다 편차가 있고, 말했듯이, 세상일이란 알 수 가 없지 않습니까."

"좀 무책임한 거 아닌가요?"

"만약을 위해 부드러운 마음을 사시는 분들께는, 특별히 소정의 따 뜻한 시간을 함께 드리고 있습니다. 그 때문에 가격이 좀 비싼 것이긴 하 지만. 그 정도 가치는 하니까요."

"따뜻한 시간이 뭘 할 수 있죠?"

"상처를 빨리 아물게 합니다."

"다른 사람들은 대체로 어떤 것을 사 가나요?"

"그건 알려드릴 수가 없습니다. 규칙이라서."

"제가 부드러운 마음을 가지고 있는지, 단단한 마음을 가지고 있는 지 다른 사람이 알 수도 있나요?"

"알 수 있는 사람도 있겠지만, 나름대로 다양한 조합이 있어서 쉽 지는 않을 겁니다."

"그렇군요…"

"어떤 쪽으로 하실 건가요?"

"글쎄요."

"결정이 되면 이쪽 컴퓨터에 입력해주십시오. 이름과 생년월일을 빠뜨리지 마시고."

마음

1. 단단한 마음

2. 부드러운 마음

선택하십시오. → 2

껍질의 강도

1. 단단한 것

2. 부드러운 것

선택하십시오. → 1

알맹이의 성분

1. 고무공처럼 말랑말랑한 것

2. 물처럼 촉촉한 것

3. 솜털처럼 폭신한 것

선택하십시오. →

……………

주의; 일정시간 동안 입력하지 않으시면, 처음부터 다시 시작합
니다.

선택하십시오. → 2

잠시 기다리십시오.

'껍질은 단단하고 알맹이는 물처럼 촉촉하며, 전체적으로 부드러운
마음'을 선택하셨습니다.

저장하시겠습니까? (예 → 1 아니오 → 2)

→ 1

저장되었습니다.

마음을 구입해주셔서 감사합니다.

부드러운 마음을 구입하신 분께는 약간의 따뜻한 시간을 드립니다.

잊지 말고 받아 가시기 바랍니다.

나는 마음을 샀다. 당신을 만나 상처받은 내 마음은, 따뜻한 시간
속에서 다시 아문다.

슈베르트의
미완성

아무리 오래 산다고 해도
삶을 완성시킬 수는 없지

프란츠는 어리둥절하고 당황한 얼굴로 나를 바라본다. 나는 한숨을 쉬고, 그의 앞에 놓인 컵 가득히 맥주를 따라준다. 그의 시선이 천천히 맥주로 옮겨가고, 입술은 맛을 탐하듯 살짝 떨린다. 하지만 그의 눈빛에는 아직 의심이 어려 있다.

"그냥 맥주예요. 그보다, 당신은 분명 프란츠 슈베르트죠? 혹시 내가 엉뚱한 사람을 살려낸 건 아닌가 해서요."

프란츠는 대답 대신, 잔을 들어 맥주를 한 모금 마신다.

"1797년에 태어나 1828년에 죽었고, 스물다섯 살에 매독에 감염되었고, 교향곡 제9번 「The Great」, 「미완성 교향곡」, 현악사중주 「죽음과 소녀」, 연가곡 「겨울 나그네」 같은 곡들을 작곡한…"

"그렇소. 내가 그 슈베르트요. 그런데 당신은 어째서 나에 대해 그
렇게 잘 알고 있는 거지? 알 필요가 없는 것까지."

"온 세상 사람들이 당신을 알고 있어요. 당신의 음악도."

이해할 수 없다는 표정을 지으며, 프란츠는 다시 잔을 든다. 숨도
쉬지 않고, 바닥이 드러날 때까지 맥주를 다 마신 다음, 탕, 소리를 내며
그는 잔을 내려놓는다.

"한 잔 더 마실 수 있겠소?"

"그럼요, 당신이 내 질문에 대답만 해준다면, 얼마든지."

오디오의 전원을 켜자 슈베르트의 즉흥곡 op.90의 2악장 아다지
오가 흘러나오기 시작한다. 그는 기절할 듯 놀라 나를 바라보았지만, 나
는 모른 척 녹음기의 버튼을 누른다. 설명을 하자면 너무 복잡할뿐더러,
한다고 해도 그가 알아들을 리 없을 테니까.

그곳에서의 생활은 어떤가요? 당신은 오래 병에 시달렸고, 돈도 명
예도 그다지 얻지 못했는데.

그랬지. 난 알베르트와 잘 지내고 있소. 알베르트 아인슈타인이라
고, 재미있는 친구지. 가끔 베토벤 선생도 만나고.

아인슈타인은 당신의 천재성을 알아준 사람이었죠. 하지만 십구 세
기가 끝나갈 무렵에야 이 세상은 당신을 인정하기 시작했어요.

그럴 줄 알았어. 난 내가 위대한 인물이란 걸 알고 있었지만, 세상
이 그 사실을 알게 될 때까지는 시간이 꽤 걸릴 거라는 것도 알고 있었

거든.

그래요? 스스로 위대한 사람이라고 생각하는 건 일종의 자만 아닌가요?

자만과는 다른 거요. 그게 사실이고, 난 사실을 아는 것뿐이지. 위대하거나 아니거나, 그게 그렇게 중요한 것도 아니고.

당신의 음악이 훌륭하고 위대하다는 것에는 동의하지만, 당신의 삶 자체는 그다지 훌륭하다고 말할 수 없지 않나요? 당신은 친구 쇼버와 함께 어울려 다니면서 쾌락을 탐닉했다고 하던데. 그러다가 매독에 감염되었고.

난 도덕적으로 완성된 인간이 아니라, 슬픔에 빠져 하루하루를 살아가던 한 인간이었을 뿐이오. 그런 인간이 위로 좀 받자고 쾌락을 즐긴 게, 그렇게 잘못된 거요?

그게 참으로 신비한 점인데요, 당신의 위대한 작품들은 대부분 당신이 병에 걸린 이후에 나왔거든요. 세상을 떠나기 전 마지막 육 년 사이에 말이죠. 당신이 한 그 유명한 말, 내가 창조한 모든 것은 음악에 대한 나의 이해와 슬픔에서 탄생한 것이다. 오직…

오직 슬픔에 의해서 태어난 것만이 세계를 즐겁게 해주는 것이다, 라고 했지. 나의 마지막 육 년은 참으로 고통스러웠어. 확실히 육체의 고통은 정신을 각성시켜 슬픔의 본질을 들여다보게 만들더군. 나는 슬픔 속에서 지푸라기를 잡듯 잃어버린 기쁨과 평화를 갈구했고, 그게 내 음악 속에 표현된 거지.

프란츠, 만약 당신이 다른 삶을 선택할 수 있다면 어떻게 하겠어요?

그건 대답하지 않겠어. 대답할 가치가 없는 질문이야.

고집불통 같으니. 아무튼 내가 당신을 불러왔으니, 당신은 어떤 식으로든 다시 한 번 살아야 해요. 아무래도 작곡을 계속하고 싶겠죠? 그러기 위해서는 슬픔이 필요한 거 아닌가요?

나를 왜 부활시킨 거요?

너무 빨리 죽어버렸잖아요, 당신은.

아무리 오래 산다고 해도 삶을 완성시킬 수는 없지. 당신도 알고 있지 않소?

「미완성 교향곡」을 완성시키고 싶지 않나요?

그 곡을 완성시킬 작정이었다면, 살아 있을 때 했을 거야.

사실은, 그렇게 말할 줄 알았어요. 당신은 이제 삶을 원하지 않는군요.

그래, 빨리 돌아가고 싶소. 슬픔이나 고통 같은 건 지긋지긋해. 잠자리에 들 때마다 내일은 깨어나지 않으면 좋겠다고 생각했어. 잠에서 깨어나면 할 수 있었던 건 작곡밖에 없었고. 이제 와서 사람들이 그걸 알아주든 말든 상관도 없어. 다만…

다만?

나의 슬픔에서 태어난 것들이 아직도 세상에 남아 있어. 그게 누군가의 위로가 된다는 건…

멋진 일이죠?

알베르트에게 자랑해야겠어. 맥주가 얼마나 맛있는지도 얘기해주고.

정 그렇다면 할 수 없죠. 마지막으로 하나만 물어볼게요. 당신에게 있어 삶은 역시 고통이었나요?

더 큰 고통이 오기 전에 죽음이 나를 데려가주었고 결국 나는 평화를 얻었소. 그것은 자비가 아닐까. 고통이 평화가 되고 슬픔이 기쁨이 되는 것. 삶은 그런 거라고 믿어. 그렇게 믿지 않으면 살아갈 수가 없으니까. 그보다, 이 아다지오는 참으로 아름답군. 안 그렇소?

그야, 프란츠, 당신의 슬픔에서 태어난 곡이니까요.

내 생애
마지막 날

정오에 악마가 찾아왔다

아침에 눈을 떴을 때, 전날과 딱히 달라진 건 없었다. 그러나 나는 자리에 누운 채로 꼼짝도 할 수가 없었다. 뽀얀 연기의 덩어리 같은 것이 눈앞에 어른거리고 있었다. 딱히 위협적이진 않았지만, 선명한 존재감으로 나를 압도하는 것이었다. 그것이 내 코앞으로 바싹 다가왔을 때, 본능적으로 숨을 멈추고 있던 나는, 더 이상 참지 못하고 푸욱, 숨을 뱉어버렸다. 파삭, 비스킷이 부서질 때 나는 소리와 함께 덩어리는 작은 폭발을 일으켰고, 파편들이 공기 중으로 흩어졌다. 하얀 가루로 뒤덮인 채, 나는 깨달았다. 내가 맞이한 것은 내 생애 마지막 날 아침이었다.

정오에 악마가 찾아왔다.

스마트하고 지적인 분위기의 악마로, 다른 날이었다면 그에게 반했을지도 모르겠다. 하지만 그날은 내 생애 마지막 날이었다. 반하고 말고 할 때가 아닌 것이다. 어쨌거나 그는 우아한 몸짓으로 다가와, 매혹적인 미소를 지으며 말했다.

"어때, 즐거웠나?"

기계음이 약간 섞인 허스키한 음색은 정확하게 내 취향이었다. 역시 다른 날이었다면 그의 목소리에 반했을 것이다.

"어쩐지 요즘은 내가 등장할 때 놀라지 않는 인간들이 많단 말이야."

그가 가볍게 투덜거렸다.

"영화 때문이겠지."

내가 대답했다.

"그래. 그 바보 같은 녀석들이 내 이미지를 그대로 베껴다가 장사를 해먹었어."

"하지만 로버트 드니로나 알 파치노는 훌륭한 연기자야. 그들이 연기한 악마에 대해 너도 불만은 없겠지?"

나는 생각나는 대로 지껄였다. 악마와 마주 앉아 이야기를 한다는 사실을 어떻게든 믿고 싶지 않았기 때문이다.

"하지만 내 손톱은 그렇게 길지 않아."

악마는 가지런히 손질된 자신의 손톱을 보여주었다. 훌륭한 손과 손톱이었다. 다른 날이었다면, 또 한 번 반했을 것이다.

"영화에서라면," 나는 말했다. "지금쯤 내 영혼을 팔라고 이야기할 텐데."

"팔고 싶어?" 악마가 물었다. "만약 그런 것이 가능하다면?"

"영혼을 파는 대신 나는 무엇을 얻을 수 있지?" 내가 물었다.

"영화에서라면," 악마가 말했다. "네가 원하는 무엇이든 얻을 수 있겠지."

"실제로도 그래?" 내가 물었다.

"아니." 악마가 말했다. "그건 불가능한 이야기야."

"내 영혼을 원하지 않는 거야?" 내가 말했다.

"이미 가지고 있는걸." 악마는 혀를 내밀었다. 귀엽기도 하군. "물론 전부는 아니지만, 절반쯤이라면." 이번에는 심각한 표정으로 그가 덧붙였다.

"그렇다면," 나는 별로 놀라지도 않고, 태연스럽게 다시 물었다. "반은 누가 가지고 있지?"

악마가 내 영혼의 반을 소유하고 있다는 말에 나는 충격을 받지 않았는가? 하고 당신이 내게 묻는다면, 나는 당신에게 되묻겠다. 생애 마지막 날에 그런 말을 듣는다면, 당신인들 충격을 받겠는가? 나는 내 생애 마지막 날을, 지금까지 살아온 삶을 반추하며 보낼 생각이 전혀 없었다. 내 영혼이 악마의 조종을 받았든 천사의 조종을 받았든, 이제 아무 상관도 없는 것이다. 어쨌거나 나는 살아왔고, 마지막 날을 맞았다. 영혼의 반이 아니라 전부가 악마의 것이었다 해도 무슨 상관이랴. 그것도 이렇게 멋진 악마의 것이었다면, 별다른 불만도 없다. 하지만 나는 호기심이 생겼고, 그래서 악마를 붙들고 늘어지고 있었다. 마지막 날에 호기심이라니. 이거야말로 내 영혼의 반이 악마에게 귀속되어 있었다는 증거가 아니고 무엇이겠는가, 생각하면서.

악마는 잠시 망설였다. 내 질문에 대답하기가 곤란한 듯했다.

"비밀이야?"

짧은 생애 동안 내가 배운 건, 고작 이런 것이다. 상대방이 뭔가를 감추려고 할 때는, 그것을 반드시 감추어야 할 것으로 만들어줘야 한다. 그래야만 상대방의 실토를 끌어낼 수 있다. 사람들은 비밀을 폭로하려는 습성이 있다. 제발 이야기해줘, 라고 말하면 더더욱 감추려고 한다. 물론 사람들의 경우다. 악마의 경우에도 이것이 통하는지 어떤지는 모르겠다. 악마와 이야기를 나누어본 경험이 내게는 없었기 때문이다. 나는 그가 내 질문에 솔직히 대답할까 안 할까 하는 것보다, 악마의 경우에도 이런 심리전이 통할까, 하는 생각에 골몰해 있었다.

"뭐 비밀이라면 굳이 말하지 않아도 좋아. 어차피 알게 될 일 아냐?"

세상의 비밀은 깨어지기 위해 존재한다. 누구나 그 사실을 알고 있다. 좀 더 일찍 알려지느냐, 늦게 알려지느냐의 문제일 뿐이다. 이왕 알려질 일이라면, 누구나 자신의 입으로 그것을 전달하고 싶어 한다. 결국 내 작전은 성공할 기미가 보였다. 어차피 알게 될 일이었고, 내 생애는 끝나가려 하고 있다. 악마도 그쯤은 알고 있다. 당신도 알겠지만, 악마들은 대체로 머리가 좋다.

"곧 알게 되겠지."

악마의 입술이 약간 비뚤어졌는데, 그것조차 내 눈에는 매력적으로 보였다. 나는 아무래도 정신이 이상해진 것 같았다. 하기야, 누구든 생의 마지막 날에 정신을 똑바로 차릴 수가 있겠는가.

"이제 곧 그가 올 거야." 악마가 말했다. "그것이 순서지. 그러니까 천사가 너를 찾아올 거야."

"내 영혼의 또 다른 반을 가지고 있는?"

내가 확인했다. 악마는 잠깐 슬픈 표정이 되었다. 어째서 악마 같은 것이 슬픈 표정을 지을 수 있는 것일까? 내 호기심은 갈수록 커졌다. 생애 마지막 날만 아니라면, 악마를 연구해보고 싶은데.

"어때? 나를 만난 소감이."

악마가 떠날 준비를 하며 물었다.

"좋아. 생각보다 훨씬."

내가 대답했다.

"너는 상상력이 풍부한 인간이군." 악마가 만족한 미소를 지었다. "곧 다시 만나자고. 나도 네가 좋아졌어."

오후 세 시에, 천사가 찾아왔다.

누군가 나의 방문을 쾅쾅, 하고 두드렸을 때, 나는 그가 천사라는 것을 직감했다. 쾅쾅, 이라는 소리를 들어보니, 대단히 강하고 튼튼한 팔을 가지고 있는 천사 같았다. 과연 그는 운동으로 단련된 단단한 몸을 가지고 있었다. 날개는 눈부신 오렌지색이었고, 피부는 검은 편이었다.

"어서 오세요." 내가 말했다. "훌륭한 날개군요."

칭찬을 받은 천사는 어색하게 웃으며 내 방으로 들어와 잠시 두리 번거렸다. 악마 쪽이 훨씬 멋있군, 나는 속으로만 생각했다. 생애 마지 막 날에, 괜한 소리를 입 밖으로 내어 천사를 실망시킬 필요는 없으니까.

"이미 다녀갔습니까?"

천사는 굵고 낮은 목소리로 조용히 말했다.

"당연하죠."

내 목소리가 약간 높아졌다. 그렇지 않은 척해도, 생애 마지막 날에 악마와 천사를 연달아 만나고 있으니 흥분하지 않는 것이 이상할 정 도였다.

"그가 내 이야기도 하던가요?"

천사는 더욱 낮은 목소리로, 그러나 우아한 미소를 머금고 내게 말 했다. 내 기분이 약간 누그러졌다.

"네, 물론이죠. 그는 악마인걸요."

"당신의 영혼이 우리 둘의 공동소유라는 이야기도 했나요?"

천사가 다시 물었다.

"당신들 마음대로 잘도 정했더군요."

나는 왠지 힘이 빠졌다.

"궁금한 게 있으면 뭐든지 물어봐요."

천사의 은빛 머리카락은 참 아름답구나, 어째서 진짜 천사가 만화에서 봤던 것과 비슷할까, 하는 생각을 하느라 나는 그의 질문을 놓쳐버렸다. 천사가 다시 말했다.

"이를테면 이제 어떻게 되나, 라든지."

"그런 것에도 대답해주나요?"

내가 물었다.

"원한다면."

천사가 말했다.

"이제 나는 어떻게 되죠?"

"당신은 자유의지를 믿나요?"

천사는 대답 대신, 나에게 되물었다. 나는 그의 질문에 대해 잠시 생각했다. 설마, 이 질문의 대답에 의해, 내가 어떻게 될 것인지가 결정되는 것은 아니겠지.

"그 대답에 따라 내 앞날이 결정되는 건 아니겠죠?"

나는 확인했다.

"당신은 상상력이 풍부하군요."

천사가 웃었다. 투명한 유리컵 속으로 떨어지는 얼음 알갱이들의 소리였다.

"이봐요, 그런 식으로 나를 시험하지 마요. 생애 마지막 날까지 시험 같은 걸 보고 싶진 않으니까. 차라리 만화나 영화 속에서처럼, 뭔가 요술이나 부려봐요. 이를테면 손가락으로 딱, 하는 소리를 내면서 맥주라도 나타나게 한다거나."

나는 화제를 돌렸다. 마지막 날까지, 앞으로 나는 어떻게 될까, 따위의 고민은 하고 싶지 않았다. 천사는 빙긋 웃더니 손가락으로 딱, 하는 소리를 냈다. 그러자 보기만 해도 시원한 맥주 한 잔이 나타났다.

"혼자 마시고 싶진 않아요."

내 말에, 천사는 어깨를 으쓱하고 다시 딱, 소리를 냈다. 또 한 잔의 신선한 거품이 이는 맥주가 나타났다. 우리는 잔을 들었다.

"무엇을 위해 건배를 하죠?"

내가 물었다.

"당신의 생애에서 가장 행복했던 어느 한순간에 대해."

천사가 말했다. 그때서야 내 눈에서 눈물이 흐르기 시작했다. 내 의지와는 상관없이. 그러고 보면, 처음부터 내게 자유의지 같은 건 없었던 것이다.

"미안해요. 울리려고 한 건 아니었는데." 천사가 빈 맥주잔을 내려놓으며 말했다. "자, 이제 남은 시간 동안 무얼 하고 싶죠?"

내 생애 마지막 날은, 적어도 외롭지는 않았다.

오후 여섯 시에, 악마가 다시 찾아왔다. 그는 내 방을 수백 번도 더 들락거린 것처럼 아무런 스스럼없이 스윽 들어왔다가, 천사와 내 앞에 쌓인 맥주잔들을 보고 깜짝 놀랐다. 천사와 나, 우리 둘은 이미 취해서 얼굴이 빨개져 있었다. 오후 여섯 시밖에 안 된 시간이었지만, 생의 마지막 날인데 무슨 상관이랴.

"어떻게 된 일이야?"

악마가 물었다.

"천사는," 내가 설명했다. "맥주만 나오게 할 수가 없대. 맥주를 나오게 하려면 반드시 맥주잔도 나오게 해야 한대. 그래서 이렇게 된 거야."

"미안, 미안." 천사가 말했다. "설거지는 내가 할게, 어쨌든 술이 떨어졌다고."

천사는 다시 손가락으로 딱, 딱, 딱, 하고 세 번 소리를 냈다. 세 개의 맥주가 담긴 맥주잔이 다시 나타났다.

"마시자고."

천사가 악마에게 잔을 내밀었다. 우리 셋은, 약간 어안이 벙벙해진 악마를 포함하여, 각자의 잔을 들었다.

"이번에는 무엇을 위해?"

내가 물었다.

"지금까지 이 많은 잔들은 무엇을 위한 거였지?"

악마가 물었다.

"지금까지 내가 읽었던 책들, 내가 보았던 그림들, 내가 들었던 음악들, 내가 지나쳐왔던 공간들, 내가 연주했던 피아노의 건반 하나하나, 내가 만났던 사랑하는 사람들, 그들과 함께 보낸 시간들, 그들이 한 약속들, 그들의 미소와 눈물…"

나는 말을 끝맺지 못했다. 악마가 말을 끊었기 때문이다.

"알았어, 알았다고." 악마는 과장된 몸짓으로 다시 한 번 잔을 높이

치켜들었다. "그럼 이제부터 네가 하지 못했던 것들을 위해 건배하자. 네가 읽지 못한 책들과 네가 보지 못한 그림들, 네가 아직 듣지 못한 음악들, 네가 가보지 못한 곳들, 네가 연주하지 못한 피아노 악보의 음표 하나하나, 네가 만나지 못한 사람들, 아직 시작하지 못한 사랑과 네가 이루지 못한 꿈들…"

그래서 우리는 계속 마셨다. 천사와 둘이 마신 것보다 적어도 세 배 이상은 마셨다. 그리고 나는 정신을 잃었다.

다시 눈을 떴을 때, 모든 것이 전날과 달라져 있었다. 그래서 나는 자리에 누운 채로 꼼짝도 할 수가 없었다. 뽀얀 연기의 덩어리 같은 것이 눈앞에 어른거리고 있었다. 딱히 위협적이진 않았지만, 선명한 존재감으로 나를 압도하는 것이었다. 그것이 내 코앞으로 바싹 다가왔을 때, 본능적으로 숨을 멈추고 있던 나는, 더 이상 참지 못하고 푸욱, 숨을 뱉어버렸다. 파삭, 비스킷이 부서질 때 나는 소리와 함께 덩어리는 작은 폭발을 일으켰고, 파편들이 공기 중으로 흩어졌다. 하얀 가루로 뒤덮인 채, 나는 몸을 일으켜 방안을 둘러보았다. 천사는 약속을 지켰다. 깨끗한 물방울들이 맺힌 투명한 컵들이, 햇살을 받아 눈부시게 반짝이고 있었다. 그리고 내 생애 첫날이 막 시작되려 하고 있었다.

불필요한 이야기지만, 그날 이후 나의 인생은 조금 바뀌었다. 나는 지금까지 읽었던 책들, 내가 보았던 그림들, 내가 들었던 음악들, 내가 지나쳐왔던 공간들, 내가 연주했던 피아노의 건반 하나하나, 내가 만났던 사랑하는 사람들, 그들과 함께 보낸 시간들, 그들이 한 약속들, 그들의 미소와 눈물, 그리고 내가 읽지 못한 책들, 내가 보지 못한 그림들, 내가 아직 듣지 못한 음악들, 내가 가보지 못한 곳들, 내가 연주하지 못한 피아노 악보의 음표 하나하나, 내가 만나지 못한 사람들, 아직 시작하지 못한 사랑과 내가 이루지 못한 꿈들, 그 모든 것을 지금까지보다 조금 더 좋아하게 된 것이다.

한 번만 더

그와 그녀의 삶은
너무 멀리 떨어져 있었다

개나리처럼 노랗고 병아리처럼 부드러운 햇살의 알갱이들이 방울방울 떨어져 내리는 봄날을 그녀는 기억한다. 저렇게 먼 곳에 있는 태양의 온기가 이곳까지 내려와 우리를 따뜻하게 해준다는 게 신기하지 않느냐고, 그는 물었다. 어디선가 강아지 한 마리가 달려와 신기하다는 듯이 두 사람을 바라보다가, 들녘에 핀 들꽃에 코를 박고 킁킁거렸다.

가까운 곳에 동물원이 있었다. 호랑이나 사자처럼 큰 동물들은 없었지만, 눈이 맑은 사슴과 봄을 지저귀는 작은 새들이 있었다. 그와 그녀는 기린의 우리 앞에 걸음을 멈추었다. 그녀는 한밤의 동물원에서 길을 잃은 사람 이야기를 했다. 여기서 이대로 길을 잃어버려도 좋겠다고, 과거로부터 이어진 현재가 갑자기 뚝 끊어지고 단 한 번도 상상하지 못했던 아주 이상한 미래가 급히 달려와 자신들을 포박하여 데려가도 좋겠다고, 그녀는 생각했다.

아니야, 그건 봄이 아니라 여름이었어. 그녀는 곰곰이 그날의 날씨를 되새겨본다. 천천히 저무는 해처럼 뉘엿뉘엿 걸음을 옮기던 기린이 문득 올려다보던 파란 하늘, 동화책 속의 그림처럼 선명하던 뭉게구름, 대기를 살짝 들뜨게 하던 산들바람은 여름의 것이었을지도 모른다. 무엇보다 동물원 한쪽에 있던 야외카페, 그 빛바랜 나무 테이블 위에 놓여 있던 칵테일의 색깔이 너무나 선명했다. 투명한 컵 안에서 얼음은 조금씩 녹아갔고, 쏟아지는 햇살 때문에 그녀는 눈을 가늘게 떠야 했고, 태양과 마주앉아 있던 그는 가방에서 선글라스를 꺼냈다.

삶이란 뜻하지 않은 지루함과 뜻하지 않은 놀라움이 교차되는 것이라고, 그녀는 생각했다. 이를테면 언제나 같은 풍경을 바라보며 힘겨운 걸음을 옮기고 있는데, 어디선가 강아지 한 마리가 달려온다, 자세히 보니 강아지는 노랗고 보드라운 들꽃 같은 것을 입에 물고 있다, 강아지가 떨어뜨리고 간 들꽃을 주워 집으로 가지고 와서 작은 꽃병에 꽂아둔다, 지금까지 없어도 그만이었지만 꽃이 거기 있으니 자꾸 눈길이 간다, 그리고 꽃은 시든다, 같은 식이다. 시든 꽃을 버리는 일, 꽃병을 씻어 원래 있던 자리에 넣어두는 일의 쓸쓸함 같은 것을 겪다 보면, 훌쩍 세월이 가고 훌쩍 나이가 든다. 꽃병을 다시 꺼낼 날이 언제 또 올 것인가. 오기는 올 것인가. 삶은 너무나 구체적인 동시에 너무나 추상적이다. 없어도 그만이었던 것이 사라지고 나면, 외로움은 좀 더 외로워지고 어둠은 좀 더 어두워진다.

　기린의 걸음걸이처럼 뉘엿뉘엿 해가 저물기를 기다려, 그와 그녀는 동물원을 나와 강변을 걸었다. 어쩌면 가을이었을지도 모르겠어, 그녀는 생각한다. 노을빛을 받은 강변의 무성한 풀들은 온통 금빛이었다. 태양은 눈을 가늘게 뜨고 시샘하듯 그들을 지켜보고 있었다. 연인들은 손을 잡고 풀밭 위에 앉아 있었다. 붉은빛과 푸른빛이 뒤엉켜 강물을 따라 흘러가고 있었다. 그리고 헤어져야 할 시간이 다가오고 있었다.

　한 번만 더.

　그가 말했다. 두 사람은 그 노래를 몇 번이나 다시 들었다. 하지만 영원히 그곳에 앉아, 영원히 그 노래를 듣고 있을 수는 없었다.

　아주 긴 세월이 흘렀다. 강아지가 커서 다른 강아지들을 낳고, 들꽃들은 피고 지기를 거듭하다 들꽃의 생을 마치고, 나이가 든 기린은 걷기보다 앉아 있기를 좋아하게 되었을 것이다. 그리고 그날 그 강변에서 금빛으로 빛나던 풀들은 수분을 잃고 바스락거리다 흙으로 돌아갔을 것이다. 한때 그들이 손을 잡고 앉아 있던 그 자리에는 다른 연인들이 서로의 어깨를 기대고 앉아, 무심하게 흘러가는 강물 위의 푸른빛과 붉은빛을 바라보고 있을 것이다.

　봄과 여름, 그리고 가을이 그 하루에 다 지나갔다고, 그녀는 생각한다. 삶은 예기치도 않았고 원하지도 않았던 선물을 그녀의 손에 쥐여주었다가, 다시 빼앗아갔다. 그때 그와 그녀의 삶은 너무 멀리 떨어져 있었다. 새삼스럽게 삶을 움직여 완전히 새로운 미래로 옮겨 가기에는, 이미 너무 오래 살아버렸다고, 그들은 믿었다. 그런 이유로 그들은 그들에게 주어진 선물의 포장을 뜯지 못했다. 삶이 그것을 다시 가져간 건, 삶의 변덕 탓이 아니었다.

새벽의 빗소리에 그녀는 눈을 떴다. 지금은 봄일까, 여름일까, 아니면 가을일까. 계절은 헤아려지지 않고 어둠 속은 온통 꽃이 피었다 진 자리였다. 에바 캐시디의 그 노래, 「Fields of gold」를, 그녀는 그 후 두 번 다시 듣지 않았다. 굳이 듣지 않아도 언제든지 재생되는, 금빛 들판으로 출렁이고 푸른 강물로 일렁이는 곡이었다.

당신은 내 곁에 머물러줄 건가요? 당신은 나의 사랑이 되어줄 건가요? 내가 지키지 못했던 약속들도 있지만, 난 쉽게 약속하는 사람은 아니랍니다. 맹세할게요. 우리, 이 생이 끝날 때까지, 금빛 들판을 함께 걸어요.

끝내 하지 못했던, 그러나 할 수도 있었던 맹세가 헛되다. 그때 그녀가 아무것도 하지 못했듯, 지금 그녀가 할 수 있는 것은 없다. 그러나 먼 서쪽 어딘가에서 바람이 불어오면, 그가 그 금빛 들판을 떠올릴 거라는 확신만은, 믿을 수 없을 정도로 또렷하게, 그녀를 여태 붙들고 있다.

Will you stay with me, will you be my love

Among the fields of barley

_ 에바 캐시디, 「Fields of gold」 중에서

무거운 꽃

혹시 나쁜 꿈을 꾸게 되면 곤란하니까

기차역은 예상보다 크고 복잡했다. 작가도 제목도 모르는 단 한 권의 책을 찾기 위해 방대한 규모의 도서관에 발을 들여놓은 사람처럼, 나는 얼어붙어 있었다. 내가 얼마나 무모한 짓을 했는지, 내 친구들이 왜 화를 내면서까지 나를 말렸는지, 겨우 이해할 수 있었다. 하지만 돌아가기에는 너무 늦었다.

편지가 온 것은 일 년 전이었다. 발신자의 이름은 에밀 싱클레어. 아는 이름은 아니었지만 그렇다고 낯선 이름도 아니었다. 여행 중에 만났던 외국인 친구들을 하나하나 꼽아보고, 그들의 친구들까지 떠올려보았지만, 에밀의 얼굴은 기억나지 않았다. 이름이나 얼굴에 대한 기억력은 어차피 젬병이니까 이상한 일도 아니었다. 그런데 이상한 것은 편지의 내용이었다. 그건 편지라기보다 초대장이었다. 에밀은 자신이 살고 있는 도시, 그러니까 베를린으로 나를 초대하고 싶다고 했다. 언제 올 것인지, 얼마나 머물 것인지는 모두 나한테 달려 있다고 했다. 일정을 정하면 비행기 티켓을 보내주고, 체류하는 동안 필요한 경비를 대겠다고 했다. 내가 만약 초대를 받아들인다면, 자신을 위해 한 가지 부탁을 들어주었으면 좋겠다고 했다. 그곳에 머무는 동안, 무엇이든 좋으니, 글을 써달라는 것이었다.

'반드시 써야 한다는 것은 아닙니다. 그저 그럴 마음이 들면, 그래주었으면 좋겠다는 것입니다. 이 도시나 여행에 대한 글이 아니어도 좋고, 그리 길지 않아도 괜찮습니다. 다만 당신이 이곳에 머무르는 동안 써주었으면 합니다.'

그런 내용이 담긴 초대장은 근사한 서명으로 마무리되어 있었고, 뒷면에는 바싹 마르고 납작해진 장미 꽃잎이 붙어 있었다.

알지도 못하는 사람의 수상한 초대를 받고 신이 나서 당장 짐을 꾸릴 정도로, 즉흥적인 사람은 아니다, 나도. 그런 이유로 그 초대장은 어느 책의 갈피 안에 꽂힌 채로 방치되었다. 그런데 한 달 전, 깊은 바다에 살던 물고기가 갑자기 힘찬 몸짓으로 수면 위로 솟구쳐 오르듯, 그 기억이 떠올랐다. 나는 책들을 샅샅이 뒤져 초대장을 찾아냈고, 거기 쓰인 에밀의 이메일 주소로 짧은 편지를 보냈다. '당신의 초대가 아직 유효하다면 그곳으로 가고 싶다'는 내용이었다. 놀랍게도 하루가 지나기 전에 답이 왔다. '언제 출발하겠습니까?' 단 한 줄이었다.

예상했던 대로, 몇몇 친구들이 다양한 불행의 시나리오를 제시하며 나를 말렸다. 납치, 인신매매, 연쇄살인범 같은 무시무시한 단어들이 튀어나왔지만, 나는 무시했다. 나한테는 하나의 확신이 있었다. 에밀 싱클레어는 내가 아는 사람이었다. 내가 그 얘기를 하자, 친구들은 '그러면 그렇지' 하고는 그와의 스토리를 털어놓으라고 종용했다. 하지만 나는 끝내 입을 열지 않았다. 내막을 알게 되면 친구들은 아마 더더욱 기가 막혀 할 것이고, 내 슈트케이스를 빼앗아가는 극단의 조치를 취할 가능성도 있었다. 그들의 호기심 어린 눈망울을 묘한 미소로 얼버무리고, 나는 짐을 꾸렸다.

프랑크푸르트 공항에 내려 베를린으로 가는 기차를 탔을 때까지도, 후회는 하지 않았다. 기차 여행은 쾌적했고 사람들은 친절했다. 하지만 베를린의 기차역에서, 나는 내가 얼마나 바보 같은 짓을 했는지 비로소 깨달았다. 에밀 싱클레어. 그 이름은 1962년에 세상을 떠난 헤르만 헤세가 『데미안』을 출간할 때 사용했던 필명이었다. 그러니까 에밀 싱클레어는 헤세의 페르소나인 동시에, 엄밀히 말하자면 이 세상에 한 번도 존재한 적이 없는 사람이었다.

"이쪽입니다."

검은 수트를 입은 남자는 망설임도 없이 성큼성큼 내 앞으로 다가와, 그렇게 말했다. 그러고는 뭐라고 말할 틈도 주지 않은 채 내 슈트케이스를 번쩍 들고 걸음을 옮겼다. 납치, 인신매매, 그런 단어들이 다시 머릿속에서 헤엄치기 시작했다. 하지만 나는 출구와 입구가 온통 혼재되어 있는 기차역에서 빨리 벗어나고 싶었고, 그 남자를 따라가는 것 외에 다른 방법은 없어 보였다. 남자는 검은 리무진 앞에서 걸음을 멈추었다.

"우선 숙소로 안내해드리겠습니다."

"에밀 싱클레어?"

잔뜩 겁을 먹은 목소리로, 내가 말했다. 뜻하지 않게, 남자가 웃음을 터뜨렸다. 그의 웃음소리가 어린아이처럼 맑았기 때문에, 나는 가슴을 쓸어내리며 안도했다.

"아닙니다. 저는 브루노라고 합니다. 필요한 것이 있으면 뭐든 도와드리라고, 그분이 저를 보내셨습니다."

반듯한 자세로 운전을 하며, 브루노가 말했다.

"호텔에 도착하시면, 여장을 풀고 저녁식사를 하시도록 준비해두었습니다."

"그리고요?"

"다른 스케줄은 없습니다."

"내일은요?"

"내일도, 모레도, 떠나시는 날까지 자유롭게 시간을 보내시면 됩니다. 차가 필요하시면 저한테 연락을 주십시오. 원하실 경우 레스토랑 예약도 해드립니다. 호텔은 우선 제가 체크인을 했는데, 하룻밤 묵어보시고 불편하면 다른 곳으로 옮기셔도 됩니다. 아, 호텔 자체에 문제가 있는 것은 아닙니다. 아마 마음에 드시겠지만, 혹시 나쁜 꿈을 꾸게 되면 곤란하니까, 하고 에밀이 그러더군요."

그렇다면 저녁식사 때 에밀을 만나게 되는 걸까. 그런 생각을 하는데, 졸음이 밀려왔다. 이런 상황에서 잠이 들다니, 친구들이 알면 아우성을 칠 텐데, 하면서도 나는 까무룩 잠에 빠져들었다. 헤르만 헤세의 첫 번째 아들 이름이 브루노였다는 사실이, 그 직전에 기억났다.

호텔은 근사했다. 고풍스러운 외벽과 기둥, 사람을 압도하지 않으면서도 우아한 인테리어, 묵직한 나무로 만들어진 계단의 난간, 그리고 오래된 그림들과 조각품들의 그림자가 드리워진 로비. 내가 묵을 방은 오층에 있었다. 창문 너머로 푸른 잎들을 매단 나무들과 다정하고 고즈넉한 지붕들이 내려다보였다. 테이블 위에는 커다란 꽃병이 하나 놓여 있었고, 꽃병에는 싱싱한 하얀 장미들이 꽂혀 있었다.

브루노는 불편한 것이 없는지 꼼꼼하게 살핀 후 돌아갔다. 침대 위에 놓인 봉투를 발견한 것은, 호텔 레스토랑에서 저녁식사를 하고 방으로 돌아왔을 때였다.

'이 도시에 머무르는 동안, 우리가 만날 일은 없을 것입니다. 부디 편안하게 지내십시오.'

에밀 싱클레어의 서명이 있는 짧은 메모, 그리고 여러 장의 지폐들이 봉투 안에 들어 있었다. 무사히 도착했으며 걱정할 일은 아무것도 없다는 내용의 짧은 메일을 친구들한테 보내고, 나는 테이블 앞에 앉아 창밖을 내다보았다. 저녁식사 때 마신 와인 탓인지 녹진한 피로가 몰려왔지만, 정신은 이상할 정도로 맑았다. 슈트케이스를 뒤져 노트를 꺼내고 연필을 깎았다. 몇 송이의 장미를 스케치하고 나자, 어디선가 부엉이 소리가 들려왔다.

'청춘의 꽃은 무겁다.'

나는 노트 한 귀퉁이에 그렇게 썼다. 그 생각이 어디에서 발현되었는지는 알 수 없다. 다만 한 가지 확실한 것은, 한창 물이 오른, 눈부시게 피어나는 장미가 눈앞에 있다는 것이었다.

헤르만 헤세는 꽃을 즐겨 그렸다. 친구에게 보내는 편지에서, 그는 말했다. 꽃병 속에서 천천히 시들어가는 꽃들을 유심히 관찰해보라고. 서서히 빛이 바래 죽어가는 꽃을 바라보며, 자신은 죽음의 춤을 체험한다고. '죽음이야말로 아름다운 꽃피움이며 너무도 사랑스러운 것'이라고. 그 편지를 쓸 때, 그의 나이는 쉰한 살이었다.

에밀 싱클레어를 위해 무언가를 써야 한다는 생각이 뇌리에서 떠나지 않았다. 그것만 제외한다면, 베를린에서의 날들은 믿을 수 없을 정도로 완벽했다. 브루노가 잡아준 호텔은 시내에서 멀지도 가깝지도 않은 거리에 있어 어디든 갈 수 있는 동시에 어딘가 가야 한다는 강박증을 조장하지도 않았다. 직원들은 조용하고 민첩하게 움직였다. 지나친 친절을 베풀며 간섭하는 일도 없었고, 필요한 순간에는 반드시 나타났다. 나중에 알게 된 사실이지만, 호텔의 오너는 '게으른 여행자들을 위해' 이 호텔을 지었다고 했다. 아침식사가 제공되는 시간은 심지어 오후 한 시까지여서, 느긋하게 늦잠을 자고 나서도 신선한 샐러드와 과일, 따뜻한 수프와 부드러운 푸딩으로 배를 채울 수 있었다. 하이라이트는 옥상정원이었다. 온몸이 파묻히는 긴 의자들이 푸른 나무와 잔디 사이사이에 놓여 있었다. 책 한 권을 들고 의자에 누워 햇살을 듬뿍 받고 있으면, 하얀 와이셔츠에 긴 에이프런을 두른 웨이터가 민트 잎이 듬뿍 들어간 모히토를 가져다주었다.

저녁이면 나는 얇은 카디건을 걸치고 어슬렁어슬렁 걸어 나가 거리를 배회했다. 마음에 드는 카페가 보이면 커피를 마시고, 배가 고프면 레스토랑에서 식사를 하고, 목이 마르면 조그마한 바에 들어가 맥주를 마셨다. 그리고 몇 가지 의문에 대해 생각했다. 에밀은 왜 나를 이곳으로 불렀을까? 왜 나를 만나려 하지 않는 걸까? 나는 그를 위해 무엇을 써야 할까?

깊은 밤이면 나는 객실의 테이블 앞에 앉아, 꽃병 속의 꽃들을 바라보았다. 천천히 시들어가는 꽃들 안에서, 나는 헤세가 말한 '오렌지색, 노란색, 청동을 입힌 듯한 회색, 쾌활한 전원풍의 청적색, 그늘에라도 가린 듯한 연푸른색, 탁해진 흰빛, 말할 수 없이 감동적이며 호소하듯 슬픈 빛을 띤 붉은 잿빛, 증조할머니의 빛바랜 비단으로 만든 물건들이나 낡은 수채화에서 볼 수 있는' 색깔들을 찾아보았다. 꽃잎 한 장 한 장을 정면으로 바라보다 지치면, 뒤쪽을 들여다보았다. 헤세는 꽃잎의 뒤쪽에서 '광물의 빛, 고산지대의 암석이나 이끼 또는 바닷말에서나 볼 수 있는 청회색과 잿빛을 띤 녹색, 청동색'을 보았다고 했다.

'청춘의 꽃은 무겁다.'

내가 쓴 문장은 그것이 전부였다. 그 뒤를 이어갈 말들이 쉽게 떠오르지 않은 채로, 날들이 흘러가고 꽃들이 시들어갔다.

시간은 꽃들에게서 모든 수분을 빼앗아갔다. 바싹 마른 꽃잎이 손끝에서 부서졌다. 떠나야 할 시간이었다. 나는 몇 장의 스케치를 침대 위에 놓아두고, 짐을 꾸려 밖으로 나왔다. 브루노는 호텔 앞에서 기다리고 있었다. 공항으로 향하는 검은 리무진 안에서, 나는 조그맣게 노래를 불렀다.

"What is a youth? Impetuous fire. What is a maid? Ice and desire. The world wags on. A rose will bloom. It then will fade. So does a youth. So does the fairest maid…"

내 노래가 잦아들기를 기다렸다가, 브루노가 말했다.

"로미오와 줄리엣이군요."

"이곳에 머무르던 내내, 그 노래가 생각이 났어요."

룸미러 안에서 브루노와 나의 눈길이 마주쳤다.

"여기 도착한 첫날, 싱싱하던 꽃들이 기억나요. 이상하게 그 꽃들이 무거워 보였죠."

브루노는 아무런 대답 없이 부드럽게 핸들을 틀어 코너를 돌았다.

"그러다 차츰 가벼워졌죠. 시간을 내려놓고, 섬세하게 몸을 틀어 다양한 색깔을 꽃잎 안에 떠올렸죠. '가장 무상한 것이야말로 가장 아름다운 것'이라고, 헤세가 그랬는데."

브루노는 가만히 고개만 끄덕였다.

"에밀에게, 미안하다고 전해주세요. 난 단 한 줄의 문장밖에 쓰지 못했어요. 하지만 내가 두고 온 스케치들은, 원한다면 가져도 좋다고."

"기뻐할 겁니다."

신중한 목소리로, 그가 말했다.

"에밀 싱클레어는, 이 세상에 존재하지 않는 사람이죠?"

브루노는 조용히 공항 앞에 차를 댔다.

"조심히 가십시오."

청춘의 꽃들이 머금고 있던 수분, 물기, 눈물 같은 것이 내 안에 고여 조금씩 차올랐다. 한때 꽃들이 짙어지고 있던, 한때 나의 청춘이 품고 있던 무게 같은 것이 부드럽게 물결쳤다. 그날의 그 꽃들이 무거웠던 건, 살아내야 할 시간들, 겪지 않으면 안 될 그러나 아직 시작되지 않았던 일들 탓이었나. 나는 생각했다. 오래도록 묻어두고 있었던 한 사람, 죽음과도 같았던 단절, 그 사람과 함께 떠나간 심장의 한쪽이 웅성거렸다. 갑자기, 이 모든 일들이 내게 일어난 건, 그가 원했기 때문이라는 사실을 깨달았다.

한 사람과의 관계가 끝난다는 것은 하나의 세계가 무너진다는 것이다. 하지만 세계가 무너지기 직전에, 우리는 마지막 춤을 추었다. 이 세계와 저 세계의 경계에 또렷하게 남아 있는 춤의 흔적이 아름답지 않으냐고, 그 사람이, 혹은 그 사람의 기억이 내게 말했다. 비록, 두 번 다시 되살아나지 않을지라도.

"그리고 그는, 아마도 세상에서 가장 아름다운 사람이겠죠."

멀어져가는 검은 리무진을 멍하니 바라보며, 나는 중얼거렸다.

새벽 네 시의 편지

돌보지 않으면
죽어버리는 거야

메일함을 열고 너에게 답장을 쓰는 지금 시간은 새벽 네 시야. 아마 너는 얕은 잠에서 뒤척이다가 두 시간 후쯤 자리에서 일어나 수업을 준비하고, 딱딱한 빵과 차가운 우유로 허기를 달래고, 무표정하거나 지친 얼굴을 한 사람들 틈에 끼어 전철에 오르겠지. 그저께 밤에 내가 너에게 한 이야기와, 어젯밤에 네가 내게 보낸 메일, 그리고 (만약 확인했다면) 지금 내가 쓰고 있는 편지의 내용들을 되새겨보면서 말이야.

내가 이 시간까지 잠자리에 들지 않고 있는 건, 너의 편지를 읽고 마음이 아파서, 슬픔과 실망으로 잠을 이루지 못해서가 아니야. 그러니까 자책하지 마. 네가 말했듯이 우리는 지금까지 서로에게 진실을 말해왔고, 가장 힘든 상황에서도 진심을 나눈 친구잖아. 나의 느닷없는 고백에 대해

네가 어떤 반응을 보일지, 내가 몰랐을까. 그걸 빤히 알면서도 그런 이야기를 털어놓은 내 마음을 네가 아는 것처럼 말이야. 하지만 물론, 예상을 하고 있었다고 해서, 현실을 순순한 마음으로 받아들이게 되는 건 아니잖아. 답장을 쓰기 전에 난 머리를 좀 비우고 싶었고, 이 상황과 거리를 유지하기 위해 뭔가 다른 것에 집중하고 싶었어. 평소에 보지도 않던 텔레비전을 켠 건 그 때문이야. 그러니까 하필이면 그때 영화 「아웃 오브 아프리카」가 막 시작된 건 내 의지도, 내 잘못도 아닌 거야.

너도 알지? 내가 이자크 디네센의 『바베트의 만찬』이나 『일곱 개의 고딕 이야기』 같은 책에 실린 아름다운 단편들을 얼마나 좋아하는지? 하지만 난 그녀를 작가로 만들었던 자서전적인 소설이자 대표작으로 불리는 『아웃 오브 아프리카』만은 읽지 않았어. 덴마크에서 태어나 외사촌과 결혼하고, 남작부인이 되어 케냐로 가서 커피 농장을 경영하고, 그곳에서 만난 영국인 사냥꾼 데니스와 사랑에 빠지고, 연인과 농장을 잃은 후 덴마크로 돌아간 디네센은 두 번 다시 아프리카에 가지 않았지. 그러니까 나에게 그건 내가 좋아하는 작가의 작품이기 전에, '사랑을 하고 사랑을 잃은' 이야기였어. 더구나 픽션이 아니라, 진짜 일어났던 일이었지.

나는 늘 사랑에 대해 하나의 입장을 가지고 싶지 않았어. 사랑은 이렇다거나 저렇다거나, 그래서 이래야 한다거나 저래야 한다거나, 그런 일들이 도무지 벅차고 아득하게만 느껴졌어. 가능하다면 평생 모호하고 방관적인 입장을 고수하며, 사랑에 잡아먹히지 않도록 조심하며 살아가고 싶었어. 하지만 디네센의 이야기를 읽고 나면, 어떤 쪽으로든 방향을 정해야 한다는 생각이 무의식 속에 있었던 거야. 그런데 너도 알다시피, 그저께 밤을 시작으로 하여 나는 조금 용감해졌나 봐. 그래봤자 이야기고, 그래봤자 영화고, 그래봤자 남의 일이고, 그래봤자 지난 일이란 생각이 들어서, 영화를 끝까지 보고 말았지 뭐야.

그리고 내 심장을 향해 직선으로 날아온 대사. 그들이 헤어지기 전, 데니스가 그녀에게 말하지. "당신 때문에 한 가지 싫어진 게 있소." "그게 뭐죠?" 그녀는 물었어. "혼자 있는 시간." 데니스의 대답이야. 그녀를 만나기 전까지, 자유로운 영혼이 일구어낸 자유로운 삶 속에서, 데니스는 행복했어. 두 사람이 연인관계가 된 후, 데니스는 그녀에게 삶의 일부를 내어주지만, 그녀는 그것만으로 만족하지 않았지. 데니스는 그녀를 떠났고, 오롯한 자신만의 시간을 되찾을 수 있었지만, 그러나 더 이상 그 시간들은 그를 행복하게 해주지 못했어. 그에 비해 그녀는 늘 누군가가 자신 곁에 있어야 안도하는 사람이었어. 하지만 그녀가 사랑에 빠졌을 때, 그녀는 더 많은 것을 구하느라, 자신이 소유한 것을 지키느라, 언제 무엇이 부서지고 무너질지 모른다는 두려움과 싸우느라, 줄곧 불안했지.

그래, 너의 말대로, 사랑은 어떤 것도 살필 수 없고 어떤 것도 구원할 수 없을지도 몰라. 아주 잠깐 행복하다고 생각했다가, 곧 엉망이 되겠지. 이제 겨우 스물 몇 살인 우리가 그 거대하고 가혹한 사랑의 장난을 어떻게 감당하겠어. 만약 그녀가 조금 더 나이가 들고 현명했다면, 그렇게 무모하게 자신을 내던지지는 않았겠지. 하지만 디네센이 세상을 떠나는 마지막 순간, 그녀에게 일어났던 그 모든 일을, 그를 만나 사랑하고 헤어진 것을 후회했을까?

　우리가 영원히 소유할 수 있는 건 없잖아. 그게 사랑이든, 삶이든. 늦기 전에, 나이 들기 전에, 현명해지기 전에, 더 많은 것을 알게 되기 전에, 또 죽기 전에, 우리가 알지 못하는 친밀함을 나는 한 번쯤 경험해보고 싶어. 그것이 비록 소유할 수 없는 것을 소유했다는 착각에서 나온 것일지라도. 난, 사랑은, 하나의 생명처럼, 살아 있는 것이라고 믿어. 작은 바람에도 고개를 돌리고, 작은 비에도 시들어버리고, 아주 작은 부주의에도 죽어버리는. 네 말이 맞아. 사랑은 없어. 우리가 그것을 돌보지 않으면 죽어버리는 거야. 그런 사랑을 살아가게 하는 일이 그토록 무모한 일일까? 너는 정말로 그렇게 생각하는 거야?

만일 그들이 원하는 것을 얻지 못했다면 힘들 것이고

원하는 것을 얻었다면 더더욱 힘들 것이다

_ 이자크 디네센, 「불멸의 이야기」 중에서

우물인간

다만 과잉된 삶을 피하고 싶은 것입니다

"놀러 한번 오시지요."

그의 간결한 문장 속에서, 나는 행간을 읽었다.

"한번 가지요."

나의 간결한 대답 안에서, 그도 아마 그랬을 것이다.

그의 존재를 처음 알게 되었을 때, 그리고 자신을 '우물인간'이라 소개했을 때, 나는 기껏 스무 살이었다. 정확한 건 모르겠지만, 그의 나이도 그보다 아주 많지는 않았을 것이다.

"우물인간이라니, 그게 뭐죠?"

"그저 우물인간입니다. 그 이상도 그 이하도 아니지요."

그때 내 안에 우물 하나가 생겨났다. 그리고 당연하게도, 그곳에 우물인간이 머물게 되었다. 오랜 세월 동안 그와 나는 어떤 식으로든 연결되어왔지만, 주도권을 쥐고 있는 건 그 사람이었다. 그가 나에 관한 대부분의 것들을 알고 있는 반면, 내가 그에 관해 알고 있는 것은 놀라울 정도로 적었다. 우물이라는 게 원래 그런 거니까, 불만은 없었다. 그리고 이제 그가 나를 부르고 있다. 그의 성격으로 미루어 보건대, 이 간결한 초대는 한밤중에 창문 앞에서 부르는 세레나데보다 간절한 것이었다. 그 간절함에 대해, 나는 정중하게 화답했다.

"우물인간이라고 해서, 온종일 우물에만 처박혀 있는 건 아닙니다."
투명한 잔에 보드카와 탄산수를 붓고 얼음과 라임 조각을 넣으며 그가 말한다.
"바깥으로 나가는 일도 있다는 말인가요?"
세상 밖으로 한 발자국도 나가지 않고 집 안에만 박혀 있는 히키코모리 같은 걸 상상하고 있었던 나는, 의아한 표정을 들키지 않으려고 최대한 낮은 목소리로 묻는다.
"대체로 새벽 시간을 이용합니다. 최소한의 생명만 깨어 있는 시간. 대부분의 생명들이 그들의 둥지 안에서 자신의 세계에 빠져 있는 동안, 세계와 접촉하는 것입니다. 우선 차가운 물을 한 잔 마신 다음, 운동화 끈을 묶고 가볍게 뛰기 시작합니다. 그리 빠르지 않은 속도로. 그런 방식으로 세계가 나와 접촉하는 긴밀함과 특별함을 느끼는 겁니다."
상상했던 것처럼 야윈 얼굴은 아니라고 나는 생각한다. 오히려 그는 햇볕에 잘 그을린 피부와 노동으로 단련된 크고 단단한 손을 갖고 있었다. 푸른색 긴팔 셔츠의 팔목 부분은 무심하게 두세 번 접혀 있었는데, 그가 몸을 움직일 때마다 보기 좋은 근육이 드러났다 사라졌다.

"동이 트기 직전에 시작해서 세계가 완전히 밝아질 때까지 달립니다. 집으로 돌아오면서 그날 필요한 것들을 구입합니다. 갓 구운 빵이라거나 몇 가지 식료품, 신문과 물건 같은 것들."

엄청나게 많은 물건들과 갖가지 식료품들이 산더미처럼 쌓여 있을 거라고, 나는 상상했다. 그러나 그의 우물에 첫발을 들여놓았을 때 내가 본 것은 이상하리만치 텅 비어 있는 공간이었다. 나는 고개를 끄덕인다. 그러면서도 그의 시선을 놓치지 않는다. 그러고 보니 마주 앉아 이야기를 시작한 이후부터 지금까지, 그와 나는 줄곧 서로의 눈을 보고 있다. 상대의 눈 안에 뭔가 굉장한 비밀, 이를테면 우주의 비밀 같은 거라도 들어 있다는 듯이.

"다만 하루분의 것. 그것만 취하여 그것을 다 소모하는 것이 나의 방식입니다. 무의미하고 쓸데없는 것들이 끼어들 여지를 주지 않는 것. 그렇다고 내가 절제하는 삶을 살고 있다고 말할 수는 없습니다. 다만 과잉된 삶을 피하고 싶은 것입니다."

"세상 밖으로 한 발자국도 나가지 않아도, 얼마든지 살아갈 수 있는 세계지요."

불쑥, 나는 그렇게 말한다. 그가 새벽마다 달리기를 한다거나, 가게에 들어가서 직접 물건을 구매하는 모습 같은 건 상상해본 적이 없었다.

그는 컴퓨터의 창을 통해서만 세계와 접촉할 거라고 믿고 있었다. 우물인 간이란 그런 게 아니었나. 하지만 그렇게 내뱉고 보니 이전의 대화와 아무런 맥락이 없는 것 같아, 부연설명이라도 해야 하는 걸까, 잠시 망설인다. 그 사이에 그가 다시 입을 연다.

"나는 내 몫의 세계와 최대한 친밀한 소통을 하고 있습니다. 주어진 것을 받아들이는 게 아니라, 내가 선택한 것들과 교감하는 것입니다. 인간은 무한의 것들을 소화할 수 없다는 것이 나의 생각입니다. 그리고 이런 삶이 나한테는 적당합니다. 당신이 어떻게 느낄지 모르겠지만, 나는 충분히 독립적이고 건강하며 주관적으로 나의 삶을 살아가고 있습니다."

여전히 시선을 고정시킨 채로, 그는 자기 몫의 보드카를 조금 마신다.

"실례되는 질문인지 모르겠지만, 생활은 어떻게 꾸려나가죠?"

나도 내 몫의 보드카를 조금 마신다. 라임의 향이 코끝을 스쳐 공기 중으로 번져가다가, 어디쯤에선가 소멸한다.

"굳이 이름을 붙이자면, 카운슬러라고 할 수 있습니다. 사람들은 나한테 편지를 보냅니다. 이메일로도 보내고 우편으로도 보냅니다. 답을 구하는 이들도 있지만, 대부분은 자신의 이야기를 누군가에게 하고 싶어 하는 사람들입니다. 나는 그들의 이야기를 듣고, 내 나름대로 그들의 감정이나 상황을 파악하여, 조심스럽게 몇 가지 의견을 제시합니다. 나를 필요로 하는 사람들은, 나는 그들을 회원이라고 부릅니다만, 일 년 단위로 나와 계약을 합니다."

"잘 이해가 안 가네요. 편지를 받는 것만으로 연회비를 내는 사람들이 얼마나 되겠어요? 그걸로 문제가 해결되는 것도 아니잖아요?"

"해마다 조금씩 차이는 있지만, 당신이 예상하는 것보다는 훨씬 많을 겁니다."

더 이상은 설명을 하지 않겠다는 의미로, 그는 부드럽게 고개를 젓는다. 그 틈을 타고 침묵이 찾아온다. 나는 잔을 들어 가라앉아 있는 얼음과 보드카, 탄산수가 섞이도록 조금 흔들어본다. 얼음들끼리 부딪치는 소리가 침묵의 먼지를 날린다.

"제가 무슨 생각을 하고 있는지 알아요?"

말을 하고, 나는 보드카를 한 모금 더 마신다.

"압니다."

그가 대답한다.

"우물 이외의 세계를 모르는 나 같은 인간이, 어떻게 복잡한 인간사에 관해 이러쿵저러쿵 간섭할 수 있느냐고 반문하고 싶겠지요."

"비슷해요."

"나는 하루에 한 통 이상의 편지를 쓰지 않습니다. 매일 새벽 집을 나서기 전에 하나의 편지를 골라 충분히 시간을 들여 한 번 읽습니다. 달리기를 할 때는 섬광 같은 생각들이 머릿속을 마음껏 돌아다니도록 내버려둡니다. 집으로 돌아와 샤워를 하고, 간단한 아침식사를 마친 이후 편지를 몇 번 더 정독하고, 그때부터 완전히 집중해서 생각합니다. 편지를 쓴 사람보다 더 많은 생각까지는 아니어도, 더 깊은 생각은 한다고 자신합니다. 늦은 점심을 먹고 난 후에는 음악을 듣거나 책을 읽으면서 휴식을 취합니다. 그러고 나면 어렴풋이 내가 써야 할 글의 윤곽이 떠오르기 시작합니다. 처음에는 퍼즐처럼 흩어져 있던 것들이 차차 한 장의 그림으로 보이는 것입니다. 당신이 갖고 있는 의문에 대해 명쾌한 대답은 할 수 없습니다. 나 역시 가설만 갖고 있을 뿐입니다. 나의 삶이 단순하기 때문에 복잡한 문제에 개입하는 것이 가능할 수도 있다는 가설. 칵테일을 한 잔 더 하시겠습니까?"

하마터면 그러겠다고 할 뻔하다가, 나는 가까스로 고개를 흔든다. 그의 시선은 나의 시선과 여태 단단하게 얽혀 있다.

"행복한가요? 아니, 그보다, 당신에게 인생은 뭐죠?"

뚜렷한 이유도 없이, 거의 항변의 어조로, 나는 묻는다.

"나의 인생은 나 자신입니다. 매일의 작은 축제고, 고요한 축복으로 차 있는 날들입니다. 그리고…"

그는 잠시 말을 끊었다가, 고르고 분명한 어조로 덧붙인다.

"당신이기도 합니다."

보드카 때문이었는지, 나는 갑자기 현기증을 느낀다. 동시에 어떤 묘한 예감에 사로잡혀 깊고 둥근 우물의 한 면을 바라본다. 그곳에 문이 있다. 진짜 세상으로 나갈 수 있는 문. 하지만 그것이 과연 진짜 세상이라고 누가 장담할 수 있는가.

"언제든지 나갈 수 있습니다." 나의 마음을 빤히 읽어낸 그가, 시선 한 번 흐트러뜨리지 않은 채, 말한다. "언제든지 들어올 수도 있습니다."

나는 조금 비틀거리며, 그러나 마지막까지 그에게서 시선을 거두지 않은 채, 일어선다.

"아뇨, 그런 일은 없을 거예요."

나는 가방을 집어 들고, 가벼운 목례를 하고, 문을 연다. 문은 참을 수 없을 정도로 쉽게 열린다. 그리고 언젠가, 내가 이 우물을 스스로 다시 찾게 되리라는, 그리하여 세상에서 가장 친밀하고 고요한 축제에 나를 던지리라는, 그러나 그 순간 그의 친밀하고 고요한 세계를 파괴할지도 모르겠다는 의외의 예감에 휘감겨, 눈부신 세상의 빛 속에서 그대로 눈을 감아버린다.

너무 많은 구두
너무 많은 계단

몰랐던 거야? 새로 산 구두는 늘 불편해

떠났다가 돌아오는 것은 그녀의 삶이었고 같은 자리에서 기다리는 것은 그의 몫이었다. 그녀는 가끔 떠나는 일을 지겨워했고, 그는 가끔 기다리는 일을 우울해했지만, 헤어졌다 다시 만났을 때 두 사람 사이에 흐르는 물결처럼 벅찬 감정을 생각한다면, 다른 선택은 단연코 없었다.

그건 싸늘하고 텅 빈 욕조에 따뜻한 물이 조금씩 차오르는 일과 흡사했다. 차디찬 공기에 노출된 연약한 몸이 곧 바스라질 것처럼 얼어붙을 때, 발끝으로 전해지는 온기의 감촉은 얼마나 짜릿한가. 또한 그건 습기가 모조리 빠져나간 흙 속에서 근근이 버티고 있는 작은 화초에 신선한 물을 주는 일과 흡사했다. 말라붙은 잎들이 앙상한 잎맥을 드러내고 바늘 같은 침묵이 그 뿌리에 사슬처럼 달라붙을 때, 순결한 물이 새로운 길을 열어 숨을 쉬게 하는 순간은 얼마나 안심이 되는가.

그녀가 서른일곱 번째 여행에서 돌아온 날, 달콤한 공기 속에서 몇 번의 심호흡을 나눈 후 그가 물었다.

"어땠어? 이번 여행은?"

"구두가 너무 많았어. 계단도 너무 많았어."

그녀는 상처투성이의 발을 감싸 안으며 아이처럼 웃었다.

"무슨 소리야, 그게?"

"그런 소리야. 여자들은 다 알걸."

"구두는 하나만 가져간 거 아니었어?"

그가 그녀의 슈트케이스를 열자, 다섯 켤레의 구두가 모습을 드러냈다.

"처음 신고 간 구두가 불편해서 새로 하나를 사야 했어. 알잖아, 내가 갔던 그 도시엔 계단이 너무 많았거든. 그런데 새로 산 것도 편하질 않아서, 발이 퉁퉁 부어올랐어. 할 수 없이 세 번째 구두를 사고, 네 번째 구두를 사고, 그러다 보니 다섯 켤레가 된 거야. 그러고 나서 알게 됐어. 제일 처음의 구두가 제일 편했다는 걸."

그는 이해할 수 없다는 표정으로 그녀를 보았다.

"하지만 몰랐던 거야? 새로 산 구두는 늘 불편해."

그녀는 눈을 동그랗게 뜨고 더더욱 이해할 수 없다는 표정으로 그에게 물었다.

"정말이야? 왜 진작 얘기해주지 않았어?"

그녀는 자신의 발이 못생겨졌다며 속상해했다.

"이런 발을 가지고 서른여덟 번째 여행을 떠나고 싶진 않아."

그녀를 위해 그는 방법을 찾아내야 했다. 따뜻한 물속에 몸을 담그는 순간을 위해, 새롭게 열리는 물길 안에서 숨 쉬는 순간을 위해, 그리고 그녀의 못생겨진 발을 위해 그는 의자를 만들기로 했다.

그가 처음 만든 의자는 초록색이었다. 비가 올 경우를 대비하여, 그는 그 의자를 커다란 창이 있는 실내에 놓아두기로 했다. 창문을 통해 안으로 들어가서 의자에 앉을 수도 있고, 날씨가 좋을 때는 의자를 밖으로 꺼낼 수도 있었다. 두 번째로 만든 의자는 조금 더 날렵한 모양이었고, 한적한 골목과 잘 어울렸다. 그녀가 그냥 지나치는 일이 없도록, 그는 담벼락에 화살표까지 그려두었다. 세 번째 의자는 소박하고 믿음직한 나무로 만들었고, 바람이 잘 통하는 강가에 자리를 잡아주었다. 마주 보고 있는 두 그루의 나무 사이에 앉아 그녀가 자신을 떠올리기를 바라며. 네 번째 의자는 몸을 깊숙이 기댈 수 있는 안락의자 스타일이었는데, 설계도를 잘못 그리는 바람에 아귀가 맞지 않아 조금 비뚤어진 모양을 갖게 되었다.

"별로, 상관없어."

다행히 그녀는 그렇게 말해주었다.

"그런데 한 가지 부탁이 있어."

그가 다섯 번째 의자를 스케치하고 있을 때, 그녀가 말했다.

"처음 만들었던 의자 말이야, 난 그 의자가 마음에 드는데 앉고 싶을 때마다 일일이 꺼내야 하잖아. 내가 실내보다 바깥을 좋아한다는 거

알지? 그것과 똑같은 의자를 만들어 길가에 놓아줄 수 있어?"

그래서 그는 처음 만들었던 것과 같은 의자를 만들어, 햇살이 잘 드는 길 위에 놓아두었다. 여섯 번째 의자를 만들기 시작했을 때, 그녀는 마침내 다음 여행을 위해 짐을 꾸리기 시작했다. 그녀가 떠나는 날 아침, 간결한 키스로 그녀를 배웅하며 그가 말했다.

"몇 개의 계단을 내려가거나 몇 개의 계단을 올라가면, 노란 의자들이 있을 거야. 네가 어떤 자리를 좋아할지 몰라서 여러 개를 만들었으니까 마음에 드는 걸로 골라. 레드와인과 잘 어울리는 요리도 주문하고. 지나가는 배를 향해 손을 흔들어주는 것도 좋을 거야."

그녀가 떠난 후에도 그는 계속 새로운 의자를 만들었다. 못생겨진 그녀의 발이 길 위에서 울지 않고 짧은 휴식을 취할 수 있도록, 그녀가 이르는 곳마다 작은 의자들을 놓아두었다. 그랬다. 돌아왔다가 떠나는 것이 그녀의 삶이었고 그녀를 위해 의자를 만드는 것이 그의 몫이었다. 이 세상에 의자가 너무 많아진 것은, 그러니까 그녀의 잦은 여행 때문이다. 그러니까 그의 기다림 때문이다. 그러니까 말하자면, 뜨거운 물처럼 차올랐다가 소용돌이로 빠져나가는, 우리의 사랑 때문이다.

낡은 여행가방들이 또다시 길 위에 수북하게 쌓였다

우리는 더 먼 길을 가야만 한다

그러나 문제될 건 없다, 길이 곧 인생이므로

_ 잭 케루악, 『길 위에서』 중에서

나에게 새로운
대사를 줘요

모든 것은 이미 당신에 의해
만들어져 있었기에

당신이 사라진 후 세상은 지루하고 불안하게 흘러갔다. 오늘은 어제와 같았으며 내일은 오늘보다 나쁘지만 않으면 다행이라고, 현자들은 말했다. 나는 이 거대하고 혼돈으로 가득 찬 무대 위에 하나의 이름을 부여받고 올라왔다. 그리고 특별할 것도 없는 나의 배역을 별 불평 없이 연기해왔다. 당신도 인정하겠지만, 나는 그럭저럭 성실한 배우였다.

내가 무대에 등장할 때를 기다린 사람도 있었을 것이고 나의 퇴장을 원했던 사람도 있었겠지만 대부분은 잠시 눈길을 주었다가 곧 잊었을 것이다. 무대에서 내려와 분장을 지우고 의상을 벗을 때마다 마음 깊은 곳에 있는 공터에서 텅 빈 종소리가 들렸다.

'화려한 스포트라이트를 원하는 건 아니지만 나의 빈자리를 눈치채

는 사람 정도는 있으면 좋을 텐데.'

나는 그렇게 중얼거리면서 차가운 생수를 벌컥벌컥 마시고 너도밤나무가 늘어서 있는 길을 오래오래 걸어 혼자만의 동굴로 돌아갔다. 나의 동굴은 당신의 책들로 가득했다.

당신은 수많은 대본을 남겼지만 그건 늘 부족했다. 너무 많이 듣고 너무 많이 보아서 나는 문장과 문장 사이에 있는 쉼표 하나까지 외울 수 있었다. 그것이 나의 불행이었다. 나는 아무것도 창조해낼 수 없었다. 모든 것은 이미 당신에 의해 만들어져 있었기에.

당신의 집필실은 굳게 닫혀 있었다. 배우들에게는 출입이 금지된 성역이라는 소문은 사실이었다. 하지만 나는 개의치 않고 문을 두드렸다. 배우 노릇은 그만두고 작가 수업을 하고 싶다는 말을 하러 온 거였으니까. 문이 열리는 대신 영민하고 예의 바른, 그러나 공정함이 어린 눈빛을 한 남자가 홀연히 나타났다. 나는 그가 햄릿 왕자의 친구 호레이쇼라는 것을 단번에 알아보았다.

"그는 오래전에 집필을 그만두었습니다."

당신을 찾아온 이유를 설명하기도 전에, 그가 정중하고 단호한 목소리로 말했다.

"어째서요?"

나는 논리적이지도 못하고 멋있지도 않은 대사를 읊고 있었다.

"천육백십육 년, 쉰두 살의 나이로 세상을 떠난 걸로 되어 있지 않습니까."

"그가 더 이상 글을 쓸 수 없다는 의미는 아니잖아요?"

그는 짧은 한숨을 쉬고 나를 바라보았다.

"당신한테는 충분하지 않다는 겁니까? 그는 이만 천 개가 넘는 단어를 사용했고 천팔백 단어를 새로 만들었습니다. 그중 많은 단어들이 지금까지도 사용되고 있지요. 그가 창조한 단어를 익히는 것만으로도 이 삶이 짧을 텐데요."

이번에는 내가 한숨을 쉬었다.

"충분하지 않아요, 저한테는. 물론 내가 그 단어들을 다 안다는 의미는 아니에요. 단어 자체는 알고 있을지 몰라도, 단어의 색깔이나 맛, 향기, 그들의 뿌리까지 알 수는 없겠지요. 하지만 그 단어들을 제대로 이해하지 못한다고 해서 문장을 말할 수 없는 건 아니잖아요. 단어는 문장 속에서 완벽해지는 거니까요. 그런데 난 나에게 주어진 모든 문장을 다 사용해버렸어요. 호레이쇼, 나는 새로운 대사가 필요해요. 나에게 대사를 쓰는 방법을 알려주든지, 그것이 불가능하다면 나를 위한 새로운 대사를 써달라고 부탁해야 해요. 그러니까 그를 만나게 해주세요."

긴 침묵이 흘렀다. 집필실이 있는 복도 한쪽에서 우리를 지켜보던 맥베스 부인과 이아고가 몇 번인가 우리의 대화에 끼어들 작정으로 다가왔지만, 호레이쇼의 날카로운 시선을 받고 도로 물러섰다.

"당신이 원하는 건 단지 새로운 대사만이 아니겠지요?"

마침내 그가 입을 열었다. 나는 고개를 저었다.

"내가 원하는 건 새로운 대사, 그게 전부예요. 그의 작품은 무대에서 보는 것보다 읽음으로써 더 많은 것을 배울 수 있다고 괴테가 말했지요. 시란 듣기보다 엿듣는 것이고 우리가 비록 햄릿은 아니지만 때때로 스스로를 엿들으며 놀라워할 때가 있다고 존 스튜어트 밀이 말했고요. 햄릿은 '자기 엿듣기'의 과정을 통해 자신을 창조해나갔고 결국 변화에 이르렀다는 이야기는 해럴드 블룸이 했어요. 그게 바로 나에게 필요한 거예요."

계속하라는 의미의 부드러운 눈빛으로 그가 나를 보고 있었다.

"그는 그 어떤 작품에서도 자신을 드러내지 않았죠. 실재하는 인간의 것보다 더욱 생생한 캐릭터를 창조하면서 어떤 인물에도 자신을 개입시키지 않았어요. 그는 배우들의 입을 빌려 자신의 어리석은 망상과 자랑을 늘어놓거나 부조리한 세상에 대한 불평을 쏟아내지 않았어요. 그가 자신을 감추면 감출수록, 나는 그 속에 있는 무엇이 궁금해 미칠 지경이에요. 플라톤의 『향연』에서 소크라테스는, 한 작가가 희극과 비극을 모두 쓸 수 있어야 한다고 했죠. 오직 그만이 그것을 이루었어요. 게다가 어떤 작품에서도, 그는 우정이나 사랑에 환상이라는 옷을 입히고 아름다움으로 치장하지 않았어요. 그 모든 능력이 필요해요, 나는. 그래야만 이 무대에서 도망치지 않을 수 있다고요. 그의 대사만이 나를 변화시킬 수 있어요!"

나는 말을 멈추었고, 호레이쇼는 신중하게 결론을 내렸다.

"잘 알겠습니다. 특별히 당신을 위한 대사를 새로 써줄 수 있는지 물어보죠. 그리 길지 않아도 괜찮겠지요? 요즘 건강이 좋지 않으셔서."

"몇 줄이면 충분해요. 그는 셰익스피어니까."

나는 그렇게 대답하고, 그를 향해 미소를 지어 보였다.

잘 만들어진 사랑은 없다

그런저런 연유로 하여
우린 참 곤란해진 거예요

그렇게 눈을 반짝이며 가까이 다가앉지 마요. 거짓말 같겠지만, 난 사랑에 대해 그다지 많은 것을 알려줄 수가 없어요. 내가 잠시 가졌다가 놓친 사랑의 기억들을 헤집고 들여다본다면, 사랑의 슬픔이나 기쁨이나 고통이나 환희 같은 것들의 꼬리를 붙잡을 수도 있겠지만, 그런 찰나의 감정들은 사랑의 본모습을 드러내기보다 가리는 일에 적극적이지요. 마치 안개가 자욱한 거리에서 길을 찾으려 한다거나, 거품이 가득한 맥주를 겨우 한 모금만 마시고 그 맛을 짐작하려 할 때처럼. 사랑의 본질을 재치 있게 정의한다거나, 사랑에 대한 그럴듯한 비유 같은 걸 내놓을 수도 있을 거예요. 하지만 그런 것들로는 사랑의 고작 한 조각을 어렴풋하게 추측할 수 있을 뿐, 전체의 그림은 결코 볼 수가 없어요. 마치 코끼리의 코나 발바닥,

거대한 귀의 일부분을 바라보며 그것이 코끼리라고 생각하는 것과 마찬가지지요. 그러니까 도움은커녕 복잡한 오해만 불러일으키는 것이랍니다.

하지만 사랑에 빠진 사람의 마음에는 늘 수많은 물음표들이 떠다니게 마련이지요. 캄캄한 밤하늘의 가련한 별들과 깊은 바다의 쓸쓸한 플랑크톤들을 모두 합한 것보다 더 많은 물음표들은, 갈 길도 모르고 할 줄 아는 것도 없이 어리석은 질문만을 되풀이하고 있죠. 어째서 사랑은 오롯이 기쁘지 않고, 하루에도 열두 번씩 희망과 절망을 오가야 하는 거냐고, 당신은 또 탄식하고 있네요. 거기에 대해서는, 저 저명하고도 훌륭한 셰익스피어가 이런 대답을 해주었답니다. '당신의 가장 큰 잘못은, 당신이 사랑에 빠졌다는 것입니다.'

셰익스피어 이야기가 나왔으니 말인데, 어쩌면 이 사람만큼 사랑에 대해 수많은 이야기를 한 사람도 그리 많지는 않을 거예요. 일말의 망설임도 없이 사랑에 목숨을 바친 로미오에서부터("사랑의 가벼운 날개를 타고 이 담벼락을 넘었죠. 돌담이라 한들, 어찌 사랑을 막아낼 수 있겠소. 사랑이 할 수 있는 일이라면, 사랑은 무엇이나 해냅니다."), 질투에 눈이 멀어 사랑하는 여인을 죽인 오셀로까지("남자의 아랫입술이 닿기만 해도 맨발로 팔레스타인까지 걸어갈 수 있는 여인을, 나는 베니스에서 만났습니다."), 수많은 이야기 속에서 수많은 인물들이 죄다 사랑에 대해 한마디씩 하지 않았던가요.

그런데 솔직히, 셰익스피어의 초상화를 보고 있자면, 빈말로도 그리 호감이 가는 인상이라 말해줄 수는 없지요. 적어도 그가, 달콤하고 로맨틱한 말을 속삭여주며 은밀한 사랑의 세계로 인도해줄 것 같은 남자는 아닐 것 같다는 거지요. 그의 이마는 너무 많이 벗겨졌고, 그의 눈빛은 순수하다기보다 다소 음험한 쪽이고, 입술 위에 자리 잡은 콧수염은 왠지 믿을 수 없다는 느낌을 주거든요. 우리는 그의 일생에 대해 아는 바가 거의 없지만, 최소한 그가 세기의 연애 사건을 일으키진 않았다고 추측하고 있죠. 이건 제 생각이지만, 그가 만약 끊임없이 애인을 만들며 밤낮으로 사랑에 빠져 있었다면, 그런 이야기들을 만들지 않았을 거예요. 그런 걸 만들 이유도, 만들 시간도 없었을 테니까요. 사랑을 몸과 마음으로 하지 못하는 사람들은, 사랑을 머리로 한답니다. 사랑으로부터 한 발자국 떨어진 안전한 거리에서, 그 사랑을 관찰하고 기록하며, 칭송하거나 비난하는 것이지요. 그러니까 셰익스피어가 그토록 많은 사랑의 이야기를 남겼다는 것은, 역설적으로 그가 사랑에 깊이 관여하지 않았다는 것을 증명하고 있다고 저는 생각해요.

좌우지간, 그런저런 연유로 하여 우린 참 곤란해진 거예요. 사람으로 태어나 사랑을 못 본 체하며 살아갈 수 있을 만큼 뻔뻔할 수는 없으니, 골치 아픈 사랑이라는 것을 끌어안고 살아가며 대답 없는 질문들에 시달리며 바보 같은 짓들을 되풀이해야 하는 것이죠. 당신은 내 말에 또 별의 꼬리나 물고기의 꼬리 같은 물음표를 다는군요. 사랑은 위대한 것이 아니냐고, 사랑은 꿈을 실현시켜주는 것이 아니냐고, 사랑은 우리의 인생을 보다 아름답고 풍성한 것으로 채워주는 것이 아니냐고, 제발 그렇다고 말해달라고, 졸라대는군요. 마치 어린아이처럼.

　　그래요, 당신이 사랑에 한 발을 들여놓는 순간, 우리 속의 어린아이가 반짝 눈을 뜬답니다. 이유는 간단해요. 사랑의 화살을 가지고 다니며 사람들을 사랑에 빠지게 하는 사랑의 신 에로스 자신이 어린아이이니까요. 에로스는 우리 안에 잠들어 있는 어린아이를 기어이 불러내어 함께 놀고 싶은 거예요. 그리고 어린아이들이 어떤지, 당신도 조금은 알고 있지요? 우린 모두 한때 그런 어린아이들이었으니까요. 그들의 마음속에는 오로지 단 하나, 갖고 싶은 것을 가지겠다는 욕망밖에 없잖아요. 원하는 것을 손에 넣을 때까지, 그들은 온갖 귀여운 짓을 하며 조르고 애원하지요. 그러다 그것을 가질 수 없게 되면, 마음껏 울고 소리 지르고 뭔가를 부수지요. 그 조막만 한 손으로, 당신의 마음을 쾅쾅 때리면서, 그러나 아무런 이유도 말해주지 않고. 그도 그럴 수밖에 없는 것이, 애초에 말이 되는 이유 따위는 존재하지 않거든요. 그들은 자신이 어떤 곳에 있든, 주위에 어떤 사람이 있든, 전혀 상관하지 않아요. 온갖 어리석고 유치한 행동을 하면서도, 그것에 대해 생각하지 않지요. 사랑에 눈이 멀었다는 말이 있지요? 눈이 멀었으니, 자신이 저지르는 짓도 볼 수가 없는 거랍니다.

　　사랑은 그렇게 분별없는 어린아이가 장난삼아 닥치는 대로 쏘는 화살촉에 묻어 있고, 그 화살은 신중하게 시간과 상대를 선택하는 일 없이 그저 사방으로 날아다니고 있어요. 화살이 당신의 심장을 제대로 겨냥해준다면, 당신은 죽어도 좋다고 외치며 환희와 고통을 기꺼이 받아들일 수도 있겠지만. 불행히도 당신의 가녀린 팔이나 깨어지기 쉬운 무릎에 상처만 입힐 확률이 훨씬 높답니다. 그리고 당신은 온갖 어리석은 짓을 하다

결국 그 상흔을 고스란히 끌어안고 남은 인생을 살아가야 하는 거지요.

세상에 현명한 사랑은 없답니다. 사랑에 빠진 바보들의 충고가 죄다 바보 같은 이유는 그 때문이에요. 그러니 만약 당신이 사랑에 빠졌다면, 그냥 행복한 바보가 되세요. 만약 사랑에 빠질 수가 없어 안달하고 있다면, 그냥 행복한 방관자가 되세요. 소설이나 영화 속의 로맨틱한 러브 스토리가 내 것이 되지 않는다고 해서, 불평할 필요는 없어요. 세상에 그런 사랑은 없답니다. 미안하지만, 그렇게 '잘 만들어진' 사랑은, 존재하지 않거든요. 사랑이란, 그렇게 제대로 될 리가 없거든요. 아시겠어요? 잘 안 되면, 마는 수밖에 없는 것이, 바로 사랑이랍니다.

줄리엣의 유언

지난 십삼 년 동안
저에게 좋은 일이 뭐가 있었겠어요?

내 이름은 로미오. 나에 대해서는 다들 알고 있겠지? 줄리엣과의 불꽃같은 사랑과 비극적인 죽음에 대해 말이야. 그리 길지도 않은 인생이어서 길게 얘기할 것도 없어. 가장무도회에서 그녀를 처음 만났고, 만나자마자 사랑에 빠졌고, 그런데 하필이면 줄리엣의 집안과 우리 집안이 철천지원수지간이었고, 그래서 사람들의 눈을 피해 몰래 결혼식을 올렸고, 바로 그날 내 절친한 친구가 줄리엣의 사촌에 의해 목숨을 잃었고, 친구의 핏값을 치르기 위해 내가 그를 죽였고, 그래서 베로나에서 추방당했고, 줄리엣은 마흔두 시간 동안 가사상태가 되는 독약을 먹었고, 나에게 와야 할 편지가 전해지지 않아 난 그녀가 죽은 줄 알았고, 결국 줄리엣 옆에서 스스로 목숨을 끊었지. 그것으로 내 인생은 끝. 그런데 우리가

모르는 이야기가 하나 있더군. 줄리엣이 독약을 마시기 전에 유서를 남
겼다는 거야. 궁금하지 않아?

　　내 이름은 줄리엣이에요. 내 앞에는 지금 작은 병 하나가 놓여 있어
요. 그래요, 당신이 알고 있는 것처럼, 로렌스 신부님이 저에게 주신 거예
요. 이렇게 작은 병 속에 든 몇 방울의 독약은 잠시 후 내 몸으로 들어와,
마흔두 시간 동안 나의 모든 생기를 빼앗아가겠지요. 신부님을 믿지 못하
는 건 아니지만, 솔직하게 말하면 정말 무서워요. 태어나서 지금까지, 이
런 약이 있다는 말을 들어본 적도 없는걸요. 하긴, 아직 열네 번째 생일도
맞지 않은 어린아이가 무얼 알겠어요.
　　그러니 제가 이 독약의 성능에 대해 확신하지 못하고, 만에 하나 그
대로 죽어버릴 가능성을 생각하면서 이렇게 유언을 남기는 것에 대해, 신
부님도 이해해주시고 용서해주시리라 믿어요. 만약 제가 오늘 밤 잠이 든
채 영영 눈을 뜨지 못한다면, 이 세상 사람들에게 저의 이야기를 할 기회
를 영원히 잃어버리게 되는 거니까요.
　　물론 지금이라도 유모를 불러 저의 짧은 생과, 독약을 마시려고 하
는 이유에 대해 이야기를 할 수는 있을 거예요. 하지만 유모 성격에 저를
곱게 내버려두겠어요? 불같이 화를 내면서 저의 작고 여린 주먹을 강제
로 펴고 이 병을 빼앗아 산산조각 내버리겠죠. 그렇게 되면 저는 내일 패
리스 백작과 결혼을 해야만 하고, 가엾은 로미오는 절망에 사로잡혀 죽어
버릴지도 몰라요. 혹은 한걸음에 달려와 패리스 백작까지 죽여버릴 수도

있죠. 그건 제가 원하는 바가 아니에요. 게다가 전 이미 로미오와 결혼을 한 몸, 죽을 때까지 한 남자를 사랑하겠다고 맹세했는데, 또 다른 남자와 결혼을 한다면 하나님이 용서하지 않으실 거예요.

아아, 로미오, 그의 이름을 떠올리는 것만으로도 마음이 벅차올라요. 우리는 겨우 나흘 전에 만났어요. 가장무도회에서 그를 처음 보았을 때, 이 사람이야말로 그토록 기다려오던 나의 운명이라는 걸 단번에 알았어요. 그토록 오랫동안, 이라고 말하고 싶지만 '겨우 열세 살에, 건방지군' 같은 핀잔을 받을 것 같아 꾹 참고 있어요. 그날 밤, 만약 로미오가 저를 찾아오지 않았다면 전 벌써 죽어버렸을지도 모르겠어요. 로미오의 사랑을 받고 제가 그를 사랑하는 것 외에는 아무것도 생각할 수가 없었거든요. 가장무도회에서 키스를 나눈 것만으로는 너무나 불안했어요. 그가 저를 한두 번 만나고 헤어지는 것으로 족한 여자라고 생각할 수도 있잖아요. 게다가 로미오에게는 이미 여자가 있었잖아요.

나도 알아요. 로잘린에 대한 이야기는 들었어요. 베로나의 모든 사람들이 다 아는 이야기를 왜 모르겠어요. 물론 처음에는 나의 운명인 로미오가 로잘린의 연인인 줄은 몰랐지만요. 그의 이름조차 모른 채 사랑에 빠졌으니까요. 신경이 쓰이지 않는다는 건 거짓말이에요. 지금 이 순간에도 그런 생각이 드는걸요. 혹시 내가 잠에서 깨어나지 못하고 그대로 죽어버린다면, 로미오는 어떻게 할까? 처음에는 좀 힘들고 고통스럽겠지만, 세월이 흐르면서 점점 저를 잊어가겠죠. 로잘린은 그런 로미오의 곁을 지켜주고 따뜻하게 위로해주는 착한 여자 역을 맡게 될 거예요. 결국 로잘린의 정성에 감동한 로미오는 그녀에게 청혼을 하고, 두 사람은 함께 살게 되는 거죠. 가끔 내 이야기가 나오면, 로미오는 어린 시절의 불장난이라고 하며 웃어넘길지도 몰라요.

생각만 해도 가슴이 찢어질 것 같아요. 지금이라도 당장 로미오에게 달려가서 이 독약을 마시고 함께 죽어버리자고 애원하고 싶어요. 아참, 이 약은 마흔두 시간 후에 깨어나는 것이니, 확실하게 목숨을 앗아갈 독약을 그 전에 구해야겠죠. 제가 너무 과격하다고요? 말했잖아요. 전 겨우 열세 살이고, 지금까지 온실 속의 화초로 자랐어요. 그러니 저에게 분별력이나 냉철함 같은 건 기대하지 마세요.

로미오를 만난 그날, 저는 운명에게 진심으로 감사를 드렸어요. 하지만 운명은 차갑게 미소를 지으며, 제가 그 기쁨을 마음껏 누릴 시간조차 주지 않았죠. 철없는 저는 이 모든 것이 너무나 불공평하다고 생각해요. 지난 십삼 년 동안 저에게 좋은 일이 뭐가 있었겠어요? 기껏해야 엄마, 아빠가 사다 주신 옷이나 모자를 몸에 걸치고 거울을 보면서, 유모의 칭찬을 듣는 것뿐이었죠. 하지만 아무리 훌륭한 옷과 멋있는 모자를 가지고 있어도, 그것을 보고 즐거워해줄 사랑하는 사람이 없다면 무슨 의미가 있겠어요? 어쩌면 로미오는 저의 모든 행복을 앗아가기 위해 나타난 사람인지도 몰라요.

슬슬 눈꺼풀이 무거워지고 있어요. 전 아직 어린아이라, 어른들처럼 그렇게 늦게까지 깨어 있을 수가 없거든요. 그래도 아직 다 하지 못한 말들이 남아 있으니, 정신을 차려야겠어요. 생각해보면, 로미오와의 일들은 모두 꿈속에서 일어난 것 같아요. 그래서 이 약을 먹고 푹 자고 일어나면, 사흘 전, 우리가 만나기 전으로 돌아가 있을 것 같아요. 만약 그렇다면, 그에 관한 기억들은 모두 잊히면 좋겠어요. 후회하는 건 아니지만, 돌이키고 싶은 마음이 아주 없지는 않아요. 그를 만나지 않았다면, 저는 온 집안의 축복 속에서 패리스 백작과 결혼하여, 좋은 옷을 입고 맛있는 음식을 먹으며 그런 것이 행복이라고 믿고 그럭저럭 살았을 거예요. 사실 패리스 백작도 나쁜 사람은 아니에요. 그분이 저를 볼 때, 그 눈동자 속에 있는 건 분명 애정이에요. 그 정도는 저도 알아요. 비록 강렬하고 뜨거운 사랑은 아니지만, 어떻게 보면 그런 사랑은 살아가는 데 꼭 필요하진 않을 거예요. 저와 로미오를 보세요. 우린 벌써 그런 사랑에 반쯤 잡아먹혔잖아요. 하지만 어쩌겠어요. 이제 저는 로미오가 아니면 안 되고, 백 퍼센트 확신할 수는 없지만, 로미오도 제가 아니면 안 되는걸요.

당신은 궁금해하겠죠. 죽을지도 모르는 위험을 감수하고 지금 제가 이 약을 꼭 마셔야 하는 건지, 뭔가 다른 방법은 없는 건지, 의아해할 거예요. 하지만 저에게는 달리 선택할 수 있는 길이 없어요. 이런 상황을 감당할 수 있을 만한 힘도 지혜도 없어요. 그저 신부님이 시키는 대로 이 약을 먹고, 로미오가 올 때까지 죽은 듯이 자는 것 외에는 할 수 있는 게 없어요. 제가 다시 눈을 떴을 때, 로미오가 바로 눈앞에 있을 거라고 신부님이 약속했어요. 그 생각을 하면, 더 이상 무섭지도 불안하지도 않아요.

제가 다시 눈을 뜨면, 가장 먼저 이 편지를 없앨 거예요. 다른 사람들이 읽을 필요가 없으니까요. 하지만 제가 그대로 죽는다면, 남은 사람들이 이 편지를 읽게 되겠죠. 그러니까 그 사람들에게 마지막으로 한마디만 해야겠어요. 사랑하는 부모님, 부디 저를 이해하고 용서해주세요. 항상 저의 편이었던 유모, 정말 고마웠어요. 그리고… 로미오. 제가 없는 세상에서 살 수 있다면, 그렇게 하세요. 하지만 로잘린과 결혼하는 건 싫어요. 굳이 결혼을 해야 한다면, 부디 제가 모르는 다른 여자와, 가능하다면 아주 오랜 세월이 흐른 후에 해주세요. 우리의 사랑은 이 세상 모든 연인들의 입에서 입으로 전해져, 몇 백 년이 지난 후에도 세상에 살아남아, 하나의 전설이 될 거예요. 그 전설에 먹칠을 하는 일은 제발 하지 말아주길, 저는 간절히 바란답니다.

Come weep with me - past hope, past care, past help!

＿ 셰익스피어, 『로미오와 줄리엣』 중에서

왼손을 위한 무덤

새들은 물을 거의 마시지 않아요

어느 날 길을 가고 있는데, 낯선 사람 하나가 나를 불러 세웠다. 부유해 보이지는 않았지만 나름대로 개성 있는 옷차림을 한 남자였다. 무슨 일이죠? 눈으로 묻는 나를 앞에 두고, 그는 잠시 동안 머뭇거렸다. 나는 시간이 없다는 표시로 손목시계를 들여다보았다. 약속시간에 조금 늦게 도착하게 되어서, 마음을 졸이고 있던 참이었다. 그러자 그는 난처하다는 듯한 표정으로 조심스럽게 말을 꺼냈다.

"괜찮으시면 잠시 시간 좀 내주시겠습니까?"

나는 길을 걷다가 느닷없는 유혹을 당할 만큼 눈에 띄는 여자가 아니기 때문에, 지나가던 남자가 그저 차 한 잔 마시고 싶어서 나를 불러 세웠다고는 생각하지 않았다. 그래서 이유를 물었다. 남자는 한숨을 한 번

쉬고 하늘을 바라보았다. 나는 다시 손목시계를 들여다보았다.

"이런 말 이상하게 들리겠지만, 저와 함께 가주셨으면 해서요."

남자가 말했다.

"어디를요?"

내게는 역시 그 말이 이상하게 들렸지만, 남자가 무척 곤혹스러운 표정을 지었기 때문에 아무렇지도 않은 듯 다시 물었다.

"무덤입니다."

남자의 목소리가 갈라졌다. 무덤? 놀란 표정을 숨기지 못한 채로, 나는 조심스럽게 물었다.

"누구의…?"

"부탁드립니다. 댁이 아니면 안 돼요."

나는 잠시 그를 세워두고 휴대폰을 꺼내어, 나를 기다리고 있을 일행들에게 전화를 걸었다.

"저기, 오늘 내가 꼭 가지 않으면 안 될 특별한 이유가 있을까?"

일행 중 한 명에게, 나는 물었다.

"어? 무슨 일이 있어?"

전화기 너머로 시끄러운 소리가 들렸다.

"응, 일이 좀 생겼어. 미안해. 다음에 보자."

수화기를 내려놓고, 나는 그를 향해 돌아섰다. 그쪽은 내가 없어도 괜찮다. 이쪽은 내가 아니면 안 된다. 일이 묘하게 돌아가고 있었지만, 선택은 단순했다.

그가 택시를 잡았다.

나는 남자와 함께, 도시의 변두리에 있는 야트막한 동산을 올랐다. 별다른 특징은 없는, 그저 자그마한 동산이었다. 십 분 정도 완만한 경사를 따라 올라가자, 금방 내리막길이 되었다. 남자는 묵묵히 앞장을 섰고, 나는 묵묵히 그를 따라갔다.

"여기예요."

내리막길에 접어들었을 때, 남자가 걸음을 멈추었다. 뭔가 특별한 것이 있을까 하고 두리번거렸지만 아무것도 눈에 띄지 않았다. 남자는 나란히 서 있는 두 그루의 나무 사이를 손가락으로 가리켰다. 하지만 무덤처럼 보이는 것은 없었다.

"아까, 분명히 무덤이라고…"

내가 말했다.

"여기예요, 그러니까."

남자는 털썩, 주저앉더니 한동안 멀뚱멀뚱 하늘을 바라보았다. 그기척에 새 몇 마리가 푸드덕, 날아올랐다. 내 주먹보다 작은 그 새들은 두그루의 나무 사이에 내려앉더니, 종종걸음으로 풀들을 헤집었다. 푸른빛을 띤, 아직 어린 풀들이었다. 두 뼘 남짓 되는 그 땅만 제외하고, 주위는 오래되어 시들시들해진 풀들로 덮여 있었다. 누군가 그곳에만 새로 풀을 심기라도 한 것 같았다.

"새들은 물을 거의 마시지 않아요." 남자가 말했다. "왠지 알아요?"

나는 잠자코 고개를 저었다.

"날아야 하니까." 그가 말했지만, 나는 역시 이해가 되지 않아서 고개를 흔들었다.

"무게를 줄이기 위해서죠." 남자가 덧붙였다. "새들의 뼛속은 텅 비어 있어요."

"무게를 줄이기 위해서요?"

남자는 고개를 끄덕였다.

"여기 묻혀 있는 건, 무게를 너무 많이 줄인 왼손이에요."

"날아다니는 연습이라도 했나요?"

나는 멀쩡하게 달려 있는 그의 왼손을 바라보며, 그가 다시 침묵해 버리지 않도록 질문을 던졌다. 남자가 처음으로 조금 웃었다.

"듣고 싶어요?"

그가 말했다.

"여기까지 온 이상은."

내가 말했다.

나이는 서른셋, 열 살 때부터 야구를 시작했고 고등학교 시절에는 3할 5푼대의 4번 타자로 활동, 고등학교 졸업 후 프로야구단에 스카우트되어 역시 4번 타자로 뛰다가 이 년 전, 타율 4할 7푼대에 이르렀지만 원인 모를 슬럼프에 빠져 끝내 헤어나오지 못하고 은퇴, 슬럼프의 원인이 왼손에 있다고 생각하고 일 년 전 오늘, 이곳에 왼손을 묻었다는 것이 그의 간결한 이력이었다.

"왼손을 묻었다고요?"

내가 물었다.

"내가 묻은 것은," 그가 자신의 왼손을 내밀며 말했다. "야구를 하던 왼손이죠."

"그게 어째서 슬럼프의 원인이 되었죠?"

"나는 왼손잡이 타자였어요."

"미안해요, 야구는 몰라요. 물론 야구선수 이름도 모르고."

내가 말했다.

"괜찮아요." 남자가 말했다. "어쨌든 내 왼손은 너무 무리했어요. 4 할 5푼대에 이르렀을 때 내 컨디션은 최상이었죠. 타석에 서면, 투수가 나를 향해 던지는 공이 수박만 하게 보였어요. 내가 할 일은 단지 그 수박의 중심을 맞추기만 하면 되는 거였죠. 그런데 나는 정확하긴 했지만, 힘이 부족했어요. 아니, 힘을 조절하지 못한 쪽이었죠. 코치는 늘 나에게, 어깨의 힘을 빼라고 얘기했어요."

"네."

"장타를 치기 위해서는, 내 몸의 힘을 공으로 옮겨줘야 해요. 몸에서부터 끌어올려진 힘이 왼쪽 어깨를 통과하고, 왼쪽 팔과 손목을 지나, 배트를 타고 공으로 옮겨가죠. 배트 끝에서 힘을 전해 받은 공은 횡, 하고 담장을 넘어요. 그 공 속에는 그 순간의 내 에너지가 들어 있는 거예요. 홈런을 치고 나면, 내 몸속에는 아무것도 남아 있지 않죠. 마치 뼛속까지 텅 비는 느낌이 들어요. 이해할 수 있겠어요?"

"그러니까, 새처럼 말이군요."

"그렇죠. 하지만 나는 홈런을 자주 치지 못했어요. 기껏해야 2루타였죠. 그래서 나는 왼손을 위한 특별한 연습에 들어갔어요."

"손에서 힘을 빼는 연습인가요?"

"맞아요. 배팅연습은 하지 않았어요. 배팅을 하면 할수록 왼손이 무거워지니까. 대신 하루에 세 시간씩 가만히 누워서 왼손의 힘을 빼는 거예요."

"어떻게요?"

"눈을 감고 온몸의 에너지를 끌어올리죠. 그 에너지를 천천히 왼손으로 보내요. 어깨, 팔, 손목, 손가락, 그리고 손가락 끝에서 빠져나가게 하는 거죠. 그러고 나면 온몸이 텅 빈 것 같은 상태가 되는 거예요. 처음에는 두 시간 반 정도가 걸렸어요. 나중에는 삼십 분 정도. 사실 그 정도면 충분해요. 타석이 돌아오는 시간을 생각하면. 그 시절에 나는 내 기록을 4할 9푼까지 끌어올렸죠."

"그런데요?"

"난 연습을 그만두지 않았어요. 몸속의 에너지가 스르르 빠져나간 다음의 비어 있는 상태에 중독이 되었던 거죠. 굉장히 좋은 기분이거든요. 연습을 하면 할수록 시간은 단축됐어요. 십오 분, 칠 분, 일 분, 십 초…"

"세상에…"

"나 자신도 믿을 수가 없었어요. 나중에는 0.1초까지 당겨졌죠. 그 이후로 나는 공을 칠 수 없게 됐어요."

"어째서요?"

"가장 빠른 공을 던지는 투수도 공을 나에게 보내는 데 0.4초 정도가 걸리죠. 나는 0.1초 만에 이미 모든 에너지를 배트 끝으로 보내버렸는데, 배트 끝에는 아무것도 없어요. 공은 아직도 날아오고 있는 중이죠. 눈앞에서 수박이 날아오는데, 내 몸에는 이미 아무 힘도 남아 있지 않은 거예요."

"그렇군요…"

"그래서 나는 야구를 그만두게 되었죠."

"그러고요?"

"야구를 그만두었지만 왼손을 위한 특별한 연습은 그만둘 수가 없었어요. 내 몸속의 에너지는 왼손을 통해 계속 빠져나갔어요."

"몸에 이상이 생기진 않던가요?"

"몸에서 빠져나간 건 야구를 위한 에너지였죠. 다시 말하면 공을 치는 데 필요한 에너지인 거죠. 다른 문제는 아무것도 없었어요."

"믿어지지 않아요."

"하지만 믿고 있죠?"

그가 나를 돌아보며 웃었다. 나는 그렇다는 표시로 마주 웃어 보였다.

"그래서 어떻게 됐나요?"

내가 물었다.

"어느 날 갑자기 모든 것이 끝났죠. 그때까지의 기록은 0.01초 였어요."

"그러고요?"

"재보지는 않았지만, 그 기록을 내가 또 깬 것 같아요. 하지만 그건 우리가 인식할 수 없을 만큼 빠른 시간이었기 때문에, 내 몸속에 있던 야 구를 위한 에너지를 따라 야구를 하던 왼손은 사라졌어요."

"날아가버린 거군요."

"그렇죠."

"그럼 여기 묻힌 건…"

"그건 내가 마지막으로 친 홈런 볼이에요. 내 왼손이 사라지고 나 서, 나의 마지막 홈런 볼을 주운 사람이 찾아왔어요. 아무래도 공이 이상 한 것 같아서, 내게 돌려줘야겠다는 생각이 들었대요. 그 공은 마치 쇳덩 어리처럼 무거웠죠."

날이 저물었고, 우리는 동산을 내려왔다. 헤어지기 전에 남자가 말 했다.

"당신이라면 믿어줄 것 같았어요."

"어째서죠?"

"지금, 왼손을 위한 특별한 연습을 하고 있죠?"

남자가 말했다. 나는 고개를 끄덕였다.

"그런데 어떻게 알았죠?"

"왼손에," 남자가 말했다. "에너지들이 모여 있어요. 아직 강하진 않지만, 내겐 보여요."

그가 웃으며 손을 흔들었다.

집으로 돌아와 나는 피아노 앞에 앉았다. 이십 년 만에 다시 피아노를 치기 시작했을 때, 내 왼손은 뻣뻣이 굳어 있었고, 오른손을 따라잡지 못했다. 생각해보니 그동안 왼손을 제대로 쓴 적이 없었다. 그래서 나는 요 몇 주 동안 쭉, 왼손을 위한 연습에 몰두하고 있었다. 피아노 선생님이 주의를 준 대로, 어깨와 팔과 손목의 힘을 빼고, 손가락 끝으로 힘을 보내, 건반을 누르기 위해 애를 쓰고 있는 것이다. 그러다 보면 아주 가끔이지만, 내 몸속에 고여 있는 어떤 무거움이 손가락 끝을 통해 빠져나가는 것 같은 느낌이 들 때도 있다. 새가 되어 하늘을 난다면, 비슷한 기분이 들지도 모르겠다.

실물 크기의
희망

다 하고 싶다
여기 쓰여 있는 거

푸른.

그것이 그의 이름이었다. 낯선 여자의 목소리가 그의 이름을 불렀을 때, 하얀은 카페에 혼자 앉아 커피를 마시는 중이었다. 낯선 여자와 함께 앉아 있는 그의 얼굴도 낯설기는 마찬가지다. 하얀이 알고 있는 건 그의 이름뿐이다. 하지만 그의 인상은 생소하지 않다. 어디선가 몇 번이나 마주쳤다고 해도 믿을 수 있겠어, 생각하며 하얀은 고개를 갸웃거린다. 생소한 건 오히려 이제야 그와 대면했다는 것, 그런데 그가 낯선 여자와 함께 있다는 것이다.

한 달에 한두 번, 푸른은 하얀의 블로그에 짧은 안부의 글을 남기곤 했다. 과하지도 모자라지도 않은 관심과 배려가 잔잔한 물결처럼 일렁이는 글이었다. 하얀이 그의 이름을 새겨둔 건 그 때문이다. 자신을 드러내지 않고 일정한 거리를 유지하면서도 상대를 편안하게 만드는 사람은 드문 법이다.

하얀의 옆자리에는 친구 사이로 보이는 중년의 여인 세 명이 앉아 간단한 음식을 먹으며 이야기를 나누고 있다. 조금 전까지 내리던 소나기가 문득 멎었고 청명한 여름의 공기가 대기로 퍼져 나간다. 하얀은 커피의 마지막 한 모금을 마시고 가방을 들었다가 다시 놓는다. 푸른보다 먼저 자리를 뜨고 싶지는 않다.

_ 먼저 갈게, 푸른. 나중에 봐.

푸른의 뺨에 짧은 키스를 남기고 여자가 일어선다. 여자의 뒷모습을 눈으로 좇다가, 푸른은 가방에서 책을 한 권 꺼낸다. 커피가 조금 남아 있었으면 좋았을걸, 하얀은 생각한다.

지난밤, 푸른은 호텔로 돌아오지 않았다. 어제 오후, 미술관에서 나오던 길에 소나기를 만나 잠시 들렀던 간이 카페에서 헤어진 다음부터, 푸른은 검은을 방치해두었다. 검은은 시내에 있는 쇼핑센터에서 사야 할 것이 있었고, 푸른은 사람이 많은 곳엔 가고 싶지 않다고 말했다. 둘은 호텔에서 만나기로 하고 헤어졌다. 검은은 크림색 벽지와 올리브그린색 창틀을 바라보며, 오렌지색 시트가 깔린 더블침대에서 밤새 뒤척였다.

아침식사는 호텔의 테라스에 있는 테이블에 차려진다. 삼 년 전, 그러니까 푸른과 검은이 만난 지 한 달쯤 지났을 때, 둘은 이 도시로 여행을 왔고 이 호텔에 묵었다. 첫 번째 밤이 지나고 아침이 되었을 때, 그 소박한 아침식사 앞에서 둘 다 할 말을 잃을 정도로 감격했다. 햇살의 알갱이들이 손가락 사이에서 부서지는 소리가 들렸고, 바람은 세상의 모든 기쁨을 날라오고 있었다. 검은은 해먹 안에 담겨 달콤한 낮잠에 빠진 아이처럼 행복했다. 그리고 오늘, 검은은 일인분의 아침식사 앞에 홀로 앉아 푸른을 기다리고 있다.

어제의 푸른은 그 전날의 푸른과 특별히 다르지 않았다. 그 전날의 푸른은 그 전전날과, 그 전전날의 푸른은 일주일 전과, 일주일 전의 푸른은 심지어 삼 년 전과도 다르지 않았다. 첫 번째 여행 직후 푸른과 검은은 자연스럽게 함께 살게 되었고, 그날부터 바로 어젯밤까지 검은은 줄곧 사랑에 빠져 있었다.

푸른의 마음을 의심해본 적은 한 번도 없었다. 그러니까, 다시 말하지만, 어제까지는 그랬다. 삼 년 전의 그날과 같은 햇살, 같은 바람, 같은 식탁인데 삼 년 전의 푸른은 갑자기 사라졌다. 불의의 사고라거나 피치 못할 사정 같은 건 전혀 떠오르지 않았다. 그저, 푸른은 다시 돌아오지 않을 거라는 확신만 있다. 검은은 천천히 식어버린 커피를 마시고, 차가운 우유에 잠긴 눅눅해진 시리얼을 떠먹는다.

그 여자의 본명은 모른다. 블로그에서 사용하는 하얀이라는 이름이 실명일 리는 없다. 서로 이야기를 나누어본 적도, 눈을 맞춰본 적도 없었다. 다만 언젠가 몇 번인가 서로의 곁을 무심하게 스쳐 지나갔다는 것만

알고 있다. 무심하게, 라는 건 하얀의 입장이다. 하얀을 우연히 발견할 때
마다 푸른은 무심할 수가 없었다.

하얀을 알기 이전에, 푸른은 그림을 먼저 알았다. 그 그림을 갖고 있
었던 건 함께 살고 있는 검은이었다. 이 도시로 여행을 다녀온 직후 검은
의 집으로 들어가게 되었을 때, 검은은 푸른을 위해 붙박이장 하나를 내
어주었다. 창고처럼 사용하던 장이어서, 그 안에 어떤 것이 들어 있는지
는 검은도 미처 몰랐다.

그림은 먼지를 잔뜩 뒤집어쓴 낡은 나무액자 속에 있었다. 그것을
발견한 검은의 얼굴에 당황의 빛이 스쳤다. 푸른은 굳이 묻지 않았지만,
검은은 옛 남자친구에게 받은 선물이라고 순순히 털어놓았다. 버려도 괜
찮다고 검은은 말했지만, 푸른은 그 그림이 마음에 들었다. 푸른은 액자
속에서 그림을 꺼내어 뭉크의 화집 속에 꽂아두었고, 가끔 검은 몰래 그
림을 꺼내어보았다.

그림을 그린 여자의 블로그를 발견한 건 조금 더 나중의 일이었다.
몇 번의 서핑 끝에, 몹시 익숙한 여자의 그림들에게로 당도했을 때, 푸른
의 몸에 소름이 돋았다.

하얀의 그림은 풍경화도 추상화도 아니었다. 오로지 정물만 그렸
다. 실물 크기로 화폭에 담아낸 그림들이었다. 검은이 갖고 있던 그림은
실물 크기의 연필 네 자루였고, 블로그에 올라오는 그림들은 그보다 작은
크기의 사물들이었다. 종이클립, 지우개, 동전, 메추리알, 몇 조각의 크래
커, 화초의 씨앗. 그들은 표정이 없고 건조하며 푸른에게 말을 걸지도 않

왔다. 이상한 말이지만, 그것이 푸른에게 위안을 가져다주었다.

　푸른에게 있어 세상은 그런 거였다. 표정이 없고 건조하고 말을 건네지 않는 것. 푸른도 그렇게 살고 싶었다. 그리고 마침내 이 도시에서, 푸른은 하얀을 만났다. 무표정하게, 건조하게, 그리하여 속 깊은 곳까지 모조리 내비쳐 보이는 투명한 유리 사람들의 모습을 하고.

　한 시간 전, 푸른은 돌아갔다. 아니, 돌아갔다는 말은 정확하지 않다. 푸른은 본래의 자리, 그러니까 어제 그와 함께 있던 여자에게로 간 것이 아니니까. 어디로 가게 될지 아직은 모르겠다고, 푸른은 말했다. 하얀은 그냥 고개를 끄덕였다. 단순하게 모든 것이 납득되었다.

　푸른과 하얀은 서로의 사생활에 관해 아무것도 말하지 않았다. 그런 이야기를 할 정도로 시간이 많지 않았다. 설사 시간이 있었다 해도, 지금까지의 삶은 조금도 중요한 것이 아니어서, 이야기할 이유가 없었다. 둘은 다만 '실물 크기'에 관해 이야기했다. 푸른이 하고 싶어 했고, 하얀도 피할 이유가 없었다. 아니 어쩌면 오래전부터, 그 이야기를 시작해줄 누군가를, 하얀은 침묵 속에서 기다리고 있었던 건지도 모른다.

　그리하여 마침내, 두 사람이 밤새 앉아 있던 그 벤치에서 일어섰을 때, 밤은 벌써 끝나 있었다. 벤치에 새겨진 글씨를 발견한 건 푸른이었다. 둘은 나란히 어깨를 맞대고 조그맣게 소리를 내어, 읽었다. 글씨는 벤치에서 마음으로 자리를 옮겨, 새겨졌다.

I WALK IN

I SEE YOU

I WATCH YOU

I SCAN YOU

I WAIT FOR YOU

I TICKLE YOU

I TEASE YOU

I SEARCH YOU

I BREATHE YOU

I TALK

_ 다 하고 싶다. 여기 쓰여 있는 거.

푸른이 말했다.

_ 어쩌면 이미 다 했는지도 몰라.

하얀이 말했다.

_ 실물 크기였으면 좋겠다.

푸른이 말했다.

그러니까, 푸른은 떠났다. 아니, 떠났다는 말은 알맞지 않다. 푸른은 하얀에게서 없어지거나 사라진 게 아니니까. 함께 간직하는 것은 오로지 실물 크기의 기억, 실물 크기의 따뜻함, 그리고 실물 크기의 희망이다. 그건 또한 실물 크기의 안녕이다. 헤어짐의 안녕과 만남의 안녕이 그 자체의 크기와 무게로 존재한다.

체온보다 조금 뜨거운, 삶보다 조금 친절한. 마침내 오래오래 마음을 담가두고 싶은.

※ 본문 중 '벤치에 새겨진 글'은 베니스의 페기 구겐하임 갤러리 내에 있는 벤치에 새겨진 글입니다.

요스터파파쿠르쿠르 공원

고작 일 년에 한 달 동안만 아름다울 뿐이라니

시월의 비스비스티키타헤미아르트 시의 요스터파파쿠르쿠르 공원
은 무척 아름답다. 너무너무 아름답고 눈부시게 아름답고 기절할 만큼 아
름답다. 당신이 만약 사막에서 길을 잃고 사흘쯤 물도 마시지 못한 채 죽
을 만큼 헤매다, 어느 날 맑고 차가운 물이 솟아오르는 오아시스를 발견
한 적이 있다면, 그 오아시스의 아름다움을 상상해보기 바란다. 요스터파
파쿠르쿠르 공원은 꼭 그만큼 아름답다.

하지만 공원이 눈부시게 아름다운 것은 시월 한 달뿐이다. 시월을
제외한 나머지 열한 달 동안에는, 그저 그렇고 그런, 지극히 평범한 공원
에 불과하다. 나무들은 잎을 떨어뜨렸다가 다시 피우고, 새들은 날아왔다
날아간다. 꽃들도 계절에 맞추어 피었다 지기를 반복한다. 사람들은 개를

데리고 산책을 나와 아무런 특징 없는 공원을 천천히 걷곤 한다. 가끔 아는 사람을 만나면 가벼운 눈인사를 나누고 날씨 이야기를 하기도 한다. 조금 친한 사람들끼리 만나면, '어서 시월이 오면 얼마나 좋겠어요' 같은 이야기를 나누기도 한다. 그러나 그들의 이야기는 오 분 이상 계속되지 않는다. 별다른 특징 없는 이야기를 나누다가 개를 재촉하여 공원을 돌아나가, 집으로 가는 것이다. 시월을 제외한 나머지 열한 달에는 그렇다.

시월이 오면, 아, 이렇게 말하는 것만으로도 내 가슴은 벌써 두근거린다. 시월이 오면, 사람들은 공원을 떠날 줄 모른다. 시월 한 달 동안 그 공원에 머물기 위해 장기휴가를 내거나 휴직계를 내는 사람들도 많다. 그런 일이 용납되는 것은 그곳이 비스비스티키타헤미아르트 시이기 때문이다. 이른 아침, 투명한 이슬방울들이 나뭇잎이며 꽃잎에 초롱초롱 매달려 있는 아름다운 모습을 보기 위해, 샌드위치와 레몬티가 든 종이봉지를 들고, 사람들은 서둘러 집을 나선다. 공원 입구에 들어서서 심호흡을 하여 맑은 공기를 듬뿍 마시고, 나뭇잎이며 꽃잎에 초롱초롱 매달려 있는 이슬방울들에게 경의를 표한다. 점심시간이 될 때까지 사람들은 개를 산책시키면서 아주 느린 속도로 공원을 돌아다닌다. 나무와 꽃들은 물론이고 시월의 요스터파파쿠르쿠르 공원에서는 돌멩이 하나까지 눈부시게 아름답기 때문에, 그들의 걸음은 한없이 느려질 수밖에 없다.

점심시간이 되면 사람들은 삼삼오오 짝을 지어 커다란 나무 그늘 아래 모인다. 체크무늬의 테이블보를 잔디 위에 펼쳐놓고, 가지고 온 종이봉투를 열어 신선한 샌드위치와 따뜻한 레몬티를 먹는다. 시월에, 이 공원에서 만나는 사람들은 누구나 친구가 된다. 태어나서 처음 보는 사람들도 눈 깜박할 사이에 친해져버린다. 점심식사를 마치고도, 그들은 오래오래 이야기를 나눈다. 나무와 꽃과 새와 하늘과 바람에 대한 이야기들이다. 해가 천천히 서쪽으로 기울어갈 무렵, 사람들은 다정한 인사를 나누고 헤어져서 다시 공원을 산책한다. 이번에는 다들 깊은 침묵 속에 잠겨 있다. 어떤 사람은 바위 위에 걸터앉아 시를 쓰기도 하고 어떤 사람은 나무 아래에서 스케치를 하기도 한다. 또 어떤 사람은 새와 함께 노래를 부른다. 시월, 비스비스티키타헤미아르트 시의 요스터파파쿠르쿠르 공원에서 사람들은 공원과 하나가 된다.

밤이 오면, 사람들은 아쉬움을 뒤로하고 집으로 돌아간다. 나무 한 그루 한 그루, 꽃 한 송이 한 송이에게 작별 인사를 하고, 내일 다시 만나자고 약속을 하고, 떨어지지 않는 발길을 옮긴다. 사랑에 빠진 연인들은 아주 깊은 밤까지 공원에 남아 있기도 한다. 그들은 서로의 눈을 들여다보며 이야기를 나눈다. 시월에 이 공원에서 만난 연인들은 생이 끝날 때까지 서로 믿고 서로 사랑하며 살아간다.

아주 오래전, 젊고 뛰어난 재능을 가진 과학자가 비스비스티키타헤미아르트 시의 요스터파파쿠르쿠르 공원을 방문했다. 운이 좋게도, 마침 시월이었다. 과학자는 그곳이 너무나 마음에 들어, 평생 동안 공원 근처에서 살기로 결심했다. 그러나 십일월이 오자, 공원은 지극히 평범한 곳으로 변해버렸다. 당황한 과학자는 사람들의 설명을 듣고 무척 실망했다.

일 년 열두 달 동안 자신을 행복하게 해줄 줄 알았던 공원이었는데, 고작 일 년에 한 달 동안만 아름다울 뿐이라니.

하지만 과학자는 포기하지 않았다. 그는 '왜 비스비스티키타헤미아르트 시의 요스터파파쿠르쿠르 공원은 시월에만 눈부시게 아름다운가'라는 제목의 논문을 쓰기로 했다. 공원이 시월에만 그토록 아름다운 이유를 밝혀내면, 나머지 열한 달도 아름답게 만들 수 있을 것이다. 그러면 그 공원은 '완벽한 공원'이 되는 것이다.

첫해의 시월은 아무것도 하지 못한 채 흘려보냈기 때문에, 과학자는 할 수 없이 열한 달을 기다려야 했다. 다음 해 시월, 과학자는 온종일 공원에 머무르며 연구를 시작했다. 아니, 하려고 했다. 그러나 시월의 요스터파파쿠르쿠르 공원은, 연구에 몰두하기에는, 너무나 아름다웠다. 과학자는 금세 일을 잊어버리고 공원의 아름다움에 탐닉했다. 그렇게 해서 두 번째 해가 지나갔다. 십일월이 오자, 과학자는 다음 해에야말로 반드시 공원의 비밀을 밝혀내리라고 단단히 결심을 했다.

해가 갈수록, 시월의 그 공원은 점점 더 아름다워졌다. 내가 그 공원을 방문한 것은 두 해 전의 시월로, 정오 무렵이었다. 사람들은 샌드위치와 레몬티가 든 종이봉지를 들고, 점심식사를 하기에 적당한 장소를 찾고 있었다. 어느 아름다운 나무 아래에서, 나는 그를 만났다. 그는 일흔일곱 살이었고, 무척 따뜻한 눈빛을 하고 있었다.

"처음 오셨죠? 이쪽으로 앉아요."

그가 말했다.

"고맙습니다. 이곳에 사시는 분인가요?"

내가 말했다.

"오십 년 전에 왔으니, 이젠 여기서 산다고 해도 괜찮겠지요."

그는 기분 좋은 미소를 지으며 부드러운 목소리로 말했다.

"여긴 어떻게 오시게 되었나요?"

내가 물었다. 그리고 그는 자신의 이야기를, 요스터파파쿠르쿠르 공원의 비밀을 밝혀내어 완벽한 공원으로 만들려고 했다는 이야기를, 내게 들려주었다.

"난 젊었고, 과학자였고, 무엇보다 궁금한 것은 참지 못하는 성격이었거든요."

그가 나를 향해 활짝 웃어 보였다. 박수를 쳐주고 싶을 만큼 멋진 웃음이었다.

"그런데 왜 연구를 포기하셨어요?"

내가 물었다.

"젊었을 때의 난, 문제란 문제를 죄다 파헤치는 사람이었죠. 내가 풀지 못하는 문제란 없었어요. 그리고 그게 정답이라고 믿었죠. 하지만 시월의 이 공원을 보고 있자니, 단 한 가지 답이란 게 무의미해지더군요. 사람은 완벽한 것으로 행복해지지 않아요. 그렇죠?"

그가 샌드위치를 내밀었다.

"아주 맛있어요. 치즈 맛이 기가 막혀요."

과연, 그보다 맛있는 치즈 샌드위치를 나는 두 번 다시 먹어보지 못했다.

그 공원이 어째서 시월에만 그토록 아름다워지는지 미치도록 궁금하지만, 내가 아는 것은 단지, 시월의 비스비스티키타헤미아르트 시의 요스터파파쿠르쿠르 공원은 너무너무 아름답고 눈부시게 아름답고 기절할 만큼 아름답다는 것뿐이다. 이제 노인이 된 그 과학자의 멋진 웃음처럼.

사람들이 뭔가를 기다리고 있는 모습은

이 세상에서 놀라울 정도로 커다란 부분을 차지하고 있다

_ 존 치버, 『왑샷 가문 몰락기』 중에서

버터 호랑이

빵은 그가 흘린 버터로
흠뻑 젖어버렸어요

옛날옛날, 아주 오랜 옛날 옛적에, 버터 호랑이가 살았습니다. 너무
나 당연한 일이지만, 버터 호랑이의 몸은 버터로 만들어져 있었어요. 그
가 사는 곳은 아주 추운 나라였습니다. 그래서 혹시 녹아버리지는 않을
까, 같은 걱정은 하지 않아도 괜찮았지요. 꽤나 운이 좋은 편 아닌가요?
하지만 버터 호랑이의 생각은 좀 달랐습니다.

"정말로 운이 좋은 호랑이라면," 그가 말했습니다. "전 세계에 있는
모든 나라를 여행할 정도는 되어야지. 그렇게 살 수만 있다면 진짜 재미
있을 거야."

나뭇잎이 알록달록 물들고, 부지런한 다람쥐가 열심히 도토리를
줍고 있던 어느 날, 버터 호랑이는 단단히 결심을 하고 짐을 꾸리기 시작

했습니다. 우선 딱딱하고 커다란 빵을 하나 준비했지요. 빵은 그가 제일 좋아하는 음식이었거든요. 색색가지 사탕도 배낭 속에 넣었습니다. 아플 때, 힘들 때, 슬플 때, 지겨울 때, 화가 날 때마다 사탕을 한 알씩 먹어야 하기 때문이죠. 마지막으로 어릴 때부터 사용하던 노란색 담요 한 장을 챙겼습니다. 그 담요가 없으면 잠을 잘 수가 없으니까요.

여행 준비를 마친 버터 호랑이는 배낭을 메고 길을 떠났습니다. 버터 호랑이의 즐거운 여행을 위해 꿀벌과 다람쥐가 지도를 선물했다는 이야기도 해야겠네요. 하지만 그 지도는 사실 버터 호랑이에게 별로 쓸모가 없었답니다. 꿀벌의 지도에는 '맛있는 꿀을 품은 꽃들'이, 다람쥐의 지도에는 '맛있는 도토리가 열리는 나무들'이 표시되어 있었거든요. 버터 호랑이가 찾고 싶은 것은 조금 다른 것이었답니다. 그게 뭔지는 저도 몰랐고, 버터 호랑이도 아마 몰랐을 거예요. 어쨌든 버터 호랑이는 밤새도록 걷다가, 해가 뜨면 나무 아래에 누워, 딱딱하고 커다란 빵을 베고 노란색 담요를 덮은 채 잠이 들었지요. 버터로 만들어졌어도 호랑이는 호랑이고, 호랑이는 야행성 동물이니까요.

버터 호랑이가 숲 속을 떠나온 지 사흘째 되던 낮이었습니다. 어쩐지 간질간질한 느낌이 들어서 몇 번이나 몸을 뒤척이던 그가 눈을 떴을 때, 하늘에는 동그랗고 노란 태양이 눈부시게 빛나고 있었습니다. 자다가 깬 버터 호랑이는 갑자기 배가 고파졌어요. 그래서 베고 자던 딱딱한 빵을 조금 떼어 먹었답니다. 그런데 딱딱한 빵에 보드랍고 노란 액체가 묻어 있는 거예요. 그건 바로 버터 호랑이의 머리에서 흘러내린 버터

였답니다.

"이렇게 맛있는 빵은 태어나서 처음이야!"

자신의 몸이 조금씩 녹아 흐르는 것도 모른 채, 버터 호랑이는 맛있게 빵을 먹어치웠습니다. 그러고는 그늘을 찾아 들어가, 또다시 깊은 잠에 빠져들었지요. 그날 저녁, 잠에서 깨어난 버터 호랑이는 자신의 몸이 조금 작아졌다는 사실을 깨닫게 되었어요.

"아아, 재밌어, 정말 재미있는 일이야."

버터 호랑이는 즐거워하며 다시 밤길을 걷기 시작했지요. 긴 밤이 지나고 아침이 되자, 호랑이는 또 배가 고파졌어요. 하지만 이제 호랑이에게 남은 빵은 조금도 없었지요. 바로 전날, 버터 바른 빵을 전부 먹어치웠으니까요. 버터 호랑이는 우울해졌습니다. 그래서 빨간색 사탕을 하나 꺼내 먹고, 어제보다 조금 더 깊은 그늘을 찾아 들어가, 노란색 담요를 덮고 잠이 들었습니다. 버터 호랑이가 잠에서 깨어난 시간은 저녁 일곱 시였는데, 그의 노란색 담요는 버터로 촉촉이 젖어 있었지요. 그는 더 작아졌답니다. 그리고 또 배가 고파졌어요.

버터 호랑이는 슬퍼졌습니다. 그래서 빨간색, 노란색, 파란색 사탕을 세 개나 먹고, 기운을 내서 다시 걷기 시작했습니다. 그런데 어디선가 아주 맛있는 냄새가 흘러왔어요. 냄새를 따라가자, 작고 예쁜 빵집 하나가 눈앞에 나타났지요. 이제 막 오븐에서 빵을 꺼낸 듯, 고소하고 따뜻한 냄새가 퐁퐁퐁 풍겨 나오고 있었어요. 세상에서 빵을 제일 좋아하는 데다가 몹시 배가 고팠던 그는 용기를 내어 빵집으로 들어갔습니다. 빵집

안에는 아무도 없었고, 한가운데 놓인 테이블 위에는 갓 구워낸 빵이 하나 있었지요. 버터 호랑이는 빵을 입에 물고 얼른 달려 나왔습니다. 아주 열심히 뛰었기 때문에, 빵은 그가 흘린 버터로 흠뻑 젖어버렸어요. 버터 호랑이는 그 빵을 아주 맛있게 먹어치웠답니다. 그러고는 더욱더 작은 버터 호랑이가 되었죠.

"아아, 재밌어, 정말 재미있는 일이야."

버터 호랑이는 데굴데굴 구르며 좋아서 어쩔 줄을 몰라 했답니다. 그날부터 그는 갓 구운 빵을 찾아다니기 시작했어요. 그러는 동안 점점 작아져서, 노란색 담요와 배낭을 더 이상 들고 다닐 수 없게 되었지요. 하지만 세상일이란 게, 어디 나쁘기만 하겠어요. 버터 호랑이는 너무 작아서, 누구의 눈에도 띄지 않고 몰래 빵을 훔쳐 올 수 있게 되었거든요. 이제는 그렇게 큰 빵도 필요 없답니다. 갓 구워낸 한 조각의 빵이면, 세상 모든 것을 얻은 것처럼 행복했지요.

"아아, 재밌어, 정말 재미있는 일이야."

아작아작 빵을 씹으며, 조금 더 작아진 자신의 몸을 이리저리 살펴보며, 버터 호랑이는 즐거운 웃음을 터뜨렸어요.

내가 버터로 흠뻑 젖은 노란색 담요를 발견한 것은 일 년쯤 전의 일이랍니다. 비스비스티키타헤미아르트 시의 요스터파파쿠르쿠르 공원에 다녀오는 길이었어요. 길모퉁이에서 반짝반짝 빛나고 있는 노란 담요를 보자마자, 담요의 주인이 누군지 알 수 있었어요. 집으로 돌아온 나는, 담요를 깨끗하게 빨아서 보송보송하게 말렸어요. 그리고 동네 빵집의 주인 아저씨에게 선물로 드렸답니다.

"버터 호랑이의 담요예요."

아저씨는 고개를 끄덕이며 담요를 찬찬히 살펴본 후, 내게 물었습 니다.

"내가 뭘 하면 되지?"

"버터 호랑이를 위해 매일 밤 새로 구운 빵을 접시에 담아, 가게 한 가운데 있는 테이블 위에 올려놓으시면 되죠."

그날 이후부터 지금까지, 그 빵집은 손님들로 북적거리고 있답니 다. 모두들 버터 호랑이의 담요를 보고 싶어 하거든요. 버터 호랑이의 무 늬가 선명하게 새겨진 노란색 담요는 가게의 한쪽 벽에 멋지게 걸려 있 어요. 그리고 아마도, 매일 밤 버터 호랑이가 슬쩍 들어와, 갓 구운 빵을 맛있게 먹을 거예요. 물론 이제는 버터 호랑이를 볼 수가 없답니다. 너 무너무 작아져서, 우리 눈에는 보이지 않거든요. 정말로 재미있는 일 아 닌가요?

달을 둘러싼 사실과 진실
또는 거짓말

덕분에 나는 이제 달을 그릴 수 있을 것 같네

"달은 지구 주변에 남은 부스러기 물질이 응결되어 이루어졌으며…"

로빈은 설명을 계속할 수 없었다. 셀레네가 앞에 있던 와인을 엎질 렀기 때문이다. 내가 보기에는 다분히 고의적인 행동이었다. 로빈은 좀 당 황했지만, 차트를 뒤적이며 어떻게든 말을 이어보려고 애쓰고 있었다. 그 러나 이번에는 샤갈이 그를 방해했다. 매우 노골적이고 인상적인 하품을 보란 듯이 한 것이다. 세상의 온갖 지루함이 내포되어 있는 하품이었고, 더 이상 지루함을 참아줄 수 없다는 의미의 하품이었다. 신출내기 과학자인 로빈이 달에 관한 브리핑을 시작한 지 겨우 오 분 정도가 흘렀을 때였다.

로빈이 진땀으로 끈적이는 두 손을 비비며 사태를 수습할 방안을 모색하는 사이, 샤갈은 앞에 놓인 냅킨을 번쩍 집어 들었다. 셀레네가 앞

지른 와인을 닦으려는 제스처로 보였지만 사실은 그런 의도가 아니었다. 샤갈은 자신의 냅킨뿐 아니라 테이블 위에 놓인 모든 냅킨을 지구 밖으로 모조리 던져버렸다. 그리고 우아한 손가락으로 엎질러진 와인을 이리저리 문지르기 시작했다.

"뭘 하는 거죠?"

로빈은 조용하지만 불만스러운 목소리로 내게 물었다. 나는 입을 다물라는 표시로 오른쪽 검지를 그의 눈앞에서 흔들어 보였다. 잠시 동안, 우리는 샤갈의 동작을 지켜보았다. 그의 손가락 끝에서 와인 색깔의 구름이나 파도, 혹은 나뭇잎 같은 것들이 나타났다 사라졌다.

"방해가 되었다면 미안하네. 하지만 자네의 이야기는 와인 얼룩만큼도 흥미롭질 않아. 물론 나도 뛰어난 과학자들을 존중하고 있네. 그들이 달을 위해 쏟아부은 엄청난 시간들에 대해서도 충분히 경의를 표할 의사가 있다네. 하지만 도대체 누가 그런 이야기를 마음에 들어 하겠는가. 부스러기 물질의 응결체라니. 그런 걸 달의 진실이라고 부를 수는 없네."

샤갈의 음조는 노래라도 부르는 듯 리드미컬했고 그 음색도 몹시 부드러웠기 때문에, 나는 그가 이야기를 계속해주었으면 좋겠다고 생각했다. 그러나 로빈의 생각은 달랐다. 그는 음조나 음색보다 내용에 신경을 쓰고 있었다.

"저는 과학적으로 입증된 사실에 근거해서 브리핑을 했을 뿐입니다. 사실이 곧 진실 아닙니까?"

로빈의 반박이 샤갈을 불쾌하게 만든 것 같진 않았다. 그는 오히려 즐겁다는 듯이 고개를 주억거리며 말을 이어갔다.

"사실과 진실이 어떻게 다른가, 그 문제는 충분히 고려해볼 가치가 있다네. 간단하게 말한다면, 사실은 실제로 일어난 일이고 진실은 바르고 참된 일이라고 할 수 있지. 하지만 자네는 바르고 참된 일이 실제로 일어나는 게 세상이라고 믿나? 만약 그렇다면 자네는 둘 중 하나야. 엄청난 낙관주의자 아니면 바보인 거지. 우리의 테마로 돌아가서, 달에 관해 얘기해보세. 내가 생각하는 달이란 하나의 유기체와 같은 거라네. 이 자리에 모인 우리와 마찬가지로, 많은 부분들이 하나로 조직되어 있고 그 부분들이 서로 긴밀하게 연결되어 있는 조직체인 것이지. 나는 그림을 그릴 때 언제나 그것을 염두에 둔다네. 오래전이지만 이것과 비슷한 이야기를 한 적이 있는 것 같은데…"

"내가 천사의 날개를 그릴 때, 그것은 날개인 동시에 불꽃이며 생각이며 또한 욕망이다. 형상 자체에 대한 숭배는 사라져야 한다. 나를 개별적인 상징들로서가 아니라, 형태와 색채, 그리고 세계에 대한 상상으로 판단하라. 하나의 상징은 출발점이 아니라 귀착점이어야 한다. 라는 말씀을 하신 걸로 기억하고 있어요."

샤갈이 기억을 더듬는 사이, 내가 조심스럽게 끼어들었다. 그는 매우 만족한 얼굴로 내게 미소를 지어 보였다.

"고맙네. 내가 말하고 싶었던 것이 바로 그것이네. 그러므로 달은 형상 자체가 아니라 세계에 대한 상상이고 그것 자체라네. 그게 달의 진실이라고 나는 믿네. 혹은 달에 관한 거짓말이라고 말할 수도 있다네."

가엾은 로빈은 얼굴에서 샘솟는 땀을 닦기 위해 냅킨을 찾았지만, 약 십 분 전 샤갈이 모든 냅킨을 던져버렸고, 그 냅킨들은 이미 우주 어딘가를 허우적거리고 있다는 사실을 깨달았다. 로빈 역시 사실과 진실, 그리고 거짓말이라는 개념의 우주 속에서 한 장의 냅킨처럼 허우적거리고 있었다.

"거짓말이라고 해서 반드시 진실의 반대편에 있는 것은 아니네. 이를테면 사람들은 달의 뒷면에 대해 지나칠 정도로 집착하는 경향이 있네. 하지만 애초에 달의 뒷면 같은 건 존재하지 않아. 우리의 시야에 들어오는 면은 앞면이고 그 반대는 뒷면이라고 하는 것은, 위험하기 짝이 없는 양극의 논리라고 나는 생각하네. 굳이 역사를 들추지 않아도, 얼마나 많은 생명들이 그 논리에 의해 희생되었는지 자네도 알고 있을걸세. 다시 말하지만 달은 하나의 유기체고 매우 사소한 달의 일부분도 달의 전체와 긴밀하게 연결되어 있네. 모든 진실 속에는 거짓말이 포함되어 있고 거짓말 또한 진실과 뚝 떨어져 있지 않은 것처럼 말일세. 자네가 만약 단 한 번이라도 누군가를 속이거나 속아본 적이 있다면 내 말을 이해할걸세. 그런데 자네는 달을 한마디로 정의한다면 무어라고 할 텐가?"

"달은… 지구의 유일한 자연위성이고…"

로빈은 뒷말을 잇지 못했다. 스스로도 자신의 정의가 마음에 들지 않았거나, 샤갈이 쉽게 반론을 제시할 수 있는 발언을 해버렸다고 생각했거나, 둘 중 하나였을 것이다. 샤갈은 그의 짧은 말을 최대한 음미한 후 다시 입을 열었다.

"달이 평균 약 38만 4,400㎞ 거리에서 지구 주위를 서에서 동으로 공전한다거나, 달의 지름이 3,476㎞ 정도라거나, 달의 질량이 지구의 81.3분의 1이라거나, 달의 밀도가 약 3.34g/㎤이라거나, 자전축을 중심으로 29.5일 만에 1바퀴씩 자전한다거나, 그런 이야기들은 나도 알고 있다네. 하지만 그게 도대체 우리에게 뭘 이야기해주나? 이를테면 내가 자네의 키와 몸무게와 가슴둘레, 또 자네가 100미터를 몇 초에 뛸 수 있는지에 대해 안다고 해서, 자네를 안다고 말할 수 있나? 달의 표면에 흩어져 있는 운석구덩이에 대해서도 많은 연구들이 있었지. 그러나 나는 달의 여드름자국 같은 걸 세고 싶진 않네. 수 세기 전에는 달이 지구에서 떨어져 나간 것이라고 믿었지. 또 다른 과학자는 그럴 가능성이 없다는 것을 증명하기 위해 수많은 시간을 보냈고. 그래서 우리는 결국 무얼 알게 되었나? 달은 지구의 유일한 자연위성이다. 분명 틀린 말은 아니네. 그러나 나는 어째서 달이 지구에 의해 규정되어야 하는지 이해할 수가 없네. 단지 우리가 지구에 살고 있다는 이유 때문인가? 달이 지구 주위를 돌고 있다는 것 때문인가? 그 어느 쪽도 내게는 설득력이 없어. 달은 달 그 자체로 보아야 하네. 그것을 볼 수 없다면 우리는 달의 진실은커녕 거짓말도 알 수 없을 거야. 난 그런 것보다 우리의 아름다운 달의 여신 셀레네가 엔디미온과 사랑에 빠진 이야기에 더욱 관심이 있다네."

자신의 이야기가 화제에 오르자 셀레네는 호기심 많은 아이처럼 턱을 괴고 눈을 반짝이며 샤갈을 가만히 바라보았다.

"우리에게 그 이야기를 해줄 의향이 있나? 어떤 이들은 자네가 제우스에게 부탁한 거라고 하지. 엔디미온의 아름다운 모습을 영원히 간직하기 위해 영원한 잠 속에 빠지게 해달라고 말일세. 또 다른 이들은 엔디미온이 제우스의 아내 헤라를 넘보다가 제우스에게 벌을 받은 거라고 말하네. 엔디미온 스스로 잠을 선택했다는 이야기도 있지. 아름다운 꿈을 꾸며 영원히 잠을 자는 것이 그의 소원이었고, 제우스가 그의 소원을 이루어주었다고 말일세. 어느 쪽이든 나한테는 중요한 게 아니네. 나는 단지 눈빛을 주고받을 수도 없고 이야기를 나눌 수도 없는 그 소년을 자네가 어떻게 사랑했는지가 궁금한 것이네."

샤갈은 이제 로빈에 대해서는 완전히 잊어버린 듯했다. 그는 여신의 잔을 채워주고 푸른빛이 감도는 그녀의 눈동자를 응시하며 대답을 기다리고 있었다.

"글쎄요, 사랑에 빠진 다른 연인들과 특별히 다를 건 없었어요. 나는 매일 밤 동굴로 찾아가서 잠들어 있는 그의 곁에 머물며 그의 모습을 탐했답니다. 당신도 알다시피, 나는 너무나 변덕스럽고 너무나 자주 모습을 바꾸고 너무나 많은 것들로부터 영향을 받지요. 그래서 내가 언제 소멸될지 모른다는 불안에 늘 사로잡혀 있답니다. 그러니 변하지 않는 것이 내게 얼마나 절실하게 필요했겠어요? 존 키츠라는 시인이 엔디미온을 위해 쓴 시를 기억하고 계시겠죠?"

샤갈이 도움을 청하는 듯한 눈길을 내게 던졌으므로, 나는 기억을 더듬어 존 키츠를 떠올렸다.

"아름다운 것은 영원한 기쁨, 그 사랑스러움 갈수록 커가리. 그것은 결코 줄어들어 소멸하지 않고 우리에게, 한결같이 고요한 그늘을 줄 것이며, 달콤한 꿈 가득한 잠과 건강함과 조용한 숨결을 주리라."

좌중에 달빛처럼 온화한 침묵이 흘렀다. 잠시 후, 샤갈은 천천히 입을 열었다.

"고맙네. 덕분에 나는 이제 달을 그릴 수 있을 것 같네. 로빈, 자네는 어떤가? 달에 관해 뭔가 알게 된 것 같다는 기분이 드는가? 자네가 가지고 있는 지식 말고, 달에 관한 좀 더 사소한 것들, 이를테면 달의 맛이나 향, 달의 미소와 눈물 같은 것에 대해 말일세."

샤갈의 질문을 받은 로빈은 고개를 푹 숙인 채 입술을 달싹거리며 뭐라고 중얼거렸다. 샤갈은 다시 한 번 물을 수밖에 없었다.

"뭐라고? 잘 안 들리네. 조금 크게 말해줄 수 있겠나?"

"무척 혼란스럽다고 말씀드렸습니다."

샤갈은 웃음을 터뜨렸다. 로빈의 대답은 그의 마음에 쏙 든 것 같았다.

"다행이네. 달은 그런 거라네. 그것이 바로 달의 진실과 거짓말이고, 지금 우리에게 가장 필요한 건 한 잔의 와인이라네."

묻지도 말고

뒤에 남는 사람도
먼저 가는 사람도 없어야 해

생각해보면, 우리 내내 사랑할 생각은 않고 이별 이야기만 했어요. 당연하지, 지금까지 사랑을 위해 바친 시간보다는 이별 때문에 소모한 시간이 훨씬 많았으니까, 우리 둘 다. 당신은 그렇게 말했고 나는 웃었죠. 웃을 만한 이야기는 아니었지만 당신도 알다시피, 나는 아무 때나 웃잖아요. 무엇인가가 깊어지면, 무엇인가가 무거워지면, 그 깊고 무거운 곳으로부터 빠져나가려는 작정으로, 그냥 웃고 말잖아요.

　나의 그런 버릇 때문에, 우리가 나눈 이별 이야기들은 하나도 슬프지 않았어요. 우리는 지나간 이별들을 하나씩 꺼내어 그 색깔을 관찰하고, 모양을 살피고, 맛을 보고, 그것들이 얼마나 숙성했는가를 평가하느라 시간 가는 줄 몰랐죠. 그러다가 아직 덜 익은 것들이, 그래서 쓰거나 신맛이 나는 것들이 불쑥 튀어나올 때면, 서둘러 다시 집어넣으며 서로의 안색을 살피곤 했어요.

"이별에도 형식이 있는 거니까."

모든 이별의 형국이 거칠기만 하다고 투덜거리는 나에게, 당신은 어느 날 그렇게 말했어요.

"형식?"

"그래, 형식. 혹은 일종의 예의라고 할까."

나는 고개를 갸웃거렸고 당신은 내 이별 중 몇 개를 꺼내어보라고 종용했어요.

"왜 하필 나예요."

그러자 당신은 빙긋 웃으며, 어쩔 수 없잖아, 네가 갖고 있는 이별이 내가 가진 것보다 많으니까, 하고 말했어요. 그래요, 어쩔 수 없죠, 그건. 하지만 그 이야기를 하기 전에, 나는 커피를 한 잔 마셔야겠다고 말했어요. 원두를 갈아서 막 내린 커피, 형식과 예의를 갖추어 정중하게 만든 커피 말이에요.

커피를 한 모금 마시고, 나는 이야기를 시작했어요. 오늘처럼 봄비가 내려 마음이 파도치는 날에는 폭우가 내리던 그날이 기억난다고.

"그렇게 착한 사람은 두 번 다시 만나지 못했다, 라고 말해도 좋을 정도로 좋은 사람이었어요. 우리가 자주 가던 그 카페에서는 우리가 자주 듣던 노래가 흘러나왔어요. 결국 내가 그 말을 했어요. 먼저 나갈까? 먼저 일어날래? 그가 대답을 하지 않아서, 내가 먼저 일어났어요. 우산을 놓고 나왔다는 사실은 뒤늦게 깨달았어요. 몇 걸음 걷지 않아 흠뻑 젖어버렸지만 돌아갈 수는 없었죠. 뒤를 돌아보진 않았지만, 내가 남겨두고 온 사람이 내 우산을 들고 허겁지겁 따라오고 있다는 걸 알았어요. 그래도 걸음을 늦출 수가 없었어요. 눈물을 보이고 싶지 않았거든요. 내가 울고 있다는 걸 알면, 그가 그대로 나를 보내주지 못할 것 같아서."

"또 다른 풍경은, 어느 술집이었어요. 그 사람과 나는 만난 지 얼마 되지도 않았는데, 너무 많은 감정을 소진해버려서 지친 거였어요. 나 아니면 그, 누군가가 이별을 말해야 하는데, 그 말을 할 수가 없어서 술만 마셨어요. 어색해지는 것이 싫어서 경쟁이라도 하듯 이야기를 했는데, 모두가 과거형이었어요. 그때 좋았지, 그날은 따뜻했지, 그 길 아름다웠지. 그러고 끝이 났어요. 그 뒷맛이 너무 씁쓸해서, 그 술집은 두 번 다시 가지 않았어요."

"오랫동안 만나던 사람과 헤어질 때, 그는 줄곧 사과를 했어요. 우리가 헤어지게 된 이유가 자기 탓이라고 자꾸만 그래서, 나는 그냥 웃었어요. 괜찮다고, 어차피 이렇게 될 거였다고, 달랬어요. 며칠 후 그에게서 전화가 왔어요. 그럼 우리는 괜찮은 거냐고, 또 연락해도 되는 거냐고. 안 된다고, 나는 잘라 말했어요. 살아 있는 동안 소식조차 듣고 싶지 않다고, 차갑게 말했어요. 그는 몹시 놀랐던 것 같아요. 꽤 긴 시간이 지난 후까지 마지막 통화가 마음에 걸렸어요. 그렇게까지 냉정할 건 없었다는 생각이 들어서."

내 이야기가 끝나고, 당신이 말했어요.

"비는 안 돼. 술도 안 되고 밤도 안 돼. 너무 춥거나 더운 날도, 봄이 깊거나 가을이 깊은 날도 안 돼. 그저 그렇고 그런 평범한 날을 골라. 환한 대낮에, 사람들이 아주 많은 곳에서 만나, 커피 한 잔을 천천히 마시는 시간. 그 정도의 시간을 들여 이별을 하는 거야. 그동안 즐거웠어, 악수를 나누고 헤어진 다음, 그날의 남은 시간을 보내는 거야. 너는 나 없이, 나는 너 없이. 뒤에 남는 사람도 먼저 가는 사람도 없어야 해. 다시 만날 수 있느냐고 묻지도 말고."

당신의 말이 어쩐지 슬퍼서, 나는 또 웃어버렸어요.

"그렇게 하면, 이별을 좀 더 잘 견딜 수 있나요?"

당신은 웃지도 않고, 천천히 커피를 마시는 속도로 대답했어요.

"이별은 커피 한 잔을 마시는 일과 같아. 너무 성급하게 마시면 마음을 데고, 너무 천천히 마시면 이미 식어버린 마음에서 쓴맛이 나. 이별을 잘 견딜 수 있는 방법 같은 건 없어. 하지만 겁먹을 필요도 없어. 지금 네가 커피를 마시는 것처럼, 그 마음을 다하면, 시간이 흐른 후에도 향기는 남는 거니까."

As many farewells as be stars in heaven

_ 셰익스피어, 『트로일러스와 크레시다』 중에서

칠 일 동안의 사랑

우리의 이별만은 영원을 얻었으니까

수요일 | 다짐

우선, 나를 너무 외롭게 만들면 안 돼. 혼자 오래 내버려둔다거나 심심하지 않게 해달라는 이야기가 아니야. 나란히 어깨를 맞대고 앉아 있으면서 혼자만의 과거나 미래로 가버린다거나, 나의 이야기가 당신 귀에 닿기 전에 사라져버렸다는 느낌 같은 거, 들지 않게 해줘. 그렇다고 내가 부를 때마다 달려온다거나 내가 요구하기도 전에 나를 위해 노래를 불러서도 안 돼. 나에게는 일정한 거리가 필요하다는 거, 당신도 알잖아. 당신이 내 옆에 바싹 붙어 있으면, 나는 오른발을 먼저 디뎌야 할지 왼발을 먼저 디뎌야 할지 망설이다가 결국 한 발자국도 움직이지 못할 거야. 하지만 너무 멀리 있으면, 내가 넘어질 때 잡아줄 수가 없잖아. 한눈을 팔아도 안 되지만 나만 바라보고 있는 것도 곤란해. 나의 모든 질문에 대답할 수 있어야 하지만 모르는 것을 안다고 거짓말하면 바로 들통이 날 거야. 당신을 만나는 동안, 나는 백 퍼센트의 연인이 될 거야. 하지만 당신은 구십구 퍼센트만 완벽해줘. 그리고 무엇보다 이게 가장 중요한데, 부디 내가 싫증 내기 전에 안녕이라고 얘기해야 해. 괜찮겠어?

나의 좋은 친구는 말했다. 그래, 그럴게.

목요일 | 데이트

괜찮은 공연을 하나 보러 가면 좋겠어. 모든 사람들이 일어나서 발을 쿵쿵 구르고 커다란 스피커에서는 심장의 박동 같은 베이스 소리가 쏟아져 나오는 콘서트도 좋고, 숨을 죽이는 소리, 저도 모르게 숨을 몰아쉬는 소리까지 다 들리는 실내악 콘서트도 좋아. 한 곡이 끝날 때마다 잡았던 손을 놓고 박수를 쳐야 하는 뮤지컬도 좋고, 막이 내릴 때까지 당신을 포함한 모든 것을 까맣게 잊어버릴 정도로 긴장감 넘치는 연극도 좋아. 공연이 조금 시시하고 엉성해도 상관없어. 누군가와 나란히 앉아 같은 곳을 바라보고 있으면 삶이 그다지 외로운 건 아니라는 생각이 들거든. 공연 전에는 갓 구운 토스트나 따뜻한 베이글에 거품이 가득한 카푸치노를 곁들여 간단하게 허기를 채웠으면 해. 공연이 끝나면 서둘러 자리를 뜨지 말고, 객석이 완전히 텅 빌 때까지 그 자리에 앉아 내가 현실로 돌아오는 것을 기다려줘. 그다음에 우리 아주 맑은 차를 마시자. 아주 맑은 물도 좋아. 아주 차고 맑은 공기를 호흡하며 자, 이제 무얼 할까, 하고 즐거운 고민을 함께 하는 거야. 무엇이든 절반까지만 정해져 있는 게 좋거든. 처음부터 끝까지 계획대로 움직여야 한다고 생각하면 난 금방 지쳐버리니까. 그래도 당신은 여러 가지 선택사항들을 항상 가지고 있어야 해. 내가 뭘 하고 싶어질지, 어떻게 알겠어? 그럴 수 있어?

나의 좋은 친구는 말했다. 그래, 그렇게.

금요일 | 논쟁

그래, 어두운 곳에 있을 때 당신은 가만히 앉아 어둠에 익숙해지기를 기다리지. 나는 얼른 일어나서 전등 스위치를 올리고, 그걸 끄고 나면 더 깊은 어둠이 오리라는 걸 알면서도. 사실은 당신의 방법이 현명하다는 걸 알면서도 고집을 부리곤 해. 그래, 신호등이 노란색으로 바뀌면 당신은 차를 멈추지. 나는 액셀러레이터를 밟아 속력을 높이고 서둘러 교차로를 빠져나가는데 말이야. 그래봤자 위험하기만 할 뿐 그다지 빨리 가지도 못한다는 걸 알면서도, 그렇게 하곤 해. 그래, 당신이 조금 걷고 싶을 때 나는 다리가 아프고 당신이 따뜻한 걸 원할 때 나는 차가워지지. 하지만 그런 걸 맞춰가는 게 무슨 의미가 있어? 한 사람이 다른 사람에게 맞춘다고 해도 결국 자기 하고 싶은 대로 하는 거잖아. 그러고 싶으니까 그러는 거잖아. 내가 너에게 이만큼, 그러니까 너도 나에게 이만큼, 그건 계산이잖아. 난 그런 건 싫어. 뭐? 당신은 그러고 싶다고? 그럼, 그렇게 하고.

나의 좋은 친구는 말했다. 그래, 그렇게.

토요일 | 비밀

당신에게 내가 모르는 비밀이 하나 있다고 생각하고 싶어. 당신의 방에 내가 모르는 화분이 하나 있다거나, 당신의 복사뼈에 내가 모르는 점 하나가 있다거나, 당신의 마음에 내가 모르는 사람 하나가 있다거나, 그런 거. 그렇게 생각하면 당신이 조금 더 애틋하게 느껴지거든. 그런 비밀 하나, 가져줄래?

내 좋은 친구는 말했다. 그래, 그럴게.

일요일 | 선물

무겁지도 가볍지도 않은 것. 크지도 작지도 않은 것. 쉽게 사라지지 않지만 영원하지도 않은 것. 특별하지 않지만 평범하지도 않은 것. 사랑도 우정도 아닌 것. 그러니까 당신과 나처럼, 그런 선물을 원해.

내 좋은 친구는 말했다. 그래, 그럴게.

월요일 | 약속

이렇게 등을 기대고 있으니까 참 따뜻하다. 응, 알아, 당신도 그런 거. 내 이야기에 귀를 기울여주고 그걸 기억해주는 사람이 있다는 거, 참 좋다. 응, 알아, 당신도 그런 거. 연인이 되기에는 너무 오랜 시간이 지나버렸지만, 그래도 더 늦기 전에 한 번쯤 연인이 되어보자고 했던 거, 잘한 거 같아. 응, 알아, 당신도 그런 거. 안 해도 괜찮았던 이야기, 많이 하고 많이 듣고, 당신과 조금 더 가까워지고, 그러면서 나를 조금 더 알게 되고,

그래도 달라진 게 없어서 마음이 놓여. 응, 알아, 당신도 그런 거. 언제나 사랑에게 휘둘리기만 했는데, 이렇게 사랑을 조종할 수도 있다는 게 놀랍고 신기해. 어쩌면 당신과 조금 잘해볼 수도 있을 것 같다는 생각까지 드는걸. 응, 알아, 당신도 그런 거. 그런데 이상해. 이제 당신이 조금 낯설게 느껴져. 익숙하면서 불편하고, 친밀하지만 어색해. 어떻게 된 걸까? 아니, 대답은 하지 마. 당신의 입으로 대답을 듣는 순간, 뭔가가 정말로 완전히 변해버릴 것 같거든. 아무 말도 하지 않겠다고 약속해줘. 변하지 않은 것에 대해서도, 변한 것에 대해서도, 변할 것에 대해서도.

내 좋은 친구는 말했다. 그래, 그럴게.

화요일 | 회전목마

좋은 날들이었어. 올라갔다 내려갔다 하며 빙글빙글 돌기도 하고, 풍경이 계속 바뀌고, 당신은 멀어지기도 했지만 곧 가까워질 거라는 선명한 사실에 늘 안심이 되었어. 사랑이 끝나면 어쩌나 걱정할 일도 없고 사랑이 끝나지 않으면 어쩌나 두려워할 일도 없었어. 나와 눈이 마주칠 때마다 햇살처럼 부서지던 당신의 미소, 곧장 나를 향해 뻗어왔던 손길, 나는 땅을 박차지 않고도 날아오를 수 있었고 당신은 단 한 번도 도망치려 한 적이 없었어. 이제 알겠어. 우리는 같은 날, 같은 순간, 같은 무게의 슬픔으로 이별하리라는 것을 알고 있었기 때문에 아무것도 불안하지 않았던 거야. 흐르던 음악이 멈출 때까지 마음껏 감정을 내보이고 마음껏 사랑하면 그것으로 족했던 거야. 이제 풍경은 어두워지고 하나둘씩

불이 꺼지고 있어. 축제가 끝나려 하고 있어. 나는 나비처럼 가볍게 당신의 뺨에 입을 맞추고 공기처럼 가벼운 목소리로 안녕, 속삭이고 깃털처럼 가볍게 떠날 거야. 우린 이제 영원히 만날 수 없겠지만 영원히 함께 있는 것과 마찬가지야. 일곱 번의 해가 뜨고 지는 동안 우리가 공유했던 시간들은 오로지 우리 속에서 언제까지나 빛을 낼 테니까. 이제부터 당신이 부르는 노래와 내가 쓰는 시는 같은 이야기를 할 거니까. 외롭지 않을 거야. 우리, 단 한 번의 별과 같은 사랑은 찰나로 끝났지만 우리의 이별만은 영원을 얻었으니까.

　　내 좋은 친구는, 아무 말도 하지 않고, 목마에서 나를 내려주었다. 쿵, 단단한 땅에 발을 디뎠을 때, 갑자기 모든 게 무거워졌다. 후회하지 마. 그래, 그럴게. 나는 나에게 다짐을 놓고, 나에게 대답했다.

내가 당신 마음을 가지고 있는 한,

당신은 당신의 비밀을 가지고 있어도 좋아.

_오스카 와일드,『캔터빌의 유령』중에서

죄송하지만
주문은 취소할게요

지금이 그 순간이라는 것을 그는 몰랐다

바다처럼 깊고 푸른 돌 위에 하얀 돛을 단 배가 떠 있다. 네 귀퉁이의 닻 장식이 없어도 충분히 아름다운 상자였다. 상자를 보는 순간 그녀의 마음속에 소유욕이 치솟았다. 어떤 물건에도 어떤 사람에게도 느껴보지 못했던 강렬한 욕망이었다.

상자를 가져야겠다고 그녀는 생각했다. 상자만큼이나 낡고 오래된 창고 안에는 대충 헤아려보아도 수백 가지가 넘는 물건들이 널려 있었고, 그날 경매로 팔려갈 물건들은 최소 백 가지 이상이었다. 빛보다 빠른 속도로 경매가 진행되었다. 마침내 상자의 차례가 왔다. 일 달러에 시작된 경매는 오 초 만에 끝나버리고, 상자는 순식간에 다른 사람의 것이 되었다. 그녀는 손조차 들지 못했다.

빈손으로 공기를 헤집으며 숙소로 돌아오면서, 그녀는 조금 울어도 좋겠다고 생각했다. 사진을 찍어두어서 다행이란 생각이 잠깐 들었지만, 곧 후회했다. 차라리 찍지 않았으면 좋았을걸. 그럼 좀 더 쉽게, 좀 더 빨리 기억에서 지울 수 있을 텐데.

그날 밤, 그녀는 상자의 꿈을 꾸었다. 상자는 하얀 돛을 높이 올리고 망망대해 저편으로 멀리멀리 떠나갔다. 그 후로 몇 해 동안, 그녀는 가끔 상자의 사진을 꺼내며 마음속의 소유욕이 천천히 사라지는 쓸쓸함을 음미했다. 상자를 가져도 기쁘지 않을 것 같은 시간이 그녀를 찾아왔고, 그것은 그녀에게 안도와 외로움을 안겨주었다.

지나가지 않는 감정은 없다. 그것이 아무리 간절한 욕망이었어도.

그 도시는 바람에 날리는 낙엽이 땅 끝을 스치는 소리조차 들을 수 있을 정도로 고요하고 한적했다. 인적도 드물고 가게도 드물었다. 그러나 모퉁이를 돌면 문득 오래된 책이 놓인 착한 서점과 오래된 물건들을 파는 착한 가게가 있었다. 그녀는 세월을 통과하여 현재에 이른 책들의 향기를 맡으며 긴 시간을 보냈다. 가끔 건너편에 있는 앤티크 숍을 서성이기도 했다.

그녀는 그에게 시간을 선물하고 싶었다. 여행이 끝난 날 밤 그를 만나, 누군가의 손때가 묻은 다정한 시간 하나를 건네주고 싶었다. 푸른 소파와 나무로 만든 바퀴 모양의 테이블은 너무 크고 무거울 것 같았다. 그 대신 그녀는 엄지손가락만 한 나무자동차와 새가 그려진 동판, 피터 팬에 나오는 후크 선장이 썼을 법한 망원경을 골랐다. 진한 갈색무늬의 나이프도 갖고 싶었지만 의외로 날카로운 칼날이 조금 불길했다.

긴 비행이었지만 그녀는 가방 속에 들어 있는 나무자동차와 동판, 그리고 망원경을 생각하며 혼자 미소를 지었다. 그는 어떤 표정으로 이 선물들을 바라볼까, 상상하는 것만으로 행복했다. 그러나 돌아온 그녀를 맞이한 것은 그가 아니라 이미 낡아버린 계절이었다. 무엇인가가 변해버렸다. 그를 위해 선물을 고르던 순간의 두근거림이 지나가버리고, 아무것도 아니게 되어버렸다. 다음 날 아침, 그의 전화를 받은 그녀는 말했다.

"설명할 수 없지만, 나는 변해버렸어요."

지나가지 않는 마음은 없다. 그것이 아무리 간절한 그리움이었어도.

두 사람을 위한 창가자리, 두 사람을 위한 식사, 애피타이저와 아페리티프, 메인 요리와 디저트에 이르기까지 모든 것이 완벽하게 준비된 저녁이었다. 그녀는 그가 좋아하는 재료들과 좋아하는 요리법을 알고 있었고, 셰프를 직접 만나 정확하게 주문했다.

그녀는 한 시간 전에 약속 장소로 나갔다. 그 자리에 조용히 앉아 약속시간이 되기를 기다리며, 그를 맞을 준비를 완벽하게 하고 싶었다. 가끔 책장을 넘기다가, 창밖을 응시하며 혹시 그가 조금 일찍 오지 않을까 기대하다가, 주방에서 흘러나오는 달콤한 소스의 향을 음미했다. 그를 만나면 어떤 표정을 지을 것인지, 어떤 말로 첫인사를 건넬 것인지, 가방

속에 들어 있는 그를 위한 작은 선물을, 마음에 숨겨둔 이야기를 언제쯤 꺼낼 것인지 가늠해보았다.

　아주 느린 속도로 한 시간이, 그리고 죽음처럼 긴 오 분이 흘렀다. 그녀는 자리에서 일어났다.

　"죄송하지만, 주문은 취소할게요."

　두 사람 몫의 계산을 하고 그곳을 나오자 모든 것이 명확해졌다. 그녀는 무심한 표정으로 가방에서 무엇인가를 꺼내어 휴지통에 던져 넣고 똑바로 걸었다. 오늘이 그날이라는 것을 그는 알지 못했다. 지금이 그 순간이라는 것을 그는 몰랐다. 그는 그녀가 찾던 그 사람이 아니었다.

　지나가지 않는 사랑은 없다. 그것이 천 년의 기다림 끝에 온 사랑이라 해도.

　그리고 그때는 하지 못했던 말.

　'지금이 아니면 안 되는 일이 있는 거예요, 세상에는.'

　지금 갖지 않으면 안 되는 것, 지금 전하지 않으면 안 되는 것, 지금 만나지 않으면 안 되는 사람, 지금 이 순간에만 반짝이는 것, 그대가 망설이는 사이에 지나가버리는 것, 영영 돌이킬 수 없는, 그런 것. 그건 어쩌면 앞으로도 영원히 하지 않을 말.

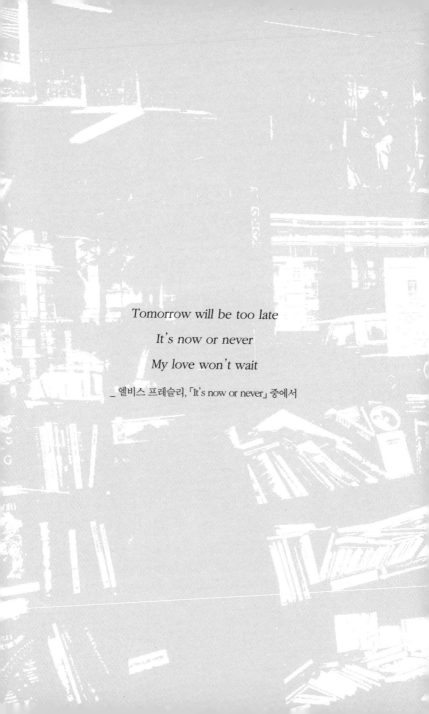

Tomorrow will be too late

It's now or never

My love won't wait

_ 엘비스 프레슬리, 「It's now or never」 중에서

비상구에 관한
알려지지 않은
세 가지 가설

다락방과 거울, 그리고 빛과 향기의 함수관계

어느 날 나는 도시의 막다른 골목에 있는 헌책방에서 슈베르트의 악보를 찾고 있었다. 슈베르트의 악보라면 대형서점에서도 구입할 수 있지만, 내가 찾고 있던 건 그의 초기작품 중 하나로, 세상에 거의 알려지지 않은 것이었다. 악보를 찾던 중, 나는 한 권의 흥미로운 책을 발견했다. 책의 표지에는 '잘 알려지지 않은 비상구에 관한 모든 것'이라고 쓰여 있었다. 무엇 때문인지 모르겠지만, 아무런 장식도 없는 그 책은 나의 관심을 끌었고, 역시 이유는 없지만 다소 건조해 보이는 제목 역시 나를 사로잡았다. 나는 곧 슈베르트의 악보를 잊어버리고, 그 책을 펼쳐보았다.

『잘 알려지지 않은 비상구에 관한 모든 것』이라는 책에 의하면, 이 세상에는 '비상구 연구회'라는 것이 존재한다고 한다. 연구회가 애초에 어떤 목적과 계기를 가지고, 언제 어떻게 시작되었는지는 아무도 모른다. 하지만 사무실의 위치와 회원이 되는 방법은 비교적 정확하게 기록되어 있다. 회원이 되는 법은 매우 간단하다. 사무실을 찾아가는 사람은 누구나 회원이 된다. 사무실을 찾는 법도 복잡하지 않다. 회원의 자격을 갖춘 사람은 어느 날 문득 비상구 앞에 서게 되고, 그 비상구를 열고 나가면(또는 들어가면) '비상구 연구회'라는 간판이 달린 사무실이 나타난다. 그러니까 개인의 의지로 회원이 된다기보다는, 연구회 스스로가 회원을 찾고 부른다는 것이 정확하다.

책에는 먼 과거에서부터 현재에 이르기까지 이 연구회에서 활동하던 회원들에 대한 정보와 그들의 연구 성과가 실려 있다. 회원들의 명단에 생텍쥐페리와 더글러스 애덤스의 이름이 올라 있는 건 별로 놀라운 일이 아니다. 지금 내가 소개하려는 사람은 그중에서도 잘 알려지지 않은 사람으로, 비상구에 관한 매우 독특한 가설을 세우고 그것을 증명하기 위해 평생을 바친 사람이다. 그는 '거의 모든 세계'를 돌아다니면서 자신의 논리를 입증할 비상구들을 수집했는데, 여기서 '거의 모든 세계'란 잘 알려진 세계와 알려지지 않은 세계, 양쪽을 모두 포함하는 개념이다.

그의 이름은 엣세트라Etcetera, 즉 '기타 등등'이라고 나와 있는데, 물론 본명은 아닐 것이다. 다음은 그가 남긴 비상구에 관한 서른한 가지 이야기 중에서 나의 흥미를 끌었던 세 가지 이야기의 배경과 이론을 요약, 정리한 것이다.

첫 번째 이야기, 분수대의 비상구

엣세트라가 처음 그 나라를 방문했을 때, 그의 나이는 열일곱이었다. 보호자 없이 혼자 떠난 첫 번째 여행의 목적지를 그곳으로 정한 것은, 그 나라에 있는 어느 작은 도시에 '비상구의 분수대'라는 광장이 있다는 정보를 입수했기 때문이다. 그곳은 바다를 끼고 있는 항구도시로, 그가 도착했을 때 수평선 위로 막 해가 떠오르고 있었다. 그는 바닷가에 앉아 조용히 일출을 지켜본 다음 가까운 카페에 들어가서 뜨거운 커피를 마시며 여행객을 위한 안내센터가 문을 열기를 기다렸다. 아침 열 시, 몇 사람의 여행객들과 함께 그는 안내센터로 들어섰다. 수북하게 쌓여 있는 팸플릿들을 뒤질 필요도 없이, 그가 찾고 있던 '비상구의 분수대'는 어디에나 나와 있었다. 사실 그 도시에서 볼 만한 곳은 그 분수대밖에 없었던 것이다.

하지만 그는 신중을 기하여, 그중에서도 가장 선명한 화질의 사진과 상세한 정보가 실려 있는 팸플릿 하나를 골랐다. 정보에 의하면, '비상구의 분수대'는 도시의 중심에 위치해 있으며, 도시의 모든 길은 그곳으로 통하기 때문에 굳이 애써서 찾을 필요도 없었다. 그러나 한 가지 주의할 점이 있는데, 그건 바로 '시간'이었다. 분수 안에서 반짝이는 비상구는 오직 일몰 때만 볼 수 있기 때문이다.

엣세트라는 어쩔 수 없이 그날 하루를 그 도시에서 보내게 되었다. 도시 어디에나 분수대를 보러 온 관광객들이 넘쳐났고, 기념품을 판매하는 가게에서는 분수대 사진이 담긴 엽서, 분수대의 모형, 분수대가 프린트된 노트와 편지지와 티셔츠 등을 팔고 있었다. 그의 흥미를 끈 것은, 비상구의 개수에 관한 논쟁이었다. 어떤 사람은 분수대 속에 단 하나의 비상구가 나타난다고 했고, 또 다른 사람은 열두 개가 나타난다고 했다. 십 년 동안 하루도 빠짐없이 분수대를 찾고 있는 어느 시민은, 비상구의 개수는 날마다 달라진다고 말했다. 대부분의 사람들이 동의하고 있는 이 주장에는 한 가지 특이한 점이 있었다. 특정한 개인의 입장에서 볼 때, 비상구의 개수는 시간이 흐르면서 점점 줄어든다. 그러니까 최초에 인식되는 비상구가 열 개든 스무 개든, 그 숫자는 계속 줄어들어 마지막에는 단 하나만 남게 되고, 그것조차 어느 날 갑자기 사라져서 더 이상 비상구를 볼 수 없게 되는 것이다.

긴 하루가 지나고 마침내 일몰이 찾아왔다. 분수대는 수많은 사람들로 둘러싸였고, 열일곱 살의 엣세트라 역시 두근거리는 심장을 달래며 그 속에 섞여 있었다. 해가 지는 시각, 분수대의 물줄기가 일제히 솟아오름과 동시에 광장은 기쁨과 슬픔의 탄식으로 뒤덮였다. 분수대 속에서 또렷이 떠오르고 있는 비상구, 아니 비상구들이 엣세트라의 눈 속으로 파고들었다. 그의 눈에 비친 것은 일일이 개수를 세어보기도 힘들 만큼 많은 비상구들이었다. 이제 더 이상 비상구가 보이지 않는다고 한탄하는 어느 노인의 곁을 지나쳐서, 엣세트라는 숙소로 돌아갔다.

훗날 엣세트라는 그 도시에 있는 '비상구의 분수대'에 관해 이렇게 기록했다.

그 후 나는 십 년마다 그 도시를 찾아, 분수대 속에 떠오르는 비상구를 세어보았다. 최초의 방문 때 셀 수도 없을 만큼 많았던 비상구들은 그로부터 십 년 후, 그러니까 내 나이 스물일곱 때 반 정도로 줄었다. 서른일곱이 되자 열 개 남짓한 비상구들이 그곳에 있었고, 마흔일곱에는 다섯 개, 다시 십 년 후에는 단 두 개만 남아 있었다. 그것이 나의 마지막 방문이었다. 비상구의 분수대는 날마다 눈물과 탄식으로 가득하다. 수많은 비상구를 확인한 이들은 안도의 한숨을 쉬고 집으로 돌아간 다음 곧 그것에 대해 잊어버리지만, 비상구를 볼 수 없는 이들은 회한에 사로잡혀 그곳을 떠나지 못하고 한참 동안 머물러 있다. 비상구의 개수가 줄어드는 것은 분명히 나이를 먹는 것과 상관이 있다고 본다. 그러나 아주 드물게, 아직 밝혀지지 않은 어떤 이유에 의해 비상구의 개수가 다시 늘어나는 경우도 있다.

그는 매우 복잡한 공식을 이용하여 '비상구의 개수와 나이의 함수관계, 그리고 그 예외'에 관해 설명하고 있는데, 그 설명은 지나치게 전문적이고 어려우므로 여기서는 생략하기로 한다. 관심이 있는 분은 그가 남긴 마지막 저서 『엣세트라의 마지막 정리』를 참고하기 바란다.

두 번째 이야기, 다락방의 비상구

그의 인생에서 기억할 만한 두 번째 비상구는 그가 태어난 도시에서 불과 한 시간 남짓 떨어진 작은 마을에 있었다. 그때 그는 스물아홉이었고, 부모님을 떠나 그 도시에서 인쇄공으로 일하고 있었다. 엣세트라는 나무로 지어진 조그마한 집에 세 들어 살고 있었는데, 일 층은

주인집 가족이 사용했다. 일 층 거실에 있는 좁은 계단을 올라가면 삼
각형 모양의 다락방이 하나 있는데, 그곳이 그의 방이었다.

좁은 다락방에는 작은 침대 하나, 작은 책상 하나, 그리고 작은 의
자 하나가 있었고 창문 바로 옆에는 길고 홀쭉한 거울이 하나 놓여 있
었다. 길 쪽으로 나 있는 창이 하나 있었지만, 언젠가 그곳을 통해 스며
든 빗물이 온 집 안을 잠기게 하는 바람에 나무판자로 덮어 막아두었
다. 그래서 그 다락방은 대낮에도 몹시 어두웠다.

엣세트라는 그곳에서 오 년을 살았다. 낮에는 인쇄공으로 일하고
밤이면 집으로 돌아와 비상구 연구에 몰두하던 날들이었다. 사랑하는
사람이 있었지만 그녀는 그 마을에서 가장 아름다운 여인이었고, 그는
몹시 수줍은 성격이어서, 오 년 동안 두 마디를 건넸을 뿐이다. 그가 용
기를 내어 "안녕하세요" 하고 인사를 건넸을 때, 그녀는 그가 누군지 모
른다는 표정으로 생긋 웃었다. 그는 겨우 "오늘 날… 날씨가… 참 좋…
습니다"라고 더듬거리며 말한 후 달아나버렸고, 그것으로 끝이었다. 사
실 그날은 종일 비가 내리고 있었다.

그곳에서의 오 년에 관해 엣세트라는 비교적 자세한 기록을 남
겼는데, 퇴근 후에 달리 할 일이 없었기 때문일 것이다. 비상구에 관
한 이야기는 거의 말미에 나와 있다. 어느 날 밤, 다른 날과 다르지 않
은 일과를 마친 그가 다락방으로 들어갔을 때, 한쪽 구석에서 희미한
빛이 새어 나오고 있었다. 햇빛과 같은 자연의 빛도 아니고, 전구와 같
은 인공의 빛도 아닌, 푸르스름하고 투명한 빛이었다. 엣세트라는 자

신도 모르게 숨을 삼켰는데, 곧 그가 삼킨 숨 속에 희미한 향기가 섞여 있다는 것을 깨달았다. 매콤하면서도 상큼한 그 향 때문에 엣세트라는 재채기를 터뜨렸다. 재채기 소리 때문인지 혹은 다른 이유 때문인지, 빛은 사라지고 그는 어둠 속에 남겨졌다. 하지만 향기는 방 안에서 계속 움직이고 있었고, 그는 그 향을 따라 몇 걸음을 옮겼으며, 그 결과 거울 앞에 서게 되었다. 그는 거울 속에 비친 자신의 모습을 한참 바라보았는데, 잠시 후 그 방에서는 불빛이 없으면 거울을 볼 수 없다는 사실을 깨달았다. 하지만 그는 거울 속의 자신과 그 주위로 밀려드는 빛의 물결을 선명하게 볼 수 있었다.

며칠 후, 나는 그 다락방을 떠나 조금 더 넓고 밝은 곳으로 거처를 옮겨 갔다. 다락방에 놓여 있던 거울은 가져가지 않았다. 처음부터 나의 것도 아니었을뿐더러 이후 그 방을 쓰게 될 누군가에게 필요할 테니까. 그리고 나는 깨달았다. 지난 오 년 동안 그 좁고 어두운 다락방이 나에게 준 안식은, 바로 그 거울에서 나왔다는 것을. 그것은 언제든지 나를 다른 세계로 데려갈 준비가 되어 있는 비상구였기 때문이다.

이어지는 페이지에서 그는 '다락방과 거울, 그리고 빛과 향기의 함수관계'를 이차방정식을 이용하여 설명하고 있다. 그에 의하면 이 문제의 답은 두 가지로, '플러스마이너스 1'이다.

세 번째 이야기, 비상구 밖의 비상구

엣세트라의 말년은 조금 쓸쓸했다. 평생 독신으로 살았기 때문에 가족이 없었으며, 돈이나 명예에 무관심한 데다가 틈만 나면 비상구를 찾기 위한 여행을 했기 때문에 가진 것도 없었다. 어느 날 문득 비상구를 열고 나가 '비상구 연구회'의 회원이 된 것을 제외하고는 지극히 평범한 인생이었다. 그는 평생 같은 직장에서 일했으며, 일 년에 두세 차례, 일주일이나 열흘 정도의 휴가를 얻어 다른 세계의 비상구를 찾아다녔다. 쉰 살에 그는 다니던 인쇄공장에 사표를 내고 시골 마을에 있는 조그마한 집을 얻어 안주했다. 본격적인 비상구 연구에 몰두한 것도 그때부터였다.

매일 밤, 그는 부엌과 거실의 중간에 있는 비상구를 열고 나가(또는 들어가) '비상구 연구회' 사무실에서 일을 하고, 다음 날 아침 다시 그 문을 열고 들어왔다(또는 나왔다). 그리고 그의 인생은 어느 날 문득, 아주 갑자기 끝났다.

알베르트 아인슈타인이 상대성 이론을 정립한 바로 다음 날이었다. 그 동네의 우편배달부는 아인슈타인의 열렬한 추종자였는데, 그 기쁜 소식에 들뜬 나머지 자전거로 곡예를 하다가, 모든 우편물을 엣세트라의 집 앞에 쏟아버렸다. 우편물 중 몇 통이 엣세트라의 집 안쪽에 떨어졌기 때문에, 우편배달부는 벨을 눌러야 했다. 하지만 아무리 기다려도 사람은 나오지 않았다. 이상하게 생각한 우편배달부는 잠겨 있지 않은 문을 통해 집 안으로 들어가 그를 불렀지만, 엣세트라의 모습은 어디에도 보이지 않았다. 다만 비상구가 있던, 부엌과 거실 사이의 허공에 메모 하나가 붙어 있었는데, 거기에는 이렇게 쓰여 있었다.

비상구 밖의 비상구로 갑니다.

우편배달부의 신고에 의해 엣세트라는 실종자 명단에 올랐지만, 이후 그의 행적은 이 세계에서 완전히 사라졌다. '비상구 연구회'에서는 그가 남긴 마지막 메시지, 즉 '비상구 밖의 비상구'에 관한 활발한 연구를 지금까지도 진행하고 있다.

헤어진
연인들의 편지

모든 이별은
엉망진창이다

Y에게.

　며칠 전 우연히 자리를 같이하게 된 어떤 사람이 무슨 이야기 끝엔가, 그런 질문을 했어. 이별에도 형식이라는 게 있다면, 어떤 것이 되어야 하느냐고. 그때까지 우리 사이에 진행되고 있던 대화의 내용은 기억나지 않아. 나는 그의 목소리를 흘려들으며 뭔가 다른 생각에 빠져 있었으니까. 그런데 갑자기 '이별의 형식'이라는 생소한 단어의 조합이 내 마음을 쳤어. 그리고 그 말은 내게, 오래전에 읽었던 에리히 프롬의 『사랑의 기술』을 떠올리게 했어. 기억나? 언젠가 우리 둘이 서점에서 그 책을 발견했던 일. 이거, 오래전에 읽은 적이 있는데, 내가 말했고, 나도, 하고 네가 말했지. 그런데 기억나는 구절은 하나도 없어, 내가 말했고, 나도 그래, 네가 말했어.

그래서 우리는 머리를 맞대고 페이지를 넘겨가면서 기억할 만한 그럴듯한 문장을 하나 정도 찾아내려 했지. 그때 우리는 어떻게 하면 조금이라도 더 많은 것을 공유할 수 있을까, 하고 날마다 그런 것만 찾아다녔으니까.

이것도 아니고 저것도 아니고, 우리는 투덜거리며 페이지를 넘기다가 한 곳에서 멈춰버렸어. 후욱, 하고 들이마시는 너의 숨소리가 내 귀에 들렸고, 그 때문에 나는 막 내쉬려던 한숨을 참아야 했지. 그리고 우리 둘 사이에는, 내려다보는 것만으로도 까무러칠 만큼 아득한, 절벽처럼 깊고 깊은 침묵이 흘렀어. 손가락으로 가리키지도 않았고 소리 내어 읽지도 않았던 그 문장은, 우리 마음속으로 들어와 그대로 각인되어버렸지.

우린 그날 서로가 생각하는 '사랑의 기술'에 대해 여러 가지 이야기를 나누었지만, 이상하게도 그 마지막은 '이별'에 대한 이야기가 되어버렸어. 이렇게 가까운 사람이 하루아침에 멀어질 수도 있다는 사실이 우리를 슬프게 했고, 그 슬픔은 우리로 하여금 어떤 약속을 하게 만들었지. 언젠가 어쩔 수 없는 일이 생겨 헤어지게 되더라도, 가능하면 천천히 헤어지자고. 서로에게 바치던 온전한 하루를 조금씩, 그러니까 스물네 시간에서 열두 시간으로, 여섯 시간으로, 세 시간으로, 그렇게 줄여가자고. 우리가 왜 사랑했는지 그리고 또 왜 헤어져야 했는지 충분히 납득할 수 있도록 시간과 노력을 들이자고, 그것이 우리가 원했던 '이별의 형식'이었는지도 몰라. 그 사람에게 그 질문을 들었을 때, 나는 나도 모르게 너를 생각하며 '기억나?' 하고 속삭이고 있었어. 그리고 지금, 나는 너에게 '기억나?' 하고 묻기 위해 이 편지를 쓰고 있어.

기억나? 그날 우리 마음속에 각인되어버린 에리히 프롬의 이야기. 나는 지금도 선명하게 그 문장을 떠올릴 수 있어. 그건 우리에게 너무 가혹한 이야기였지만, 적어도 진실이었으니까.   _ S로부터

S에게.

온종일 비가 내리고 있는 월요일이다. 지난 주말에는 춘천에 다녀왔다. 어머니께서 너의 안부를 물으시는데, 아무런 얘기도 드리지 못했다. 헤어지고 있는 중입니다, 라는 대답이 가장 정확하겠지만, 어머니로서는 이해하기 어려우실 테니까. 아직 우리의 이별을 공식화하고 싶지도 않았던 것 같다. 그러면서도 한편으로는, 네 속에서 이미 정리된 일을 나 혼자 질질 끌고 있는 건 아닌가 싶어서 내가 한심하게 여겨지기도 했다.

언젠가 우리가 했던 약속, 가능하다면 이별은 천천히 하자던 그 약속을 나는 기억하고 있다. 우리는 어쩌자고 한창 사랑하던 때, 이별에 대한 약속을 했을까. 하긴 이제 와 생각하면 약속만큼 터무니없는 게 또 있을까 싶다. 사랑의 약속이란 그 순간의 감정일 뿐, 이별 후에는 저절로 잊히거나 잊고 싶은 기억이 되어버릴 텐데. 내가 이렇게 말하면 너는 가볍게 얼굴을 찌푸리고 왜 그렇게 매사에 비관적인 거야, 하고 말하겠지.

나는 아직도 우리가 헤어지게 된 이유에 대해 명확하게 설명할 수가 없다. 너한테 물어보고 싶지만, 너 역시 나와 마찬가지가 아닐까. 어쩌면 사랑하고 이별하는 일은 우리와 상관없이 일어나는 건지도 모르겠다. 우리의 의지와는 별개로 벌어지는 일들이 세상에는 있는 법이니까.

우리는 너무 빨리 만났거나 혹은 너무 늦게 만난 것일 수도 있고, 너무 빨리 마음을 열었거나 혹은 (생각하고 싶지 않지만) 너무 서둘러 헤어져버린 것일 수도 있다.

오늘은 밤새도록 비가 내린다는 일기예보가 있었다. 잠들기 전에 창문을 꼭 닫고 자도록 해. 언젠가 비 오는 밤 창문을 활짝 열어놓고 자다가 온 집 안을 물바다로 만든 일도 있었잖아. 너는 그 이야기를 하면서 재미있다는 듯이 깔깔 웃었다. 참 이상한 여자다, 생각했는데. 지금 생각해보면, 이상했던 건 네가 아니라 우리가 서로를 알지 못했을 때의 시간이었다. 우리가 헤어진 이후에 흐르는 시간보다, 우리가 만나기 전의 시간이 존재한다는 게 난 아직도 이상하게 생각된다.　_Y로부터

Y에게.

아침부터 내리던 비가 밤늦도록 그치지 않고 있어. 이런 날이면 너는 '자기 전에 창문 닫는 거 잊지 마'라고 내게 메시지를 보냈지. 이제 그런 메시지를 보내줄 사람이 없어서 나는 그냥 창문을 열어두고 있어. 어차피 잠도 오지 않으니까, 상관은 없을 거야.

지금에 와서야 하는 이야기지만, 난 너를 처음 만나 사랑하게 되었던 순간부터 줄곧 헤어짐에 대해 생각했어. 언젠가 헤어지게 될 거라는 예감 같은 게 있었던 건 아니야. 하지만 아무리 그 생각에서 벗어나려 해도, 그건 우리 삶에 끈질기게 달라붙어 있는 외로움처럼 떨어지지 않았어. 그래서 나는 너와 만나기 전에, 너와 함께 있을 때, 너와 헤어져 집으

로 돌아와서, 몇 번이나 몇 번이나 이별의 순간을, 이별의 말을 상상하곤 했어. 그런데 있지, 신기한 건 내가 상상했던 그 모든 이별보다 지금이 오히려 견디기 쉽다는 거야.

아니, 마음이 아프지 않은 건 아니야. 하지만 나는, 슬픔이란 거대한 밀물처럼 한꺼번에 밀어닥쳐서 나를 파멸시키고 마는 거라고 상상했어. 그런데 이렇게 아무렇지도 않은 얼굴을 하고 살아 있는 거야. 오히려 슬픔은 아주 사소한 것으로부터 갑자기 뛰쳐나와 나를 찌르곤 해. 종이에 베인다거나 날카로운 펜에 찔린다거나, 그런 것과 비슷해. 이를테면 책갈피 속에 꽂혀 있는 콘서트 티켓이라거나 라디오에서 흘러나오는 노래라거나 늦은 밤, 우리 집 창밖에 서서 오래오래 누군가와 통화를 하고 있는 사람이 우리가 공유했던 것들을 상기시킬 때, 아픔은 내가 뒤집어쓰고 있는 딱딱한 껍질을 뚫고 단번에 심장에 이르러.

우리는 어쩌자고 그렇게 많은 것들을 함께 나누었을까. 그 순간은 행복했고 모든 추억은 지나고 나면 아름다워지는 거라고는 제발, 말하지 마. 어쩌면 나는 나에게 주어진 삶의 행복을 모두 다 소모해버린 건지도 몰라. 너를 만난 이후부터, 나는 늘 우리가 서로를 알지 못했던 시간들을 생각하면서 두려움에 떨었어. 어째서 우리는 그 이전에도 존재할 수 있었던 걸까? 하지만 그 두려움은 한편으로, 우리가 두 번 다시 그때로 돌아갈 수 없다는 사실에서 기인했던 거야. 이제 우리는 헤어졌지만, 그래서 다른 삶을 살아가고 있지만, 서로의 존재를 영원히 지울 수는 없겠지. 무엇보다 우리는 우리가 서로 만나기 전에 얼마나 외로웠는지 알아버렸으니까.

몰랐으면 좋았을걸. 내 안에 뿌리를 내리고 있는 외로움의 깊이 같은 건, 정말로 정말로 몰랐으면 좋았을걸. 우린 서로에게 그 사실을 일깨워주기 위해 만났을 뿐이라고 생각하면, 이 슬픔을 이겨낼 길이 없을 것만 같아.   _S로부터

S에게.

언젠가 우리가 헤어지게 된다면 내가 너한테 어떻게 해주면 좋겠어? 하고 네가 물은 적이 있다. '만약에'라는 수식어를 그 앞에 다섯 번이나 붙여서. 글쎄, 하고 나는 웃었고 너는 조금 심각한 얼굴을 하고 내 대답을 기다렸다. 내 이야기는 글로 쓰지 마, 나는 말했고 그럼 내 이야기는 노래로 만들지 마, 네가 말했다. 나 없이 잘 살지 마, 내가 말했고 그럼 너도 나 없이 행복해지지 마, 네가 말했다. 만약 누군가를 다시 만난다면, 가급적이면 내가 전혀 모르는 사람, 우연으로라도 부딪힐 가능성이 없는 사람이면 좋겠어, 내가 말했고 너는 잠깐 생각에 잠겼다. 고개를 갸웃거리던 너는, 나는 말이지, 가능하다면 네가 너무 멀리 가지 않았으면 좋겠어, 하고 신중하게 말했다. 어째서? 하고 내가 묻자 너는, 그래야 가끔 소식을 들을 수 있잖아, 대답했다. 이야기가 심각해지는 게 싫어서 나는 그냥 웃어버렸다. 하지만 너는 끈질기게 약속을 요구했고, 그렇다면 우리 서로 가끔 안부 편지를 주고받자, 하고 합의했다.

너는 그 약속을 기억하고 있는지. 그러나 이별의 형식이라는 건 얼마나 무의미한 것인지 모른다, 라는 생각을 나는 지금 하고 있다. 도대체

이 세상에 제대로 된 이별이라는 게 존재할 수 있단 말인가. 모든 이별은 엉망진창이다. 그러니 그곳에서 형식을 찾는다는 게 가능할 리 없다. 그럼에도 불구하고 나는 이 헤어짐으로부터 어떤 식의 규칙, 진실, 길을 찾아보려고 너에게 편지를 쓰고 있다. 이미 나를 잊어버렸을지도 모르는 너에게, 매일매일 보내지도 못할 편지를 쓰고 있는 것이다.

우리가 서로를 미치도록 갈망했던 건, 우리가 서로를 만나기 전부터 간직하고 있었던 외로움 때문이라는 것을 인정하지 않을 수가 없다. 그 외로움은 우리의 사랑으로 치유되었던가? 그렇지 않다. 우리가 너무나 사랑하여 내가 네가 되고, 네가 나 자신이 되었을 때, 우리의 외로움은 우리 속에 그 뿌리를 더욱 튼튼히 내리고 무성한 가지에 무수한 잎을 매달아 우리들을 깊은 그림자 속에 가두어버렸다. 우리가 헤어질 수밖에 없었던 이유는, 인정하기 싫지만, 그것 때문이었지.

너무 긴 이별이다. 그날 이후 소문으로조차 너의 소식을 듣지 못했는데, 이 이별은 영원히 계속되고 있다. 나는 어떻게 해야 하는 걸까. 그질문에 답해줄 유일한 사람은 나를 떠났고, 이제 더욱 깊어진 외로움만 오래된 친구처럼 내 곁을 지키고 있다. _Y로부터

그들은 강렬한 열중, 곧 서로 '미쳐버리는' 것을 사랑의 열도의 증거로 생각하지만, 이것은 기껏해야 그들이 서로 만나기 전에 얼마나 외로웠는지를 입증할 뿐이다. _ 에리히 프롬, 『사랑의 기술』 중에서

GERÜSTBAU PLUS

그 집 앞

존재하지 않았던 것들은 사라질 수 없다

여름이 끝날 무렵, 그 높고 단단하던 담이 헐렸다. 그리고 담 뒤에 감추어져 있던 정원이 모습을 드러냈다. 굳이 정원이라고 부르기도 뭣한, 신기하리만치 텅 빈 공간이었다. 나무도 꽃도 없고 그저 낮은 풀들만 땅을 덮고 있었다. 뒤편에는 작은 집이 한 채 있었는데, 사람의 기척은 느껴지지 않았다. 정원의 한쪽에는 통나무로 만든 커다란 테이블과 나무의자 두 개가 놓여 있었는데, 몇 년 동안 한 번도 사용하지 않은 듯 먼지가 켜켜이 쌓여 있었다.

버스에서 내려 집까지 걸어가는 길에 그 집이 있었다. 하지만 높은 담으로 가려져 있던 그 집을 특별히 눈여겨 본 적은 없었다. 여기에 이런 집이 있었던가, 하고 인식하게 된 건 담이 헐린 날이었다. 이틀 후, 담이 있던 자리에 나지막한 울타리가 생겼다. 단지 길과 정원을 구분하기 위해 만든 울타리로, 나무판자를 얼기설기 엮어놓은 것이어서, 그걸로 내부의 모습이 가려지진 않았다.

그 남자는 그로부터 사흘 후에 모습을 드러냈다. 나이가 들어 보이기도 하고 젊어 보이기도 하고, 키가 커 보이기도 하고 작아 보이기도 하는, 별다른 특징이 없는 평범한 남자였다. 그는 먼지가 쌓인 나무 테이블 앞에 조용히 앉아 있었다. 누군가를 기다리는 것 같기도 하고, 그냥 앉아서 시간을 보내는 것 같기도 했다. 초가을의 햇살이 그의 정원을 가득 채우고 있었다. 그리고 따뜻한 향기가 그곳으로부터 가만히 퍼져 나왔다.

나는 걸음을 멈추었다. 혹은 걸음이 저절로 멈추어졌다. 그 남자가 있는 정원의 풍경을 언젠가 어디선가 한 번쯤 본 것 같다는 생각이 들었다. 남자는 아무런 움직임도 없이 그 자리에 그대로 앉아 있었다. 뭔가에 사로잡힌 듯, 나도 그 자리에 가만히 서 있었다. 움직이지 않은 것은 또 있었다. 오 분 혹은 삼십 분쯤, 시간은 앞으로 흘러가지 않고 그 자리에 그대로 멈춰 있었다. 그리고 내 마음속에 한 가지 확신이 생겼다. 그는, 나를, 기다리고 있는 것이다.

나는 시계를 보았다. 특별히 시간을 알고 싶었던 건 아니었는데, 시계를 차고 있던 오른쪽 손목이 내 눈앞까지 올라왔다. 오후 네 시였다. 그를 향해 천천히 걸음을 옮기기 시작하자, 멈춰 있던 시간이 다시 흐르기 시작했다. 남자가 고개를 들고 나를 바라보았다. 미소를 지은 듯하기도 하고, 아닌 듯하기도 했다.

"언제 만난 적이 있었던가요?"

내가 물었다.

"그럴 겁니다."

남자가 대답했다.

"제가 너무 늦게 왔나요?"

"아뇨, 제시간에 왔습니다."

그는 자리에서 일어나 정원을 가로질러, 집 안으로 들어갔다. 나는 이끼 냄새가 나는 나무 테이블에 살짝 손을 대보았다. 그리고 그 모든 비현실적인 풍경 속에, 나 자신이 현실로 존재한다는 것을 갑자기 깨달았다.

티 코지로 감싸인 티 포트를, 그는 두 손으로 가볍게 잡고 있었다. 모래시계 속에서는 모래가 똑똑 떨어지고 있었다. 우리는 아무 말도 없이 모래가 떨어지는 것을 보고 있었다. 바람은 정원의 풀들을 가로질러 내가 모르는 다른 세계로 가는 중이었다. 마지막 모래알이 떨어지자, 남자는 조심스럽게 찻잔에 차를 따랐다. 엷은 오렌지빛깔의 차였다.

"마침 스콘이 떨어졌습니다."

"괜찮아요."

둥글고 하얀 찻잔은 아주 뜨거웠다. 처음 한 모금에서는, 풀잎처럼 쌉쌀한 맛이 났다.

"기억났어요. 우린 한 번도 만난 적이 없죠?"

남자는 대답이 없었다.

"하지만 저를 알고 있죠?"

"차 맛은 어떻습니까?"

남자의 시선은 하얀 찻잔을 향해 있었다.

"몇 번이나 상상했던 것과 같아요."

"차의 맛을? 아니면 지금의 이 풍경을?"

"둘 다."

왜 나를 기다리고 있었느냐고 물어볼 수는 없었다. 그건 아주 작은 충격으로도 쉽게 깨져버리는, 얇은 유리와 같은 시간이었다.

"위안이 되는 건, 물질밖에 없습니다." 남자가 말했다. "어떤 관념, 우리 속에 지니고 있다고 생각하는 마음, 눈에 보이지 않는 감정 같은 것을 감당할 만큼 강하지 않으니까요, 우린."

"하지만 물질이라는 건 허무하지 않나요. 언제든지 없어져버릴 수 있는 거니까."

남자의 말을 이해할 것 같았지만, 대화를 지속하기 위해서는 다른 견해를 이야기해야 할 것 같아, 나는 그렇게 말했다.

"없어져버리는 것으로 치자면, 물질이 아닌 쪽이 훨씬 더 위험합니다. 최소한 물질에는 정해진 수명이 있고, 만지거나 볼 수도 있죠. 없어져버리면, 다시 살 수 있습니다. 난 돈으로 살 수 없는 건 믿지 않습니다."

"이를테면 마음가짐이라거나 감정 같은 것이 훨씬 불안하다는 거군요."

"그렇습니다."

"차는 왜 마시는 거죠?"

그의 눈빛이 조금도 흔들리지 않았기 때문에, 나는 그의 어떤 부분을 흔들어보고 싶어졌다.

"맛이라거나 향이라거나 온기 같은 것, 금방 사라져버리는데."

"맞습니다." 남자는 전혀 흔들리지 않았다. "확인하는 겁니다."

"어떤 확인이요?"

페이스에 말려들고 있는 것은 오히려 내 쪽이었다.

"그런 것들은 금방 사라지고 만다는 것을 확인하는 겁니다."

마지막 한 모금을 마실 때까지, 차는 식지 않았다. 나는 잔을 내려놓고 자리에서 일어났다. 그는 아무 말 없이 푸른색 티 코지로 싸여 있던 티 포트를 내게 건넸다.

"선물인가요?"

내가 물었다.

"선물입니다."

그가 말했다.

"그럼 내 마음대로 해도 되는 거죠?"

"가능하면 멀리 던지십시오. 쉽게 깨어지지 않을 테니까."

티 포트는 둔탁한 소리를 내며 풀밭 가장자리로 떨어졌고, 푸른색 파편들이 물결처럼 흩어졌다.

"괜찮으세요? 오래 사용한 것 같은데."

"괜찮습니다. 다시 사면 되니까."

그는 다시 한 번 모래시계를 뒤집었고, 마지막 모래알이 떨어질 때까지 우린 조용히 그걸 보고 있었다.

가을이 깊어질 때까지, 나는 그 집 앞을 지나가지 않았다. 딱히 일부러 피한 건 아니었는데, 정신을 차리고 보면 언제나 다른 길로 돌아가고 있었다. 그를 다시 만난 건 맨살에 닿는 바람의 감촉이 차갑게 느껴지고 불의 온기가 그리워질 무렵이었다. 버스 정류장 앞에, 배낭을 메고 모자를 쓰고 운동화를 신은 그가 서 있었다. 눈이 마주치자 그는 희미하게 웃어 보였다.

"어디, 가세요?"

내 말에 그는 말없이, 고개만 끄덕였다. 버스가 도착했고, 그가 올라탔고, 곧 멀어졌다. 나는 그를 태운 버스가 완전히 시야에서 벗어날 때까지 그곳에 서 있다가, 그의 집이 있는 골목으로 접어들었다. 정확하게 말하자면 그의 집이 '있었던' 골목이었다. 그곳에는 정원도 집도 테이블도 남아 있지 않았다. 나무판자로 엮여 있던 울타리도 없었다. 풀들은 무성하게 자라나서 내 무릎 높이까지 이르렀고, 바람은 그 사이를 가로질러 내가 모르는 다른 세계로 가고 있었다.

나는 텅 빈 공터에서 마음대로 자라난 풀들을 밟으며, 나무 테이블이 있던 곳을 향해 몇 발자국 걸음을 옮겼다. 풀밭 가장자리에 흩어져 있던 푸른 파편 조각들이, 가을 햇살을 받아 반짝, 하고 빛났다. 하지만 난 여전히 확신할 수가 없었다. 마음이라거나 감정이라거나 빛이라거나 온기라거나 맛과 향 같은 것들이 금방 사라지고 만다는 것에 대해.

사라지는 것들은 언젠가 한 번 존재했던 것들이다. 존재하지 않았던 것들은 사라질 수 없다. 그리고 그들이 세계에 존재했다는 것을 증명할 수 있는 것은 아무것도 없다. 다만 내 마음 어딘가에 그 파편들이 남아, 가끔 내 심장을 콕콕 찌르는 것을 느낄 뿐이다.

루앙프라방의
푸른 이별

그리하여 우리가 흘러넘치기를,
그래서 무슨 일이든 일어나기를

날이 갈수록 사랑할 수 있는 것들이 줄어들고 있다. 그런 생각이 종종 나를 찾아온다는 사실이, 그리 싫지는 않았다. 시간을 거슬러 올라가 섬세하고 날카로운 핀으로 기억을 하나하나 집어내어 얼굴을 들여다보는 일은 해본 적이 없지만, 지금까지 내가 싸워온 대상이 그리움이라는 사실은 잘 알고 있었다. 그리움이 너무 감정적인 단어라면, 기다림이라고 불러도 무방하다. 어느 쪽이든, 내가 '그것'과 더 이상 싸우지 않고 있다는 최초의 자각이 온 것은, 바랜 겨울이 거리를 굴러다니던 어느 평범한 저녁이었다.

나는 그 골목길을 걷고 있었다. 가야 할 목적지가 있었고, 그곳으로 가기 위해서는 그 길을 지나야 했다. 아니다. 다른 방법도 있었다. 만약 예전의 나였다면, 나는 다른 길을 선택했을 것이다. 그 길에는 어떤 기억이 머물러 있었기 때문이다. 하지만 나는 굳이 그 길을 피하지 않았고 또한 굳이 그 길을 택하지도 않았다. 이 길이 그 길이었구나, 라는 깨달음은 나중에 왔다. 문득 고개를 들어, 혹시, 우연히, 당신과 부딪치지는 않을까, 두리번거렸다. 고개를 숙여, 혹시, 우연히, 당신이 지나다가 나를 발견하면 어쩌나, 잠깐 고심했다.

그것이 전부였다. 골목길을 빠져나왔을 때, 나는 하나의 멜로디를 흥얼거리고 있었다. 내가 자주 듣거나 부르는, 익숙한 노래는 아니었다. 그 또한 기대하지 않았던 일이었다. 당신과 내가 그 길에서 들었던 수많은 노래들은, 이제 오래된 박스에 담겨 조용히 낡아가고 있구나. 그런 생각에 잠겨 낯선 멜로디를 반복하자, 조금씩 가사가 기억나기 시작했다. 그건 움베르토 조르다노의 오페라 「페도라」에 나오는 「금지된 사랑」이라는 곡이었다.

내가 잠깐 혼란에 빠진 건, 첫 구절의 가사 때문이었다. 나의 초라한 기억력에 의하면, 그 노래는 '사랑은 그대에게 사랑하지 않음을 금지한다'로 시작하는 것이었다. 그런데 갑자기, '사랑은 그대에게 사랑할 것을 금지한다'일지도 모르겠다는 생각이 끼어들었다. 그건 매우 중요한 혼란이었다. 그 둘은 완전히 상반된 이야기지만, 하나의 단단한 고리로 묶여 있기 때문이다.

골목길에서 빠져나왔을 때 내 앞에 한 번도 본 적이 없는 풍경이 펼쳐진 것은, 아마 그 고리의 간섭 탓일 것이다. 그토록 수없이 다닌 길이었고, 그토록 수없이 각인된 길이었다. 당신이 내 곁에서 걷고 있을 때, 단 한 번도 온전히 마음을 놓아본 적이 없었기에, 무엇 하나 놓친 것도 없다고 나는 믿었다. 그 믿음을 내가 신뢰하는 까닭은, 당신에 대한 나의 모든 의심이 옳았기 때문이다. 그러므로 내가 본 적 없는 이 풍경 역시, 언젠가 당신이 내게 보여주고자 작정했던 것이라고 나는 확신했다.

그때 그 지명이 떠올랐다. 루앙프라방. 당신이 그 이름을 발음했을 때, 대기 속을 떠다니던 이른 저녁의 푸른빛이 조용히 우리의 발아래에 내려앉았다. 참 푸른 이름이야. 마치 안나푸르나처럼. 나는 그렇게 생각만 하고, 말은 하지 않았다. 그 푸른 이름 때문에 안나푸르나까지 갔노라는 이야기도 하지 않았다. 그건 당신을 만나기 전의 일이었기 때문에, 별로 중요하지 않았다. 나는 루앙프라방의 이야기가 당신의 기억 속에서 흘러나오기를 기다렸다. 내가 가보지 못한 곳, 내가 알지 못하는 당신, 내가 짐작할 수 없는 혹은 짐작하기를 두려워하는 당신의 심정 같은 것이, 푸른 대기에 스며들어, 우리의 단단한 현실을 녹여내기를 기다렸다. 그리하여 우리가 흘러넘치기를, 그래서 무슨 일이든 일어나기를.

당신은 아무것도 말해주지 않았고 우리는 막다른 길을 만났다. 엄숙한 얼굴로 우리를 내려다보는 차고 단단한 벽에, 확고한 균열의 흔적이 새겨져 있었다. 아무 말도 없이 돌아서 나올 수밖에 없었던 그날의 시간, 그 단단한 벽을, 나는 이제야 통과한 것이다. 세월이 균열의 틈을 비집고 들어갔으며, 당신과 내가 등을 돌린 날들이 홀로 문을 만들었다.

언젠가 당신이 밟았을 루앙프라방의 땅을 밟고, 작은 지붕들이 옹
기종기 머리를 맞대고 있는 모습을 보고 있는 내가, 그리 아프지는 않았
다. 언젠가 당신이 걸었을 루앙프라방의 길을 걸으며, 산과 강의 높고 낮
은 바람을 다 맞고 있는 내가, 그리 서럽지는 않았다. 「금지된 사랑」의 제
대로 된 가사가 비로소, 전부, 기억났다.

사랑은 그대에게 사랑하지 않음을 금지합니다. 그대의 부드러운
손이 나를 뿌리치려 하여도, 진실은 나의 손을 잡고 싶어 합니다. 그대
의 입술은 사랑하지 않는다고 말하여도, 그대의 눈동자는 사랑한다고 말
하고 있습니다.

루치아노 파바로티가 세상을 떠났던 날, 당신이 내게 건네준 앨범
속에 그 노래가 들어 있었다. 다만 1분 48초 동안 지속되는 짧은 아리아.
그리고 우리는 단 한순간도 진실에 관해 이야기한 적이 없었다. 당신 역
시 루앙프라방에 가본 적이 없었음을, 그건 당신이 품고 있던 미래의 시
간 속에 존재한 곳이었음을, 그 시간 속에 어쩌면 나도 존재할 수 있었음
을, 비로소 나는 깨달았다.

그때, 당신과 나는 서로에게 또 스스로에게 모든 것을 금지했다. 단
하나, 우리가 금지할 수 없었던 것은, 산이나 강처럼 망망히 흐르는 이
별이었다. 루앙프라방의 푸른빛을 닮은 그 이별이, 나는 그리 싫지는 않
았다.

이런 일이 일어난 데는 수천 가지 이유가 있겠지만

이런 일이 일어났다는 사실보다 더 중요한 것은 없다

_ 주노 디아스, 『오스카 와오의 짧고 놀라운 삶』 중에서

남극에서의
하룻밤

나를 알기 전의 당신을 알고 싶었어

OPTIMISM, ABUNDANCE, IMMORTALITY

"어서 와."

무척 다정한 목소리네. 나는 생각했다. 기다리던 사람을 만났나 보네. 어쩌면 그 사람은 나랑 같은 비행기를 타고 왔을지도 몰라. 누군지 몰라도 다행이야. 마중 나온 사람이 있으니 그를 따라 어디로든 갈 수 있겠지. 그런데 난 어떻게 해야 하는 걸까. 절로 흘러나오는 한숨을 삼키며 나는 슈트케이스를 열고 남극의 소인이 찍힌 편지봉투를 꺼냈다. 편지 어디에도 공항에 내려 어디로 가라는 안내는 없었다. 내가 받은 것은 남극 왕복티켓과 어디에 들어맞는지도 모르는 열쇠 하나가 전부였다.

"여기야."

조금 전의 목소리가 다시 말했다. 어딘지 익숙한 음성이야. 내가 아

는 목소리와 무척 닮았는데. 아니 그보다 좀 어린 듯한, 그러니까 마치 소
년의 것인 듯한…

"여기라니까."

생각에 잠겨 있을 때 누군가 나를 쿡쿡 찔렀다. 나는 깜짝 놀라 들
고 있던 편지봉투를 떨어뜨렸다. 짤랑, 경쾌한 소리를 내며 봉투에 들어
있던 열쇠가 바닥으로 떨어졌다. 작고 보드라운 손 하나가 열쇠를 집어
들었다.

"짐은 이게 다야?"

열쇠를 내밀며, 소년이 말했다.

"응? 으응. 그런데 넌… 누구야?"

소년은 어깨를 으쓱하며 슈트케이스를 끌고 앞장서서 걸어갔다.

"남극까지 오는 주제에, 짐이 이게 다라니. 뭐 예상은 했지만."

내 슈트케이스가 점점 멀어져가고 있었다.

귀엽게 생기긴 했는데 상당히 건방지잖아. 나는 생각했다. 하지만
별수 없지. 어차피 아는 사람도 없고 어디로 가야 하는지도 모르니까, 따
라가는 수밖에. 편지와 열쇠를 보낸 누군가의 심부름으로 온 걸 거야. 그
런데 하필이면 이렇게 어린 소년이람. 좀 더 믿음직한 인간을 보낼 수도
있었을 텐데.

"본부에서 정하는 게 아냐."

갑작스러운 소년의 말에 나는 생각을 멈췄다.

"뭐? 뭘 정해?"

"하필이면 나를 선택한 건 당신이라고. 나나 본부가 아니라."

"본부라니? 그게 뭐야?"

"편지와 열쇠를 보낸 곳. 그것도 몰랐어?"

"알 수가 없지! 그냥 남극 소인만 찍혀 있었으니까!"

처음으로 소년은 미소를 지었다. 역시 어디선가 본 듯한, 익숙한 방식의 미소였다.

"본부라고 해도 거창한 건 아니니까 겁먹지 마."

"그런데 내가 선택했다는 건 무슨 얘기야?"

"차차 알게 될 거야. 그런데 누가 보낸 건지도 모르고 여기까지 온 거야?"

"공짜 티켓이었으니까. 마침 시간도 나고. 어디론가 가고 싶은 참이었거든."

"아무튼, 아무 생각 없다니까. 그보다 뭘 타고 갈래? 버스? 택시? 경비행기? 개썰매도 있어. 아무래도 남극이니까."

풀리지 않는 의문이 점점 쌓여갈 때는 당장 눈앞의 문제부터 해결하는 게 좋다. 본부라는 게 도대체 뭔지, 뭘 연구한다는 건지, 내가 뭘 선택했다는 건지, 그런 것들은 잠시 접어두고 나는 교통편에 대해 심사숙고하기 시작했다.

"저기, 아무래도 남극이니까 개썰매가 좋을 것 같은데, 개들이 힘들진 않을까?"

"맡겨둬. 못 달려서 안달인 아이들이니까."

소년을 발견하고 기뻐 날뛰는 개들에게 둘러싸여, 나는 목적지를 묻는 것조차 잊어버렸다.

모든 것이 투명하고 아무것도 녹지 않는 땅이었다. 몇 마리의 개들과 소년, 그리고 나는 텅 빈 땅을 뒤로하고 텅 빈 땅을 향해 나아갔다. 얼음의 가루들이 바람에 날려 자주 시야를 가렸다. 썰매를 타기 전 소년이 씌워준 털모자를 장갑 낀 두 손으로 붙잡고 있느라 내 몸은 자주 균형을 잃었다. 그때마다 소년이 나를 붙잡아주었다. 줄곧 같은 풍경인 데다 눈을 뜨기도 힘들었기 때문에, 나는 아예 모자로 눈을 가리고 숨만 쉬기로 했다. 들숨과 날숨을 따라 밀려오고 밀려가던 바람의 냄새가 잦아든 것은 꽤 오랜 시간이 지난 후였다.

"다 왔어."

소년이 말했다. 모자를 벗고 눈을 뜨자 자그마한 얼음산들이 줄을 지어 서 있는 것이 보였다.

"어디야, 여긴?"

"이글루 캠프장."

소년은 개들을 묶은 후 내 슈트케이스를 썰매에서 내렸다. 알록달록한 깃발을 달고 있는 올망졸망한 이글루들이 좀 더 선명하게 시야에 들어왔다.

"여기가 목적지인 거야?"

"뭐, 일단은 그렇지. 어디든 마음에 드는 곳을 골라."

이글루들은 전부 똑같아 보였다. 그래서 나는 바로 눈앞에 있는, 오렌지색 깃발의 이글루를 손가락으로 가리켰다. 피곤한 몸을 이끌고 걷고 싶지도 않았고, 오렌지색보다 더 나은 선택이 있을 것 같지도 않았다.

"이 열쇠는 이글루에 들어갈 때 필요한 거야?"

내 질문에, 소년은 고개를 가로저었다.

"그런 걸로 잠가두지 않아도 아무도 들어가지 않아."

소년은 슈트케이스를 끌고 오렌지색 깃발의 이글루 안으로 앞장서서 들어갔다. 이글루의 내부는 예상보다, 아니 예상을 훨씬 뛰어넘을 정도로 넓었다. 바다코끼리라도 재울 수 있을 것 같은 커다란 침대는 폭신한 털로 덮여 있었고 한쪽에 있는 벽난로에서는 타닥타닥 소리를 내며 장작이 타고 있었다.

"배고프지 않아?"

소년은 눈꽃무늬의 대리석으로 만들어진 큼직한 테이블을 가리켰다. 펭귄 모양의 쿠키와 노랗고 폭신한 카스텔라, 얼린 포도알, 그리고 무엇보다 마시멜로가 산더미처럼 쌓여 있었다.

"초콜릿을 데워줄게."

소년이 초콜릿을 녹여 달콤한 음료를 만들고 장작불로 마시멜로를 굽는 동안, 나는 짐을 풀기로 했다. 침대 옆에 있는 붙박이장을 열자, 여러 벌의 옷들이 걸려 있었다.

"이건 뭐지? 다른 사람의 옷이 있는 것 같은데."

"마음에 드는 걸로 골라 입어. 아무도 신경 쓰지 않으니까."

마시멜로가 주렁주렁 꽂힌 꼬챙이를 들고 소년이 말했다.

"그렇다면야."

초록색 줄무늬가 들어 있는 오렌지색 스웨터가 무척 따뜻해 보였기 때문에, 나는 사양하지 않고 꺼내 입었다. 스웨터에서는 오렌지 향이 났다. 십 분 후, 한 손에는 초콜릿이 담긴 컵을, 다른 손에는 마시멜로 꼬치를 들고 나는 소년과 마주 앉아 있었다.

"이제 설명을 좀 해줘. 본부라는 건 뭐야? 그들이 왜 나한테 티켓과 열쇠를 보낸 거지? 그 열쇠는 어디에 필요한 건데? 무엇보다 넌 누구야?"

몸속으로 흘러 들어간 초콜릿이 낮은 강물처럼 출렁거렸다. 스웨터가 머금고 있는 오렌지 향기가 흔들리는 공기를 타고 맴돌았다. 파스텔톤의 마시멜로들이 입술을 간질였다. 타닥타닥 타닥타닥 타닥타닥. 일정한 속도로 장작이 타는 소리.

침대 위에서 눈을 뜬 건 한밤중이었다. 두서없는 기억들이 머릿속에 떠올랐다. 마시멜로. 초콜릿. 오렌지 향기. 이글루. 텅 빈 땅. 얼음의 가루. 그리고 공항에서 만난 소년. 묘한 꿈이야. 나는 생각했다. 그런데 어째서 아직도 저 소리가 나는 걸까. 타닥타닥, 장작불이 타는 소리.

"잘 잤어?"

나는 몸을 일으켜 소리가 난 쪽을 바라보았다. 벽난로 앞에서 그림자 하나가 흔들리고 있었다. 자세히 보니 흔들리는 건 흔들의자와 거기

앉아 있는 소년이었다. 꿈이 아니었다. 잠들기 직전에 내가 했던 질문들
이 실타래처럼 머릿속에 엉켜 있었다.

"너는… 누구지?"

소년은 천천히 일어나서 내 쪽으로 몸을 돌렸다. 타오르는 장작의
불빛이 선명한 실루엣을 만들어냈다. 알았어, 나는 중얼거렸다. 당신이구
나. 불빛 속에서 소년의 미소가 떠올랐다. 그래, 당신이었어. 하지만 어째
서 그런 모습으로? 어째서 이런 곳에서?

"밖으로 나가자. 다행히 맑은 밤이야."

수백억 광년 너머에서 달려온 수백억의 별들이 범람하는 강물처
럼 흘러넘치는 밤하늘이었다. 우리는 나란히 앉아 하늘을 올려다보았다.

"기억나? 그날 밤하늘을 올려다보며 당신이 물었지. 나는 어떤 소년
이었느냐고. 왜 그때 우리는 만나지 못했느냐고. 우리가 만나기 전의 시
간들을 생각하면 공허하고 억울하다고."

"기억나. 내가 몰랐던 당신, 나를 알기 전의 당신을 알고 싶었어."

"그래서 내가 그랬지. 만약 소년인 나를 만나면 무얼 하고 싶으냐고."

"따뜻한 초콜릿을 마시고, 불에 구운 마시멜로를 먹고, 오렌지색 스
웨터를 입고, 나란히 앉아 별을 보고 싶어… 라고 대답했지."

소년의 모습을 한 당신이 수줍게 미소를 지었다. 그날도 그랬다. 소
년인 당신을 만나 나란히 앉아 별을 보고 싶어, 라고 내가 말했을 때, 당
신은 소년의 미소를 지었다.

"별이 제일 잘 보이는 곳으로 고른 거라고. 아무래도 남극만 한 곳

은 없으니까."

"그럼 본부라는 건 뭐야? 처음부터 그런 건 없었던 거지?"

"그런 걸 좋아할 것 같아서."

"열쇠는?"

당신 속의 소년이 주머니를 뒤져 작은 상자 하나를 내밀었다. 상자를 열자 조그마한 자물쇠가 매달려 있는 노트가 보였다.

"일기장이구나. 우리가 서로 만나기 전, 그러니까 당신이 소년이었을 때 썼던."

내 말에, 당신은 가볍게 고개를 끄덕였다. 소년인 당신에게로 가는 열쇠를 꼭 쥔 채, 나는 소년인 당신의 어깨에 기대어 다시 별을 바라보았다. 수백억 광년을 달려 마침내 내게 이른 당신을 만난 순간, 당신 안의 소년도 나를 만난 거구나. 먹먹해진 내 귓가에 대고, 소년인 당신이 속삭였다.

"어서 와."

그제는 토끼를 보았어요. 어제는 사슴, 오늘은 당신을.

_로버트 F.영, 『민들레 소녀』 중에서

스노화이트

하지만 세상엔 그런 사랑도 있는 거야

어떻게 된 일일까? 남자는 생각한다. 자신에게 일어난 일이 무엇인지, 무엇 때문인지 모르는 그가 동굴 같은 방에서 자신의 물건들을 하나하나 바라보며 낯설어하고 있을 때, 여자는 춤을 춘다. 먹는다. 웃는다. 운다. 달린다. 이야기한다. 잔다. 여자는 아무것도 생각하지 않는다.

여자가 자는 동안, 잠들지 못하는 남자는 비디오대여점을 찾아가서 오래된 흑백영화가 있느냐고 묻는다. 돌아오는 길에 남자는 횡단보도 앞에서 신호등을 한참 바라본다. 파란불이 켜져도 길을 건너지 않는 남자의 등을 누군가 툭, 친다. 같은 동네에 살고 있는 남자의 친구가, 어디 가서 한잔하자고 남자의 팔을 잡는다.

"너, 헤어졌다며?"

친구의 말에 남자는 순순히 수긍한다.

"특별한 여자였어? 결혼하려고 그랬어?"

남자는 고개를 흔든다.

"그 정도는 아냐. 하지만 좀, 이상한 일이 일어났어. 이런 말, 안 믿어지겠지만, 세상이 흑백으로 보여."

"뭐야, 무슨 상징 같은 거냐?"

남자는 또 고개를 흔든다.

"아냐, 그런 거 말고, 진짜로, 색깔이 안 보여."

술을 따르던 바텐더가 참견한다.

"재밌네요. 그런데 뭐가 문제입니까? 구체적으로?"

"삼차원에서 이차원으로 옮겨온 것 같다고 할까요. 신호등을 구분할 수가 없으니까 운전도 못하고, 영화도 재미가 없고, 죄다 다른 세상 같네요. 현실감이 없어요."

"흑백으로 꾸는 꿈 같은 거군요. 뭐 그 정도라면 견딜 만하지 않습니까?"

바텐더가 말한다.

"밥맛도 없어요."

그제야 바텐더는 조금 안됐다는 표정을 짓는다.

"그건 문제군요."

집으로 돌아가는 길, 남자는 꽃 가게에 들러 주인에게 말한다.

"노란 장미 한 다발 주십시오."

"직접 골라보시죠."

"아뇨, 아저씨가 골라주세요. 포장은 하지 마시고. 그냥 꽂아둘 겁니다."

일주일 동안, 장미는 천천히 시들어간다. 일주일이 지나도, 남자의 세상은 여전히 흑백이다. 그녀는 그렇게 대단한 여자는 아니었어, 남자는 생각한다. 이전에 만난 여자들에 비해 특별히 아름다운 것도 상냥한 것도 아니었지. 그런데 왜 나한테 이런 일이 생긴 걸까? 내 잘못이라고는, 그녀를 만나고 그녀와 헤어진 것뿐인데.

여자는 옷을 고른다. 한 시간이나 옷장을 뒤지다가 한숨을 쉬고 검은 원피스를 꺼낸다. 검은 선글라스를 끼고 고개를 숙인 채 어두컴컴한 바에 들어서자 친구들이 걱정스러운 얼굴로 그녀를 본다.

"어때? 견딜 만하니?"

"응."

선글라스를 벗으며 여자는 짧게 대답한다.

"밥은 잘 먹고?"

"식욕이 넘쳐서 탈이야."

여자는 웃음을 터뜨린다. 친구들은 의아해하며 고개를 갸웃거린다.

"오늘도 냄비 가득 파스타를 삶아서 다 먹어치웠어."

"식욕이 있어서 다행이다."

친구들이 말한다.

"뭐든 잘 안 풀릴 때는 요리를 하면 좋아. 뭔가에 집중할 수 있잖아. 집중하지 않으면 손을 베기도 하고, 태워버리기도 하고, 너무 짜게 만들어버리기도 하니까. 그다음에는 뭔가 성과물이 있잖아. 눈앞에 분명하게 보이는 것. 내가 만들어낸 걸 보고 나 자신을 믿을 수 있게 되는 거지. 그다음에는 그걸 먹는 거야. 뭘 좀 먹고 나면 몸이 느긋해지잖아. 잠도 잘 오고."

여자는 또박또박, 차곡차곡, 논리를 갖춰 말한다.

"너, 정말 괜찮은 거야?"

"그렇다니까. 왜? 안 괜찮아 보여?"

여자의 말에 한 친구가 대답한다.

"집중할 게 필요하다는 건… 견디기 힘들다는 거니까."

그럴지도 모르겠네, 여자는 생각한다.

"좀 이상한 증상이 있긴 해."

망설이다가, 여자는 털어놓는다.

"빛깔들이 너무나 선명하게 보여. 비현실적으로. 중간색들이 다 사라져버린 것 같아. 온통 원색이야."

친구들은 멍한 얼굴을 한다. 무슨 상징 같은 건가, 하고.

"살아가는 데 특별히 불편한 건 없어. 그저 좀 어지러울 뿐이야."

그렇게 말하고, 여자는 웃는다.

집으로 돌아가는 길, 꽃가게에 들러 여자는 노란 장미 한 다발을 고른다.

"이걸로 주세요. 포장은 하지 마시고. 꽂아둘 거예요."

일주일 동안, 장미는 천천히 시들어간다. 빨간 당근, 푸른 완두, 노란빛이 도는 감자와 하얀 양파, 붉은 쇠고기를 넣고, 노란색 카레가루를 풀어 여자는 카레를 만든다.

그 사람은 내게 사랑한다는 말을 한 적이 없었어, 여자는 생각한다. 딱히 기대한 건 아니었지만. 헤어지지 말자는 말도 하지 않았지. 매일 통화를 하고, 일주일에 두 번 이상 만나고, 그런 건 연인이 아니라 친구와도 할 수 있는 거잖아. 그 사람은 꼭 내가 아니어도 괜찮았던 거야. 그저 내가 가까이 있어서. 그것뿐이야. 고작 그런 것으로 뭘 하겠다는 거야?

"남자와 여자가 서로 좋아하면 그뿐이지, 그걸로 뭐 대단한 걸 해야하는데? 세상이라도 구원해야 하나?"

남자는 친구에게 투덜거린다.

"요리의 가장 좋은 점은, 무엇에도 의미를 부여할 필요가 없다는 거야. 의미를 찾는 데 의미를 두지 않았더라면, 모든 일이 지금처럼 복잡해지지는 않았을 거야."

여자는 친구에게 말한다.

"그런 무의미함을 참을 수 있어?"

남자와 여자는 똑같은 질문을 받고, 대답하지 못한다.

"여자들은 모르겠어. 이런가 싶으면 저렇고, 저런가 싶으면 이렇고."

남자의 친구가 말한다.

"남자들은 모르겠어. 일 년을 같이 살았는데도, 자는 얼굴을 들여다
보고 있으면 이 사람은 누굴까, 싶어."

여자의 친구가 말한다.

"넌 여자들에게 확신을 주지 않아. 결국 여자들이 지쳐서 떨어져
나가는 거지."

친구가 남자에게 말한다.

"확신? 어떤 확신? 행복하게 해주겠다는 확신? 평생 죽도록 사랑하
겠다는 확신? 그런 걸 어떻게 줘. 나도 모르는데."

남자가 대답한다.

"확신이란 건, 둘 중 하나만 가지고 있으면 되는 거야. 그럼 나머지
한 명은 따라오게 되어 있으니까."

친구가 여자에게 말한다.

"그렇다는 건, 결국, 나한테도 확신이 없었다는 거네."

여자가 대답한다.

"오래전에 정말로 좋아하던 사람이 있었어. 그 사람을 보지 못하게
되면 죽을 거라고 생각했지. 그런데 나는 아직 살아 있잖아. 그다음부터
는 아무것도 모르겠어. 내가 누구를 좋아한다는 것도 거짓말 같고, 누가
나를 좋아한다는 것도 거짓말 같아."

남자는 친구에게 그렇게 말하고, 집으로 돌아가 배낭을 꾸린다.

이상해, 처음 만났을 때의 그녀가 기억나지 않아. 무슨 옷을 입었는지, 헤어스타일이 어땠는지, 하나도 모르겠어. 남자는 생각한다. 그저 어렴풋한 느낌. 이사 온 첫날 같은, 혹은 여행을 떠나기 위해 짐을 꾸릴 때처럼 낯선 기분. 그게 뭔지 알고 싶어. 알아야겠어.

남자는 시외버스터미널로 간다.

"난 좀 겁이 났어. 그냥 본능적으로. 이 사람이 나한테 해를 끼칠지도 모른다는 느낌."

여자는 친구에게 그렇게 말하고, 집으로 돌아가 냉장고를 뒤진다. 파란 오이와 노란 치즈와 빨간 햄으로 샌드위치를 만들며, 여자는 생각한다.

그 사람은 내가 마요네즈를 먹지 않는다는 것도 몰랐지. 그를 처음 만났을 때, 나를 아는 사람이 하나도 없는 낯선 도시로 갑자기 여행을 떠나게 된 것 같은 느낌이었어. 지도도 없고 돈도 없는데, 아무런 준비도 없이 거기까지 가버린 것 같은 기분. 하지만 그렇다고 뒷걸음질을 치거나 돌아가고 싶진 않았는데. 지금까지의 내 삶이 몽땅 변해버려도, 그래도 괜찮을 것 같았는데. 정신을 차려보니 어느새 돌아와 있어.

터미널에서, 남자는 갑자기 모든 것이 떠오른다.

그녀는 마요네즈를 먹지 않았어. 그리고 노란색을 좋아했지. 우리가 처음 만났을 때, 그래, 그날은 온종일 눈이 내렸고 거리는 온통 하얀색이었어. 하얀 코트를 입고 노란 모자를 쓴 여자가 택시를 잡으려고 애를 쓰고 있었어. 헤어스타일이 기억나지 않는 게 당연해. 모자를 쓰고 있었으니까. 돌아가자. 남자는 몸을 돌려, 성급한 걸음을 더욱 재촉하며, 전화기의 버튼을 누른다.

"우습다. 당신, 원래 모노톤을 좋아했잖아. 색깔은 죄다 촌스럽다고 말이야."

수화기 너머에서 여자가 말한다.

"그래. 당신은 노란색을 좋아하지."

"기억하고 있었어?"

수화기 이편에서 남자가 말한다.

"이상하게, 그런 사소한 것들이 기억나. 그런데 그게 정말 당신인지 아닌지 모르겠어."

"…스노화이트."

잠깐의 침묵 뒤에, 여자가 말한다.

"뭐라고?"

손을 흔들어 택시를 잡아타며, 남자가 묻는다.

"종이의 한 종류야. 눈처럼 하얀 색이지. 광택은 없고."

"눈의 흰색이군."

"따뜻해 보이지만 사실은 차가워. 눈의 순백이지만 녹기 시작하면 온갖 검정을 다 묻히면서 더러워지지. 스노화이트가 가리고 있었던 색깔들이 드러나기 시작하면…"

눈이 올 것 같은 날씨라고 생각하며, 여자는 창문을 조금 연다.

"시작하면?"

"모노톤의 세상이 되거나, 혹은 아주 컬러풀해지거나."

택시에 앉아, 남자는 흑백에서 컬러로 천천히 바뀌는 거리를 지켜
본다.

"우리가 그랬나?"

"글쎄, 적어도 열정은 없었지. 가슴이 뛴다거나, 온종일 당신 생각에
빠져 있다거나, 그런 드라마틱한 건 아니었잖아."

"그래. 영화 같진 않았지."

여자는 마침내 용기를 내어, 말한다.

"하지만 세상엔 그런 사랑도 있는 거야."

남자는 조금 겁이 나지만, 용기를 내어 묻는다.

"스노화이트는 이미 녹아버린 건가?"

"우리가 다시 만난다면, 그땐 이미 스노화이트는 아니겠지. 그 아래
에 감춰졌던 것이 드러날 거야. 그 빛깔이 어떤 건지는 우리 둘 다 모르지."

세상이 이런 빛깔이었나, 이렇게 아름다웠나, 생각하며 남자는 다
시 묻는다.

"아름다울 수도 있을까?"

"글쎄. 당신은 어떤 여자를 원하는데?"

이제 곧 그녀를 만날 수 있다고 생각하며, 남자는 낮은 목소리로
대답한다.

"마요네즈 안 먹는 여자."

"…눈이 와."

창문 너머로 손을 내밀어 첫 눈송이를 받으며, 여자가 대답한다.

베르테르의 순정에 관한
로테의 입장

그게 그가 말했던 사랑이었어요

당신도 잘 알고 있겠지만, 나는 베르테르가 순정을 바쳤던 여자, 로테예요. 그리고 또 잘 알고 있겠지만, 베르테르는 죽고 나는 살아남았어요. 그가 세상을 떠나고 나서, 나는 오래도록 침묵을 지켜왔어요. 베르테르가 남긴 편지를 온 세상 사람들이 다 읽게 되면서부터 내 삶이 얼마나 힘들어졌는지 당신은 상상할 수 있나요? 사람들은 나에 대한 모든 것을 알고 싶어 했어요. 그러니 내가 어떻게 하겠어요. 그들의 시선이 닿지 않는 곳에 숨어서, 입을 굳게 다물고, 죽은 사람처럼 살아갈 수밖에요.

하지만 이즈음 들어 나의 건강이 부쩍 나빠지면서, 베르테르가 죽고 난 후의 이야기를 누군가에게 해야겠다는 생각을 하게 되었어요. 내가 사라지고 나면, 나 혼자 간직하고 있었던 진실과 비밀도 함께 사라지겠죠.

그렇게 생각하면 조금 억울한 기분이 들거든요. 나 자신뿐 아니라, 나의 가족을 위해서라도, 이 세상 사람들이 알아주었으면 하는 것이 있으니까요.

그 일은, 베르테르가 권총으로 자살을 하고 나서 한 달쯤 지났을 때 일어났어요. 그는 자신의 죽음이 나의 남편 알베르트와 나 사이에 평화를 찾게 해줄 거라고 믿었지만, 그런 일은 결코 일어나지 않았어요. 오히려 그의 죽음은 우리 사이의 기묘한 긴장을 폭발시키는 계기가 되었죠. 내가 극심한 상실에 빠져 있는 동안, 알베르트는 집을 떠나 사냥을 다니곤 했어요. 우리는 서로를 볼 때마다 베르테르의 부재를, 그의 죽음을 상기할 수밖에 없었고, 그래서 떨어져 지내는 수밖에 없었어요.

그날도 나는 밤늦게까지 잠을 이루지 못하다가, 새벽이 되어서야 잠깐 눈을 붙였어요. 그녀가 찾아온 것은 내가 얕은 잠에서 막 깨어났던 이른 아침이었죠. 푸른 눈동자와 단정한 옷차림을 보자마자, 그녀가 B양이라는 걸 알 수 있었어요. 베르테르가 나를 잠깐 떠나 있을 때 나에게 보낸, 1772년 1월 20일자 편지를 기억하세요? 그녀는 그 편지에서 베르테르가 언급했던 바로 그 여성이었죠. 내가 첫눈에 자신을 알아보았다는 것을 알아차린 B양은 내 손을 붙잡고 울음을 터뜨렸어요. 그녀의 얼굴에는 무사히 나를 만났다는 기쁨과 베르테르에 대한 연민과 자신의 처지에 대한 슬픔이 차례로 떠올랐다 사라졌죠. 그제야 내 눈에서도 그동안 참고 참았던 눈물이 솟아올랐어요. 그때까지, 나는 누구 앞에서도 마음 놓고 울 수 없었거든요.

"베르테르 씨의 편지들을 보았어요."

마침내 울음을 그친 B양은 뜨거운 차를 마시고 심호흡을 한 후 내게 말했어요.

"온 세상 사람들이 다 그 편지를 읽었죠."

나는 씁쓸하게 웃으며 대답했어요.

"로테 씨는 베르테르 씨가 말한 그대로예요. 당신을 찾아오길 정말 잘했어요."

B양은 그렇게 말하고, 한동안 물끄러미 나를 바라보았어요. 그래서 나는 B양이 나에게 하고 싶은 이야기가 있다는 것을 깨달았어요. B양은 조용히 고개를 끄덕이면서 자신의 배를 어루만졌어요.

"…베르테르 씨의 아이인가요?"

그녀의 두 눈에 또다시 눈물이 고였어요.

그때부터 B양은 우리 집에서 나와 함께 살게 되었어요. 알베르트는 나에게 말벗이 생겼다며 그녀를 환영했죠. 그녀의 배가 눈에 띄게 불러오기 시작할 때쯤, 우리는 그동안 살던 집을 내놓고, 아무도 우리를 알아보지 못하는 시골 마을로 이사를 갔어요. B양의 소원대로 남자아이가 태어났고, 우리는 그 아이에게 베르테르라는 이름을 붙여주었어요. 그렇게 해서 우린 한 가족이 된 거예요.

세월이라는 건 참 이상하죠. 우리보다 먼저 살다 간 사람들이 이야기한 것처럼, 살아남은 사람들은 어떻게든 살아가게 마련이라는 것을, 우리 네 사람은 아주 잘 알게 되었어요. 어린 베르테르가 하루하루 성장하

는 것을 보는 것이 우리의 유일한 기쁨이었죠. 남편과 나 사이에는 아이
가 생기지 않아서, 우리는 어린 베르테르에게 모든 애정을 쏟아부었어요.
그러는 동안 세상은 점점 우리를 잊어갔고, 베르테르의 편지를 보고 절망
에 사로잡혀 스스로 목숨을 끊는 사람들도 점점 줄어갔죠. 어린 베르테
르가 열 살이 되었을 때, 나는 베르테르가 나에게 남긴, 그러나 세상 사람
들은 보지 못했던 편지들을 모두 불태우기로 결심했어요. 그건 그가 남기
고 간 세상과 나에 대한 미련이었으니, 그를 위해서도 사라지는 쪽이 좋
다는 생각이 들었던 거죠.

　나는 B양에게 편지를 태우는 일을 함께 해달라고 부탁했어요. 어
린 베르테르가 알베르트를 따라 사냥을 간 후, 우리는 벽난로 앞에 앉아
그의 편지를 한 장 한 장 천천히 읽고, 정성껏 입을 맞춘 후 불길 속으로
던졌어요. 마지막 편지가 재로 변했을 때, 내 눈에서는 맑은 눈물 한 방울
이 떨어졌고, 나는 그것이 베르테르를 위해 흘리는 나의 마지막 눈물이
라는 것을 깨달았어요.

　"이제 더 이상, 베르테르를 위해 눈물을 흘리는 일은 없을 거예요."

　B양이 하얀 손수건을 건네주며 말했어요.

　"하지만 그는 정말 나를 사랑했던 걸까요?"

　내 말에, B양은 고개를 갸웃거렸어요.

　"그렇게 많은 편지 속에 담긴, 그렇게 많은 사랑의 고백들을 의심
하는 건가요?"

　"하지만 제가 언젠가 그에게 말했듯이, 저를 소유할 수 없다는 바

로 그 점이 그의 욕망을 자극한 건 아닌가, 하는 생각을 지울 수가 없어요. 게다가…"

"게다가?"

B양이 푸른 눈동자를 반짝이며 물었어요.

"그가 내게 남긴 마지막 편지의 그 구절, 당신도 기억하고 있죠? '당신은 크리스마스이브에 이 편지를 손에 들고 떨면서 뜨거운 눈물로 편지를 적실 겁니다. 나는 단행하겠습니다. 그렇게 하지 않을 수 없습니다! 결심을 하고 나니 얼마나 마음이 후련한지 모르겠습니다'라는…"

"베르테르 씨는 당신이 자신으로 인해 충분히 괴로워하기를 원했던 거네요."

"그래요, 나와 알베르트의 행복을 위해서는 자신이 사라질 수밖에 없다고 말했지만, 사실은 내게 영원한 상처를 주고 싶다는 욕망에 사로잡혀 방아쇠를 당긴 거예요. 그리고 그의 소망은 이루어졌죠. 나는 영원한 상처를 지니고 살아가게 되었으니까요. 그게 그가 말했던 사랑이었어요."

B양은 가늘고 흰 손가락으로 나의 헝클어진 머리카락을 가만히 쓰다듬으며 말했어요.

"하지만 세상 사람들은, 한 남자의 목숨을 건 사랑을 한 몸에 받았다는 이유로 당신을 부러워하기도 하죠."

나는 세차게 고개를 흔들었어요.

"그래서는 안 되는 거였어요. 나를 정말 사랑했다면, 나를 괴롭혀서는 안 되는 거였어요. 그가 살아 있을 때 나는 남편과 그 사이에서 괴로워했고, 그가 세상을 떠난 후에는 남편과 그의 유령 사이에서 괴로워했어요. 나는 단 한 번도 베르테르 씨에게, 그렇게까지 나를 사랑해달라고 한 적이 없어요. 비록 나 자신도 모르게 그의 마음을 흔들어버린 건 사실이지만, 그리고 그가 나에게 베풀어준 아름다운 시간 속에서 가끔 행복했지만, 그 짧은 행복에 대한 대가가 이렇게 크리라고는 상상도 못 했어요. 그가 살아 있었다면 얼마나 좋았을까요. 그랬다면, 그렇게 강하고 뜨거운 열정을 나에게 결코 바치지 못하게 했을 텐데!"

내가 새삼스러운 격정에 휩싸여 자리에서 일어서려고 할 때, 알베르트와 어린 베르테르가 돌아왔고, B양은 서둘러 편지가 들어 있던 상자를 치우려고 했어요. 하지만 어린 베르테르가 상자로 달려갔고, 오랜 세월 동안 그 속에 들어 있던 한 권의 책을 발견했어요. 상자 속에 있던 베르테르의 편지들이 모두 없어졌다는 것을 안 알베르트가 묵묵히 타들어 가는 불꽃을 응시하는 동안, 어린 베르테르는 책을 펼치고 밑줄이 그어진 구절을 읽기 시작했어요. 공교롭게도, 그건 베르테르 씨가 마지막으로 낭송했던 바로 그 구절이었어요.

어찌하여 그대는 나를 깨우느뇨? 봄바람이여! 그대는 유혹하면서 '나는 천상의 물방울로 적시노라'라고 하누나. 허나 나 또한 여위고 시들 때가 가까웠노라. 나의 잎사귀를 휘몰아 떨어뜨릴 비바람도 이제 가까웠노라. 그 언젠가 내 아름다운 모습을 보았던 나그네가 내일 찾아오리라. 그는 들판에서 내 모습을 찾겠지만, 끝내 나를 찾아내지는 못하리라.

당신도 알겠지만, 그것은 우리가 그를 위해 바친 마지막 슬픔, 마지막 의식이었어요. 아무것도 모르는 어린 베르테르는 이제 베르테르 씨가 세상을 떠났을 때의 나이를 넘어섰죠. 알베르트와 나, 그리고 B양은 지금도 넘치는 사랑을 서로에게 베풀며 살아가고 있어요. 그러니 그가 떠난 이후로 내가 행복하지 않았다고는 말할 수 없어요. 나는 그가 없는 세상에서 많은 기쁨을 누리며 살아왔고, 이제 머지않아 기꺼이 그가 있는 세계로 갈 거예요. 걷잡을 수 없는 사랑, 끝없는 사랑, 죽음으로 완성될 수밖에 없는 사랑은 이제 더 이상 원하지 않는다고, 그에게 분명히 말할 수 있는 그날이, 곧 올 거예요. 스스로를 파멸시키는 사랑은, 누군가를 영원한 상처 속에 가두는 순정은, 그 어떤 사람도 행복하게 할 수 없다는 것을, 그도 이미 알고 있겠지만요.

※ 본문의 인용문은 괴테의 『젊은 베르테르의 슬픔』에서 발췌했습니다.

나는 터널처럼 외로웠다

마침내 스르르, 기차가 섰다
캄캄한 터널 한가운데에서

'당신의 손에게 편지가 와 있습니다. 우체국으로 직접 오셔서 찾아가세요.'

엽서는 빗물로 흠뻑 젖어 있었다. 그러고 보니 어제는 종일 비가 왔다. 빗물에 번진 글씨를 손가락으로 하나하나 짚어가며 겨우 읽었지만, 무슨 이야기인지 알 수가 없었다. 글씨 아래에 인쇄된 지도 역시 알아보기 힘들었다. 엽서에 찍힌 소인도, 보낸 사람의 주소도 마찬가지였다. 나는 한숨을 쉬고, 우편함을 닫고, 집으로 들어가서 친구에게 전화를 걸었다.

"그거, 무슨 홍보물 같은 거 아냐?"

친구가 말했다.

"하지만 상품 소개 같은 건 없는걸."

"그러니까 신종 수법이지. 엽서를 들고 찾아간 사람에게 물건을 강매할지도 몰라. 아니면 어디 가서 팔아 오라고 뭔가를 잔뜩 떠맡길지도 모르고. 너 그런 데 잘 속잖아."

나는 책상 위에 놓인, 조금씩 물기가 말라가는 엽서를 뚫어져라 보았지만, 엽서 어디에서도 음흉한 분위기는 풍겨 나오지 않았다.

"하지만 이건… 굉장히 착해 보이는 엽서야."

친구는 웃음을 터뜨렸다.

"그래서 찾아갈 생각이야?"

"그러고 싶어도 못 해. 지도도 안 보이는데 뭐. 그런데 '당신의 손'이라니, 도대체 무슨 소릴까?"

"누가 장난친 거겠지. 그보다 내일 어떻게 할래? 영화, 예매할까?"

우리는 무슨 영화를 볼 건지, 몇 시에 만날 건지, 저녁은 뭘 먹을 건지에 대해 이야기를 나누었다. 전화를 끊을 때쯤 난 이미 엽서에 관한 건 까맣게 잊고 있었다.

영화를 보면서 친구는 계속 기침을 했다. 이마를 짚어보니 제법 뜨거웠다.

"몸이 안 좋으면 나오질 말았어야지."

영화관에서 나와 택시를 잡으며 내가 말했다.

"저녁 안 먹어?"

"집에 가서 먹어. 빨리 가서 쉬는 게 좋겠다, 너."

망설이는 친구를 택시에 밀어 넣은 다음, 나는 조금 걷기로 했다. 친구에게 말하진 않았지만, 나에게 엽서를 보낸 우체국이 어디 있는지 알 것 같았다. 조금 전에 본 영화 속에서, 나는 그 우체국을 보았다. 게다가 그곳은 언젠가 내가 한 번 가본 곳이었다. 나는 몹시 혼란스러웠고, 한 시간쯤 걷고 난 다음 기차역 앞에 서 있는 나를 발견했을 때는 더욱 당황했다. 미처 마음을 가다듬기도 전에 나는 창구 앞에 서 있었고, 내 손은 기차표를 사기 위해 지갑을 열고 있었다.

기차는 텅 비어 있었고 지나치게 조용했다. 곧 출발할 테니 배웅객은 서둘러 내리라거나, 어디를 거쳐 어디로 가는 기차라거나, 몇 시에 도착 예정이라거나, 그런 안내방송도 나오지 않았다. 내가 자리에 앉자마자 기다렸다는 듯이 스르르 플랫폼을 떠나, 규칙적인 소리를 내면서 철길 위를 달려갔다. 출발한 지 꽤 시간이 지난 것 같은데 유니폼을 입은 승무원도, 카터에 음료수와 과자 등속을 싣고 다니는 아저씨도 지나가지 않았다. 이상하다면 이상한 일이었지만, 그다지 신경이 쓰이지는 않았다. 세상이 내 의지와 상관없이 흘러가기로 작정했다면, 나로서도 묵묵히 상황에 적응하는 편이 좋을 것이다.

철커덕, 철커덕, 철커덕. 기차의 바퀴가 철로 위를 굴러가는 소리를 자장가 삼아, 나는 잠깐 잠이 들었다. 꿈속에서, 나는 누군가의 어깨에 기대어 깜박깜박 졸고 있었다. 그 누군가는 나의 오른손을 자신의 무릎 위에 올려놓고 만지작거리는 중이었다. 그의 손 안에 들어 있는 내 손은 꿩

장히 부드럽고 굉장히 즐거워 보였다. 나는 여전히 깜박깜박 졸면서 고개를 들어 그를 바라보았다. 나와 눈이 부딪치자, 그는 활짝 웃어 보였다. 그 미소가 너무 천진난만하고 투명해서, 나는 조금 불안해졌다.

"뭘 하고 있는 거예요?"

내 말에, 그는 망설임도 없이 '내 장난감', 하고 짧게 대답하고 다시 내 손에 열중했다. 나는 본능적으로 손을 잡아 빼려 했지만, 그의 손이 단호하게 그것을 막았다.

'어쩔 수 없지. 이 사람을 좋아하지 않는 수밖에. 정신을 차려야겠어.'

나는 그렇게 생각했지만, 그대로 그의 장난감이 되어도 괜찮겠다는 생각을 하며, 그의 어깨에 다시 기대어 잠이 들었다.

눈을 떴을 때 기차는 터널을 통과하고 있었다. 객차는 여전히 텅 비어 있었고, 당연히 내 옆자리도 비어 있었다. 그리고 내 손은 빈자리에 홀로 놓여, 언젠가 즐거웠던 날의 기억을 더듬고 있었다. 손은 외로워 보였다. 그것은 아무 풍경도 보여주지 않는 차창을 잠깐 쓰다듬다가 하얀 수증기 위에 이름 하나를 썼다.

'그런 이름, 난 몰라. 기억나지 않아.'

나는 물끄러미 손을 바라보았지만, 손은 아무것도 말해주지 않았다. 내가 이름에 대해 생각하고 있는 동안에도, 기차는 터널 속을 달리고 있었다. 그런데 무엇인가 조금 전과 달라진 것이 있었다. 속도가 천천히 줄어들고 있었던 것이다. 철커덕, 철커덕, 하는 소리가 처얼커덕, 처얼커덕으로 바뀌고 다시 처얼커어덕, 처얼커어덕으로 바뀌더니 마침내 스르르, 기차가 섰다. 캄캄한 터널 한가운데에서.

객차의 불이 꺼졌다. 나는 한동안 앉아 있다가, 기차가 더 이상 앞으로 가지 않는다는 사실을 깨닫고 자리에서 일어섰다. 문을 열자 터널 속에 갇혀 있던 오래 묵은 공기의 냄새가 훅 끼쳐왔다. 나는 터널이 끝나는 곳을, 동그랗고 하얀빛이 흘러 들어오는 곳을 찾았지만 그런 건 보이지 않았다. 그렇다고 해도, 방향을 정하고 걸어가야 한다.

'기차가 터널 속으로 들어온 지 한참 지났으니 기차의 진행 방향으로 걸어가는 쪽이 나을 거야. 아니, 적어도 기차가 터널 속으로 들어오기 전에는 터널이 아닌 세계가 있었으니, 그 쪽을 목표로 삼는 게 좋을지도 몰라. 지금 상황에서, 내가 유일하게 확신할 수 있는 건 그것뿐이니까.'

나는 터널의 축축한 벽에 기대어 오른쪽과 왼쪽을 번갈아 보았다. 그때 기차가 진행하던 방향 쪽에서 희미한 불빛 하나가 팔랑팔랑 흔들리는 것이 보였다.

'저렇게 흔들리는 걸 보면 터널의 출구는 아니야. 불빛을 들고 있는 누군가였으면 좋을 텐데.'

마음을 정하고, 나는 불빛을 향해 걷기 시작했다. 불빛 역시, 어둠 속에 그림을 그리듯 가볍게 나풀거리며 나를 향해 다가오고 있었다. 그리고 삼십 분 후, 나는 터널 속에 있는 아늑한 공간 안에서, 뜨거운 차를 마시고 있었다. 짙은 갈색 벽지와 투박한 나무 책상, 조그마한 난로 하나, 바닥에 아무렇게나 놓인 책들, 그리고 천장 높이까지 쌓인 엽서들이 그 공간을 채우고 있었다.

'찻집일까, 도서관일까, 혹은 누군가의 서재일까. 터널 속에 왜 이런 곳이 있는 걸까. 나는 왜 여기서 차를 마시고 있는 걸까.'

수많은 질문들이 머릿속을 떠돌았지만, 무엇부터 물어보아야 할지 몰라서 나는 좀 더 그곳을 관찰하기로 했다. 벽지 위에는 수많은 이름들이 쓰여 있었는데, 어떤 이름들에서는 반짝반짝 빛이 났다. 간혹 내가 알고 있는 이름들도 보였다. 피에르, 그건 첼리스트 푸르니에의 이름이다. 글렌은 피아니스트 굴드의, 지네트는 바이올리니스트 느뵈의 이름일 것이다. 내가 그들의 이름을 하나하나 읽어가는 동안, 손전등을 들고 나를 맞으러 나왔던 남자는 책상 위에 걸터앉아, 찻잔을 들고 있는 나의 손을 유심히 바라보고 있었다. 그리고 내가 찻잔을 내려놓자, 내 손에 편지 한 통을 쥐여주었다.

"여기가 우체국인가요? 당신이 나한테 엽서를 보낸 건가요?"

내 목소리가 터널의 텅 빈 공기 속으로 낮게 울려 퍼졌다.

"엽서를 보낼 때 편의상 우체국이라고 쓰긴 했지만, 이름 같은 건 뭐라고 불러도 상관없습니다."

"하지만 내가 알고 있는 우체국은 이런 곳이 아니었는데… 영화에서 본 그곳은…"

"그것도 별로 상관이 없습니다. 차를 조금 더 마시겠습니까?"

나는 얌전히 고개를 끄덕였고, 남자가 차를 따르는 동안 편지를 뜯었다.

그 영화 어디에도 우체국 같은 건 나오지 않았다고, 나중에 친구가 말했다. 나는 그다지 놀라지도 않았다. 나를 만나기 전까지 감기 기운 같은 건 전혀 없었다고, 집으로 돌아가자마자 열이 내렸다고, 정말 이상한 일이었다고 친구가 말했을 때도, 나는 이상하지 않다고, 그게 당연하다고 생각했다.

"그래서, 세상의 모든 터널 안에 그런 공간이, 찻집인지 서재인지 도서관인지 모르겠지만 편의상 우체국이라고 부르는 곳이 존재하고 있다는 거야?"

한 번 이상한 일을 당하고 나자, 이 세상에는 자신이 모르는 이상한 일들이 꽤 많이 벌어지고 있을 수도 있다고 생각하게 된, 그 직전까지 세상에 존재하는 모든 판타지를 무시해왔던 친구가 말했다.

"그곳에서 사람들에게 엽서를 보내는 거고? 그 엽서를 받은 사람들이, 외로움의 심연에 이르렀던 사람들이 그곳을 방문했고? 슈베르트라거나 릴케 같은?"

디킨스의 『위대한 유산』에 나오는 미스 해비샴도, 슈베르트의 가곡에 등장하는 겨울 나그네도 그곳을 다녀갔다는 이야기는 하지 않았다. 그가 갑자기 너무 큰 충격을 받을까 봐 걱정이 되었기 때문이다. 친구는 한동안 곰곰이 생각에 잠겨 있다가, 마침내 결심을 하고 그 질문을 던졌다.

"그런데 그 편지에는 뭐라고 쓰여 있었어?"

나는 대답 대신 네루다의 시집을 내밀었다.

나는 터널처럼 외로웠고 당신도 터널처럼 외로웠다. 외롭던 내가 외롭던 당신을 만났을 때, 우리는 조금도 덜 외로워지지 않았다. 오랜 시간이 흐른 후, 나는 홀로 기차를 타고, 외로운 당신이 외로운 나의 손을 잡아주었을 때, 외로운 나의 이름을 불러주었을 때, 아주 잠깐 외롭지 않았던 그때의 꿈을 꾸었다. 기차는 나를 외로움의 심연으로 데려다주었고, 나는 그곳에서 당신의 흔적을 보았다. 우리의 외로움은 조금도 변질되지 않은 채, 영원히 끝나지 않은 터널처럼 그곳에 갇혀 있었다. 나는 아주 조금 당신 생각을 했고, 외로운 편지를 읽었다.

그리고 지금 내 앞에서, 친구는 네루다를 읽고 있다.

나는 터널처럼 외로웠다. 새들은 나한테서 날아갔고,
밤은 그 강력한 침입으로 나를 엄습했다.
살아남으려고 나는 너를 무기처럼 벼리고
내 화살의 활처럼, 내 투석기의 돌처럼 벼렸다.

그러나 이제 복수의 시간이 왔고, 나는 너를 사랑한다.

_ 파블로 네루다, 『스무 편의 사랑의 시와 한 편의 절망의 노래』 중에서

바위 위에 물 – 그 까닭으로 하여

내 인생은 우연과 필연 사이의 노래였다

_ 파블로 네루다, 「마지막 장」 중에서

분실물 보관소

나는 깨끗이 손질한 화분에
그녀의 마음을 심기로 했다

내가 그 기묘한 능력을 갖게 된 건 열다섯 살 때였다. 그 몇 해 전부터 나는, 로로라고 불리는 털이 많고 통통한 강아지 한 마리와 같이 살고 있었다. 로로는 그때 세 살이었으니까 강아지라고 할 수는 없었지만, 몸집이 워낙 작아서 내 눈에는 항상 강아지처럼 보였다.

로로는 굉장한 개구쟁이였다. 새벽에 배달된 우유 팩을 이빨로 질겅질겅 물어뜯어 바닥에 쏟아놓고 죄다 마셔버리거나, 아버지가 미처 보지 못한 신문 위에 오줌을 싸거나, 엄마가 아끼는 화분에서 갓 피어난 꽃송이를 꿀꺽 삼켜버리거나, 동네 꼬마아이들의 뒤를 쫓아다니며 큰소리로 짖어대는 것이 로로의 즐거움이었다. 때문에 로로는 늘 식구들에게 혼이 나곤 했다. 신나게 장난을 치거나 따끔하게 야단을 맞거나, 로로는 항상 둘 중 하나를 하고 있었다.

그 시절 로로의 편은 나밖에 없었다. 내가 개구쟁이여서 로로의 편이 된 건 아니다. 오히려 나는 로로를 부러워했다. 어린 시절의 나는 어른들을 거역하지 못하는 수줍고 겁 많은 아이였다. 혼날 것을 뻔히 알면서도 또다시 장난을 치는 로로에게 난 항상 마음속으로 격려와 감탄을 보내곤 했다. 어쩌면 로로는 단지 머리가 나빴던 걸 수도 있지만, 그 시절의 나에게 그건 일종의 용기로 보였다.

로로와 나는 우호적인 관계 속에서 신뢰를 쌓아갔지만, 그 시간은 갑자기 끝이 나버렸다. 그날 나는 로로와 함께 동네를 산책하고 있었다. 웬일인지 로로는 평소보다 기운이 없어 보였는데, 나는 단지 로로가 배가 고파서 그런 거라고만 생각했다. 나중에 안 거지만, 로로는 배 속에 아기를 가지고 있었고, 막 분만을 시작하려고 했던 것이다.

우리는 집에서 이십 분쯤 떨어진 작은 공원까지 갔다가 되돌아오는 길이었다. 내 앞에서 걸어가던 로로가 갑자기 축 늘어지더니, 낑낑거리기 시작했다.

주위는 이미 어두워져 있었고, 도움을 청할 사람은 아무도 없었다. 나는 로로를 들어 올려 품에 안으려 했지만, 로로는 나를 뿌리쳤다. 겁에 질린 내가 집으로 달려가 엄마를 이끌고 다시 그 자리로 갔을 때, 로로는 축 늘어져 마치 죽은 것처럼 보였다. 로로의 옆에는 작은 강아지 한 마리가 있었고, 이미 숨이 멎어 있었다.

로로는 그 후로도 삼 년을 더 살았다. 그러나 그날 이후의 로로는 로로가 아니었다. 그건 로로의 얼굴을 한, 이상한 물건처럼 보였다. 로로는 생명이 지녀야 할 모든 특징을 잃어버린 것 같았다. 더 이상 우유 팩을 물어뜯지도, 꽃을 삼켜버리지도 않았다. 내가 불러도 가까이 오지 않았고 뼈다귀로도 유혹할 수가 없었다. 로로는 사람들이 떠나버린 빈집과 같았다. 그 집은 날이 갈수록 더욱 황폐해지고 쓸쓸해졌다. 나는 마침 중학생이 되었기 때문에, 로로와 노는 것을 포기하고 새로 사귄 친구들과 어울려 다니기 시작했다.

그리고 어느 날 저녁, 로로는 사라졌다. 로로가 로로 아닌 채로 살았던 그 삼 년 동안, 로로의 존재감은 어디에도 존재하지 않았기 때문에, 우리는 곧 그를 잊어버렸다. 식구들은 로로가 교통사고를 당했을 거라고 얘기했다. 개에게 있어 교통사고란 아주 흔한 일이니까.

로로가 사라진 그해 겨울의 어느 날이었다. 나는 다른 날과 마찬가지로 아이들과 어울려 공원에서 농구를 했다. 해가 완전히 기울었고, 주위는 곧 어두워졌다. 그날따라 함께 놀던 아이들 중에서 집이 같은 방향인 아이가 없었기 때문에, 나는 캄캄한 골목길을 혼자 걸어가게 되었다. 희미한 바람이 골목을 천천히 휘감고 있었고, 밥 짓는 냄새, 된장찌개 끓이는 냄새 같은 것이 공기 중에 떠돌고 있었다. 그때, 내 발끝에 무엇인가가 닿았다. 나는 조심스럽게 그것을 주워 들었다. 폭신폭신하고 부드럽고 깃털처럼 가벼운, 구슬이었다.

구슬을 들여다보고 있을 때, 내가 서 있는 곳이 어딘지 기억이 났다. 로로의 강아지가 죽은 자리였다. 그리고 내가 주운 것은, 그 자리에서 언제까지나 머물고 있었던 로로의 마음이었다.

내가 로로의 마음을 보관하기 시작한 이후, 내 의도와 상관없이, 누군가가 잃어버린 건 무엇이든 내 손에 들어왔다. 볼펜과 연필은 평생 동안 쓰고도 남을 만큼 넘쳐났고, 일주일에 두 번 이상은 길바닥이나 공중전화 박스 같은 데서 주운 지갑의 주인을 찾아줘야 했다. 주인을 찾을 수 없는 모자나 우산, 노트나 가방 같은 것들은 방에다 쌓아두기도 지긋지긋해서, 모조리 다른 사람들에게 줘버렸다.

내가 유일하게 보관한 것들은 그들이 잃어버린 기억과 시간, 웃음과 눈물 같은 것이었다. 아주 가끔, 주인을 잃어버린 마음이 내게로 흘러들어오기도 했다. 마음들은 대체로 너무 오래 길을 잃고 헤매어 다녔기 때문에, 내 손에 들어올 때쯤에는 형체도 알아볼 수 없을 정도로 너덜너덜해져 있었다. 나는 몇 개의 마음을 깨끗이 손질한 다음, 작은 화분에 심어 빛이 잘 드는 창가에 놓아두기도 했지만, 그들은 대체로 뿌리를 내리지 못하고 시들어갔다. 몇 개의 마음이 죽어나가는 사이, 나는 점점 침묵 속으로 내려앉기 시작했다.

내가 그녀의 마음을 발견했을 때, 나는 침묵의 가장 밑바닥까지 내려가 있었다. 만약 그렇지 않았다면, 나는 그녀의 마음을 그냥 지나쳤을 것이다. 그건 버려진 마음들 중에서도 가장 희미하고 가장 여리고 가장 낡아 있었다. 그러나 그 마음에는 어떤 심연이 들어 있어서, 침묵의 밑바닥에 가라앉은 나를 끌어당겼다.

나는 소용이 없다는 걸 알면서도, 깨끗이 손질한 화분에 그녀의 마음을 심기로 했다. 그리고 가장 최초로 내 손에 들어온 마음, 그러니까 폭신폭신하고 부드러운 구슬 같은 로로의 마음을 그 화분 안에 넣어두었다. 밖에서는 차고 날카로운 북풍이 불고 있었다. 아주 긴 겨울이었다.

그해 이월에, 분실물 보관소의 문을 열었다. 무언가를 시작하기에는 아직 차가운 계절이라고 사람들은 말했지만, 분실된 것들은 원래 추위를 가장 싫어하는 법이다. 그리고 그들이 어차피 나를 향해 굴러 들어오게 되어 있다면, 나로서는 그들을 맞이할 준비를 해야 했다.

그날 이후, 내 작은 방은 온갖 볼펜과 연필, 지갑과 휴대폰, 모자와 우산, 노트와 가방으로 가득 찼고, 아주 가끔 무언가를 잃어버린 사람들이 나를 찾아왔다. 누군가가 잃어버린 기억과 시간, 웃음과 눈물, 그리고 그들의 마음들도 잘 보관하고 있지만, 찾으러 오는 사람은 없었다. 아직까지는 없다. 그런 것들이 분실물 보관소에 있으리라는 생각은 누구도 하지 못하기 때문이며, 기억이나 마음 같은 건 잃어버리고 나면 자신이 잃어버린 것이 무엇인지조차 생각나지 않기 때문이다.

수많은 기억과 시간과 마음 사이, 그녀의 마음이 심어진 화분이 놓여 있다. 싹을 틔우진 않았지만, 죽어버리지도 않은 채로. 어쩌면 로로의 마음이 그를 돌보고 있는지도 몰라, 하고 나는 생각했지만, 곧 잊어버렸다. 난 침묵에서 벗어났고, 그녀의 마음은 예전처럼 나를 끌어당기지 않

기 때문이다. 어쩌면 그건 이미 그녀에게 소용없는 것일지도 모른다. 그
녀에게는 이미 뭔가 다른, 좀 더 분명하고 강하고 새로운 마음이 생긴 것
일지도.

　　물론, 잃어버리거나 버려진 마음 같은 건 그냥 사라지도록 내버려
두는 게 더 현명한 일일 수도 있다. 그러니까 그들은 분실물 보관소의 한
구석에서 그들의 삶을 마쳐도 괜찮을 것이다. 그건 당신이 생각하는 것만
큼 그렇게 쓸쓸한 일은 아니다. 최소한 이 세상에서 한 사람쯤은 그들의
존재를 기억하고 있으니까. 그리고 그게 바로 내가 하는 일이니까.

폴리나, 명심하렴

사람들은 우리가 보여주지 않는 것은 볼 수 없어

_바스티앙 비베스, 『폴리나』 중에서

빨강의 스펙트럼

왜 이 여행을 시작했습니까?

'블라디보스토크를 출발하여 세계에서 가장 깊고 깨끗한 호수 바이칼호반의 이르쿠츠크를 거쳐, 횡단열차 바이칼호를 타고 러시아 중서부를 관통해 문화예술의 도시 상트페테르부르크와 모스크바를 둘러보는 10박 11일. 열차에서 3박을 하며 끝없이 펼쳐지는 시베리아 대평원과 눈 덮인 산악의 경관을 감상한다.'

　나는 신문에서 본 기사의 내용을 몇 번이나 되뇌고 있었다. '러시아 5만 리 길을 가다'라는 테마로 기획된 '11일간의 시베리아 횡단열차' 여행상품을 소개한 기사였다. 반응이 신통치 않았는지 수지가 맞지 않았는지 그다음 해에는 비슷한 기사가 실리지 않았다. 실렸다고 해도 그때는 이미 나와 별 상관이 없었겠지만.

하지만 그해 여름, 그 찌는 듯한 무더위 속에서 나는 줄곧 러시아의 눈 덮인 풍경을 그리고 있었다. 신문에서 오려 수첩 속에 끼워둔 기사가 너덜거릴 때까지 그것을 읽고 또 읽었다. 서너 번 정도 여행사에 전화를 건 적도 있었다. 신호가 울리는 것만 확인하고 그대로 끊어버리긴 했지만. 나는 정말 바이칼호를 타고 싶었다. 진짜 상트페테르부르크와 모스크바를 볼 작정이었다. 칸막이로 나눠진 열차의 객실에 앉아 시베리아의 한없는 평원을 보려고 했다. 언제 올지 모르는 무엇을 위해 나 역시 한없는 평원이 되고 싶었다.

그해 봄, 리버풀에서 그를 만났다. 우리는 비틀스 박물관 앞에서 '매지컬 미스터리 투어Magical Mystery Tour'라고 쓰인 버스를 함께 탔지만, 내가 그의 존재를 알아차린 것은 스트로베리 필즈 앞에서였다. 알록달록한 옷을 입은 가이드가 영국식 억양과 리버풀 사투리가 섞인 영어에 과장된 몸짓을 더하여 안내에 열중하고, 버스에서 내린 사람들이 낙서가 가득한 벽 앞에서 다투어 사진을 찍고 있는 동안, 그는 조금 떨어진 곳에 서서 비틀스의 자취와는 별 상관없는 하늘을 무심히 올려다보았다. 그의 입술에서는 나지막한 휘파람이 흘러나오고 있었다. 내가 한 번도 들어보지 못한, 그러나 어쩐지 익숙한 멜로디였다. 나는 그 멜로디에 흡수당하듯 그를 향해 걸음을 옮겼다. 정신을 차렸을 때 그는 지나치게 가까운 거리에 있었고 놀란 나는 몇 걸음 뒤로 물러섰지만, 그는 여전히 하늘을 바라보며 끊일 듯 말 듯 휘파람을 불었다.

그날 저녁, 버스는 우리를 캐번 클럽 앞에 내려놓은 후 사라졌고 사람들은 저마다 뿔뿔이 흩어졌다. 나는 방향을 정하지 못하고 그 자리에 서서, 벽에 새겨진 비틀스의 부조를 보고 있었다. 그때 다시 휘파람 소리가, 늦은 봄날 저녁의 가벼운 바람에 실려, 내 귀로 날아왔다. 몸을 돌리자 다른 쪽 벽에 기대어 선 그의 모습이 눈에 들어왔다.

"크라스나야."

고개를 갸우뚱하는 내게, 그가 다시 한 번 말했다.

"크라스나야."

어느 나라 말일까, 무슨 뜻일까… 나는 멍하니 그를 바라보았다. 그는 싱긋 웃으며 내가 입고 있던 티셔츠를 가리켰다. 하얀 바탕에 빨간 사과 하나가 그려진 티셔츠였다. 그는 독특한 악센트의 영어로, '크라스나야'는 '붉다'라는 의미의 러시아어라고 설명해주었다.

그의 이름은 세르게이, 러시아의 상트페테르부르크에 살고 있는 바이올리니스트라고 했다.

"라흐마니노프와 이름이 같네요. 예이젠시테인과도."

기네스 맥주의 풍성하고 하얀 거품을 들여다보며 내가 말했다. 우리는 비틀스의 노래가 흘러나오는 캐번 클럽에 마주 앉아, 『이반 대제』와 『전함 포템킨』, 「파가니니 주제에 의한 광시곡 18변주」 등에 관해 이야기를 나누었다. 나는 의외로 러시아에 대해 많은 것을 알고 있었고, 그는 의외로 비틀스에 대해 아는 것이 없었다.

어느 날 문득 공항으로 가서 눈에 들어오는 비행기를 탔는데 그게 런던행이었다, 런던에서 발길 닿는 대로 돌아다니다가 버스 정류장에 이르러 버스를 탔는데 그게 리버풀행이었다, 리버풀에서 처음 만난 숙소로 들어가 잠을 자고 처음 만난 레스토랑에서 식사를 했다, 도시에서 가장 눈에 띄는 건물이 비틀스 박물관이었고 그곳에 갔더니 입구에 투어 신청서가 놓여 있었다는 것이 그가 그곳에 있게 된 이유였다. 어째서 그런 식으로 계획 없는 여행을 시작했는지 내가 묻기 전에, 그는 이렇게 덧붙였다.

"한 가지 알게 된 사실은, 어떤 일을 행하건 행하지 않건 정작 변하는 것은 별로 없다는 겁니다. 나 자신은 쉽게 변하지 않으니까요."

"하지만 우리는 지금 여기 있잖아요."

내 말에 그는 곤란하다는 듯한 표정을 지었다.

"아무것도 확신할 수가 없습니다. 내가 여기 있는 것, 당신이 여기 있는 것, 이곳이 리버풀이라는 것, 무엇 하나. 당신은 내가 상트페테르부르크에서 온 바이올리니스트라는 걸 믿을 수 있습니까? 내가 세르게이라는 걸?"

빨강은 물리학적으로 볼 때, 가장 작은 에너지를 가진 색이다. 색의 스펙트럼 중 파장의 끝에 위치해 있다. 육안으로 볼 수 없는 적외선이 1800년에야 비로소 발견된 것도 그런 이유 때문이다. 그러나 심리학적으로 볼 때, 빨강은 강력한 영향력을 지니고 있다. 너무나 이중적인 속성을 가지고 있기 때문이다. 무엇이든 한 가지 속성을 품고 있는 존재는 두려움과 자극의 대상이 되지 못한다. 하지만 예고 없는 변화의 가능성을 가지고 있는 것들, 그 속에 있는 것이 선인지 악인지, 우호인지 적의인지, 뜨거운 열정인지 무자비한 공격인지, 뚜껑을 열기 전까지는 알 수 없는 존재들은 우리를 유혹하고 빨아들여 전혀 다른 공간 속으로 던져버린다.

빨강의 스펙트럼을 주의 깊게 관찰하면 처음에는 관심과 사소한 접근으로 시작되는 것을 알 수 있다. 이것은 좀 더 적극적인 공격으로 나아가서 열정적인 관계로 들어가며, 한 걸음 더 가서 투쟁과 폭력, 파괴로 이르게 된다. 이 단계를 극복하면 빨강의 마지막 속성, 즉 희생과 자유와 해방을 만날 수 있다. 단테는 불로 만들어진 열 번째 연옥에서 하나님의 권좌 바로 옆에 서 있는 여섯 날개의 천사, 즉 세라핌(Seraphim)에 관해 이야기하고 있다. 세라핌은 '불타오르는 자', '화염 속에 서 있는 자'를 의미한다. 천사들은 불에 의해 <u>스스로</u> 타오르고 <u>스스로</u>를 정화하며 어둠을 파괴하고 어둠 속에 있는 것들을 낱낱이 드러내는 존재다. 그러나 스스로 불타 사라지는 것이 아니라 언제까지나 똑같은 형태로 존재하며 변함없는 빛으로 빛난다.

"그날 나는 붉은 광장에 서 있었습니다. 너무나 아름다운 날이었습니다. 구름 하나 없는 파란 하늘에 또렷한 형체로 떠 있는 해를 나는 한참 동안 바라보았습니다. 이상한 것은 아무것도 없었습니다. 사람들은 가벼운 걸음으로 나를 스쳐 지나갔고 어디선가 노랫소리가 흘러나오고 있었습니다. 그리고 갑자기 환상이 시작되었습니다."

"환상이라니요?"

"붉은 광장이 붉은 깃발로 뒤덮이고 수많은 사람들이 피를 흘린 채 쓰러져 있었습니다. 그날 이후부터 나는 바이올린을 켤 수 없게 되었습니다. 연주를 시작하려고 하면, 바이올린이 뜨겁게 불타오르는 것 같았습니다. 아니 실제로 그건 불타올랐습니다."

그는 자신의 왼쪽 목덜미와 왼쪽 손바닥을 보여주었다. 거기에는 붉고 희미한 화상자국이 남아 있었다.

"바이올린뿐 아니라 나 역시 그렇게 불타오르는 것 같았습니다. 그 격렬함은 쉽게 사라지지 않았습니다. 나는 다음 단계로 나아가기 위해, 어떤 불확실함 속에 나를 던져야 한다는 것을 깨달았습니다."

"세르게이."

리버풀의 바다가 보이는 벤치에 앉아, 나는 그의 이름을 불렀다.

"왜 그런 이야기를 나한테 한 거죠?"

하늘의 어느 한 곳을 응시한 채, 그가 낮은 소리로 웃었다.

"살아가다 보면 그런 시간이 한 번쯤 오는 것입니다. 언제 올지는 모르지만. 왜 이 여행을 시작했습니까?"

"무엇인가를 파괴하지 않기 위해, 라고 말하면 대답이 될까요?"

"그 무엇인가는 자신이겠죠."

그것을 두려워하면 다음 단계로 나아갈 수 없다고 그는 말하지 않았다. 모든 아름다움 속에 깃들어 있는 투쟁과 폭력의 요소에 대해서도 얘기하지 않았다. 그는 다만 이렇게 말했다.

"크라스나야는 '붉다'는 뜻이지만, 고대에는 '아름답다'라는 의미로 사용된 단어입니다. 러시아어의 빨강은 크라스니, 아름다움은 크라사, 두 단어는 하나의 어원에서 나온 것입니다. 붉은 광장은 아름다운 광장, 붉은 사과는 아름다운 사과, 붉은 심장은 아름다운 심장. 그것을 이해할 수 있습니까?"

스산한 바다 너머로 붉고 아름다운 노을이 천천히 스러지고 있었다.

'블라디보스토크를 출발하여 세계에서 가장 깊고 깨끗한 호수 바이칼호반의 이르쿠츠크를 거쳐, 횡단열차 바이칼호를 타고 러시아 중서부를 관통해 문화예술의 도시 상트페테르부르크와 모스크바를…'

그 기사를 거의 다 외울 수 있게 되었을 때쯤, 나는 수첩에서 그것을 빼내어 휴지통에 집어넣었다. 가을이 지나고 겨울이 왔다. 시베리아까지 가지 않아도, 차가운 겨울바람과 눈으로 뒤덮인 세상은 어디에서나볼 수 있었다. 상트페테르부르크에 간다고 해서 그를 만날 수 있는 보장은 없잖아. 나는 스스로에게 그렇게 타이르며 시베리아의 대평원처럼 황량한 마음을 달랬다. 세르게이라니, 정말 그런 사람이 세상에 존재할까, 하는 생각도 들었다.

모든 추억은 픽션으로 마무리 지어졌다. 그리고 나는 빨강의 스펙트럼을 단계별로 밟아, 삶의 어느 한 정점을 통과했다. 하지만 아직도 난칸막이로 나눠진 열차의 객실에 앉아 시베리아의 한없는 평원을 보고 싶다. 언제 올지 모르는 사소한 접근과 적극적인 공격과 눈부신 열정과 힘찬 파괴, 그리고 아름다운 희생으로 빚어진 자유를 위해, 모든 기다림과눈물과 인내를 포함한 한없는 평원이 되고 싶다.

밀리언 달러
초콜릿

왜 그렇게 서둘러 이사를 하려는 거야?

눈이 와야 하는 날씨인데, 겨울비가 내린다. 그녀는 발코니에 서서 밖을 내다보고 있다. 여자의 집이 있는 건물 바로 옆에는 작은 공원이 하나 있어서, 겨울을 제외한 다른 계절에는 꽃과 푸른 나무들을 볼 수 있다. 그런 계절에는 유모차를 끌고 나온 젊은 부부라거나, 어깨를 기대고 벤치에 다정하게 앉아 있는 연인들이 공원을 채운다. 그러나 겨울의 공원은 대체로 텅 비어 있다. 오늘처럼 말이다.

그녀가 그 집으로 이사를 한 것은 일 년 전이었다. 그때도 겨울이었으니까 공원에 꽃이나 푸른 나무는 없었다. 그 대신 하얀 눈이 꽃가지 위에 풍성하게 앉아 있었고, 그것이 그녀의 마음을 끌어당겼다.

"여기로 할래."

그녀의 말에, 남자는 조금 놀란 듯 그녀를 돌아보았다.

"정말 괜찮겠어?"

"응."

그녀는 그의 눈도 보지 않고, 간결하게 대답했다. 부동산 중개인이 당장 계약서를 쓰자며 집주인을 부르러 간 사이, 그녀는 발코니에 기대어 서서, 미세한 바람이 눈송이들을 조금씩 흐트러뜨리는 모습을 지켜보았다.

"조금 더 시간을 가지고 생각해보는 게 어때? 여긴 교통도 불편하고, 다른 곳에 비해서 좀 비싼 것 같은데."

"시간을 갖고 생각해도, 달라지는 건 아무것도 없어. 안 그래?"

그녀의 말에, 그는 아무 대답도 못 하고 머리를 긁적였다. 그건 남자가 난처할 때 하는 행동이었다.

그녀가 그를 만난 건 미식가를 자처하는 사람들로 구성된 일종의 식도락 동호회 모임에서였다. 그녀로 말하자면 특별히 맛에 민감하지도 않고 요리에 조예가 깊지도 않았지만, 맛있는 것을 먹으러 다니면 인생이 좀 덜 심심하지 않을까, 하고 그 모임에 드나들기 시작했다. 그는 그녀보다 일주일쯤 후에 가입했고, 그가 가입한 다음 날 인도 요리 전문점에서 모임이 있었다. 여섯 명이 참가한다고 했는데, 모인 사람은 일곱 명이었다. 한 사람이 신청도 하지 않고 불쑥 와버렸기 때문이다. 그래서 자리가 하나 모자랐고, 제시간에 와서 자리를 잡고 앉아 있던 남자가 난처한 표정으로 일어서서 머리를 긁적였다. 그 모습이 그녀의 시선을 끌었다.

그 후로 두 사람은 가끔 데이트를 했다. 벼락을 맞은 것 같은 짜릿함도 없고, 그리움으로 지새우는 밤도 없고, 미칠 듯한 두근거림도 없는 만남이었다. 그녀는 그런 만남이 좋았다. 헤어질 때마다 자신의 일부가 죽어나가는 것 같은, 열정과 갈망이 뒤범벅된 사랑 같은 건 더 이상 하고 싶지 않았다. 그녀는 잘 먹었고, 잘 잤고, 잘 웃었고, 데이트가 끝나면 그 남자 생각을 하는 대신 책을 읽거나 음악을 들었다. 두 사람은 일주일에 한 번이나 두 번, 맛있는 음식점을 찾아가고 영화를 보고 아사히나 기네스 생맥주를 마셨다.

그들에게는 생일도 백일도 크리스마스도 특별한 날이 아니었다. 그저 늘 만나던 곳에서 만나 늘 먹던 것을 먹고 늘 하던 이야기를 하고 늘 헤어지던 시간에 헤어졌다. 딱 한 번, 그녀가 그에게 초콜릿을 사준 적은 있었다. 그날은 밸런타인데이였고, 거리는 온통 꽃과 인형, 사탕이나 초콜릿이 가득 든 바구니들로 넘쳐나고 있었다. 복잡한 거리를 벗어나기 위해 종종걸음으로 걸어가는 여자의 팔을 그가 갑자기 붙잡았고, 그래서 그녀는 끌려가다시피 편의점으로 들어가게 되었다.

"왜? 뭐가 필요한데?"

남자는 초콜릿이 잔뜩 쌓여 있는 매대에서 단추 초콜릿 두 봉지를 집어 들었다. 계산대에서, 남자는 두 봉지 중의 한 봉지 값만 계산을 하고 여자를 바라보았다. 그제야 여자는 남자가 원하는 것이 뭔지 깨달았다. 두 사람은 각각 자신의 돈으로 단추 초콜릿 한 봉지씩을 사서, 그것을 주고받았다.

"전부 몇 개나 들어 있을까?"

여자의 말에 남자는 잠시 고개를 갸웃거리다가 이렇게 말했다.

"이 다음에 돈 많이 벌면, 백만 개 사줄게."

"됐어. 그걸 누가 다 먹는다고."

두 사람은 웃었다. 그리고 초콜릿을 하나씩 입안에 집어넣으며, 나란히 걸었다.

"밀리언 달러 초콜릿."

초콜릿처럼 동그란 불빛들이 반짝이는 거리 한가운데에서 갑자기 걸음을 멈추고, 여자가 그렇게 말했다.

"돈을 많이 벌지 못해도, 밀리언 달러 초콜릿을 먹을 수 있을 거야."

"그게 뭔데?"

여자는 대답하지 않았다. 백만 달러어치의 초콜릿을 말하는 건가, 그건 아닐 텐데. 남자는 잠깐 생각하고, 곧 잊어버렸다.

그의 행동에 뭔가 이상한 점이 있다는 것을 여자가 눈치챈 것은 그해 가을이었다. 몇 번인가 휴대폰이 연결되지 않았고, 데이트 횟수가 조금씩 줄어갔다. 그의 말수도 줄어들었다. 뭔가 다른 생각에 빠져 있는 듯, 그녀의 이야기를 놓치는 경우도 종종 있었다. 하지만 그녀는 왜 전화를 받지 않았느냐고, 무슨 일이 있는 거냐고, 다른 여자라도 생긴 거냐고, 묻지 않았다. 그런 이야기를 해봤자 달라지는 건 아무것도 없을 거라고 생각했기 때문이었다.

남자는 알고 있었다. 그녀가 갑자기 이사를 결심하고, 결심한 다음 날 집을 내놓고, 그날 저녁부터 이사할 집을 찾고, 두 번째로 본 집을 당장 계약한 것은 모두 자신 때문이라는 것을. 그녀는 모든 것을 지우고, 떠나려 하고 있었다. 그녀가 그를 기다리던 버스 정류장, 정류장 근처에 있는 작은 카페, 그 카페에서 팔던 신선한 샌드위치, 샌드위치 속에 들어 있는 오이를 떨어뜨렸던 골목, 골목의 담장 너머 꽃을 피우고 서 있던 라일락, 라일락 꽃향기가 가득하던 언덕, 언덕 위에 있던 그녀의 집, 그리고 짧은 이별 인사를 할 때 옆집에서 흘러나오던 바이올린 소리…

"왜 그렇게 서둘러 이사를 하려는 거야?"

그가 물었을 때, 그녀는 조금 슬픈 듯한 표정을 하고 말했다.

"그냥. 이 동네가 싫어졌어."

그는 알고 있었다. '이 동네가'라는 말 앞에 '우리가 함께한 추억이 남아 있는'이라는 말이 생략되어 있다는 것을.

"마지막으로 한 가지 부탁이 있는데, 들어줄래?"

그는 고개를 끄덕일 수밖에 없었다. 두 사람이 헤어지게 된 건, 순전히 자신의 잘못 때문이었으니까.

"집을 보러 갈 건데, 같이 가줄래? 달리 부탁할 사람이 없어서."

이상한 부탁이었다. 그녀는 새로운 곳에서 남자와 상관없는 새로운 삶을 시작하고 싶어 했다. 그녀가 새로운 삶을 시작할 새로운 집을 구하는 과정은 당연히 남자와 상관없이 이루어져야 했다. 남자는 다시 심장이 아파왔다. 이 여자는 아무래도 괜찮은 것이다. 언제나 그랬듯이, 자신을 길거리에 남겨두고 혼자 집으로 들어가버릴 것이다. 그리고 그녀의 문은 쾅, 하고 큰소리를 내며 닫힐 것이다.

그가 그녀를 처음 만났을 때, 그의 심장은 기묘한 반응을 일으켰다. 남자는 해저 구만 리쯤 되는 바닷속에 있다가 갑자기 육지로 끌려나온 기분이었다. 그는 자신이 호흡하는 법을 잊어버린 게 아닌가, 영화에서 본 대로 종이봉투에 대고 숨을 쉬어야 하나, 잠시 고민했다. 그날 인도 요리 전문점에서 내놓은 요리들은 모두 엄청나게 매웠다. 그녀는 연신 기침을 하며, 눈물을 흘리며, 접시를 끝까지 비웠다. 같은 자리에 있던 사람들이 그녀를 말렸지만, 그녀는 눈 끝에 눈물을 매달고 말했다.

"괜찮아요, 매운맛은 언젠가 사라지니까."

자리가 파할 때쯤, 기회를 봐서 그는 그녀에게 다가갔다.

"혹시 부대찌개 좋아하세요? 잘하는 집을 아는데, 다음에 한번…"

부대찌개라니, 말을 뱉고 나서 남자는 곧 후회했다. 너무나 로맨틱하지 않은 데이트 신청이었다. 역시, 여자는 고개를 흔들었다.

"아뇨, 싫어해요, 부대찌개."

실망한 남자가 그대로 발길을 돌리려고 하는데, 그녀가 말을 이었다.

"하지만 그것 말고 다른 건 대체로 괜찮아요."

그래서 그들은 데이트를 했다. 남자는 그녀를 위해 맛있는 음식점을 찾고, 볼만한 영화를 고르고, 좋은 공연을 예매했다. 데이트가 끝나고 그녀를 바래다줄 때면, 마음 한구석에서 갈라지는 소리가 났다. 그녀와 만나는 횟수만큼 이별의 횟수도 늘어갔다. 그리고 헤어질 때마다, 그의 일부가 조금씩 죽어갔다.

그녀를 두고, 다른 여자를 만날 생각 같은 건 결코 없었다. 그러나 어느 날 밤, 야근이 끝난 후, 가볍게 요기나 하고 가자는 회사 후배의 요청을 거절할 이유도 없었다. 그녀는 동그란 눈으로 그를 바라보면서, 입사 때부터 쭉 좋아해왔다고 고백했다. 그는 어떤 대답을 해야 할지 알 수가 없었다. 그리고 그때, 그의 전화가 울렸다. 그녀였다. 만약 그가 그 전화를 받았다면, 뭔가 달라졌을까? 하지만 그는 그녀의 전화를 받을 수 없었다.

"미안해할 것 없어. 내 잘못이야."

여자는 그렇게만 말했다. 계약서에 사인을 하고 계약금을 주는 것으로 절차는 끝났다. 이삿짐센터에 예약을 하고 짐을 싸고, 그런 일들이 남아 있었지만 여자는 '이제 됐어'라고 말했다. 그날 밤, 그들은 헤어졌다. 일 년 전의 일이다.

어떤 사람에게 사랑은 가볍고, 어떤 사람에게 사랑은 무겁다. 그러나 사랑의 무게를 저울에 달아, 이쪽이 저쪽보다 옳은 것, 가치 있는 것, 깊은 것이라고 말할 수는 없다. 사랑은 쉽고 단순하게 구분된다. 사랑이거나 혹은 사랑이 아니거나.

"오빠, 이거."

남자의 새로운 애인인 후배가 작은 상자 하나를 내민다. 최고급 브랜드의 초콜릿 상자다. 남자는 그걸 풀어보지도 않고, 가만히 도로 밀어낸다.

"왜 그래?"

"미안하다. 받을 수가 없어."

남자는 천천히 일어서서 밖으로 나온다. 나오자마자 전화가 울리기 시작한다. 남자는 가만히 휴대폰을 꺼버린다. 기회는 아직 한 번 더 남아 있다는 것을, 남자는 지금 막 깨달았다.

한 시간 후, 남자는 공원을 걷고 있다. 눈이 와야 하는 날씨인데, 차가운 겨울비가 내린다. 꽃도 푸른 나무도 유모차도 유모차를 끌고 나온 젊은 부부도 연인도, 공원에는 없다. 후드득, 차가운 빗방울이 남자의 어깨를 때린다. 빗방울은 잠시 후 진눈깨비로 바뀌고, 다시 눈으로 바뀐다. 날은 저물고, 가로등 불빛 속에서 하얀 눈송이들이 나풀거리다가 땅에 내려앉는다. 곧 눈이 쌓인다. 남자는 자신의 발자국을 하나하나 세어본다.

툭, 툭, 툭. 하늘에서 뭔가가 떨어지기 시작한다. 빨강, 노랑, 초록의 단추들이다. 무거운 것들은 조금 빨리, 가벼운 것들은 조금 천천히 하얀 눈 위에 닿는다. 속도와 무게와 색깔에 상관없이, 작고 사소한 것들이 반짝반짝 즐겁게 빛나고 있다. 남자가 그것을 주우려고 몸을 굽힐 때, 더욱 많은 단추들이 하늘에서 떨어진다. 남자는 하늘을, 공원 옆에 있는 건물을 올려다본다. 다시 색색의 단추들이 후드득, 쏟아진다. 그 단추들 사이로, 발코니에 서 있는 여자의 모습이 보인다.

하얀 눈 위에는 온갖 색깔의 단추들이 알알이 박혀 있다. 남자는 그것을 하나하나 주워, 입안으로 집어넣는다. 밀리언 달러 초콜릿의 향기가 입안 가득히 차오른다.

그들은 참된 의미에서 함께였던 적이 없었기 때문에

결코 멀어지지도 않았다

_ 페터 한트케, 『소망 없는 불행』 중에서

해바라기와 채송화,
혹은 담쟁이덩굴이나
달팽이에 관하여

꿈이란 일종의 보상 같은 거야

어느 날 깊은 밤에 그녀가 내게 전화를 했다. 잠에서 깨어나지 못한 채 수화기를 집어 들고 잠에서 깨어나지 못한 채 그녀임을 확인하고 꿈속에서 들려오는 듯한 그녀의 목소리를 들었다.

"나, 다른 사랑에 빠졌어."

그녀는 긴 한숨을 뱉고서 툭, 전화를 끊었다. 잠에서 깨어나지 못한 나는, 현실 속의 이 세계와 꿈속의 저 세계 사이 어딘가에 얹혀서 떠돌고 있었다. 별다른 의미 없이, 나도 깊은 한숨을 내쉬고 다시 이불 속으로 기어들었다. 이것은, 다른 사랑에 빠진 그녀와, 아직 그녀를 사랑하고 있는 나 사이, 이미 떠나가버린 그녀가 있는 이 세계와, 아직 떠나지 않은 그녀가 있는 저 세계 사이에 대한 이야기다.

나는 세 가지 세계 속에서 살아가고 있다. '눈에 보이는 것만 믿으며 근근이 살아갈 수 있게 만들어진 이 세계', 그리고 '이 세계 사람들에게 설명하기에는 너무나 복잡한 저 세계'이다. 이렇게 놓고 보면 세 가지가 아니라 두 가지인 것 같지만, '이 세계'와 '저 세계'의 사이에 존재하는 또 하나의 세계가 있다. 아주 골치 아픈 세계가. 나는 그 '사이 세계'에서 그녀를 만났다.

그녀는 전화선을 통하여 나에게 왔다. 정확히 말하자면, '저 세계'에 속해 있는 나에게 '이 세계'를 상기시키려고 하는 누군가의 음모에 의해, 그녀는 전화를 걸게 되었다. 하얀 바이러스 같은 모습을 하고 뾰족한 창으로 나의 귀를 콕콕 찍으며, 무턱대고 이야기를 하라고 졸라댄 것이다. 꿈속에서 나와 놀아주던 하얀 토끼들은 그녀의 뾰족한 창을 보고 달아나 버렸다. 그래서 나는 투덜거렸다.

"파드락, 파드락, 삐빙 아알…"

"토끼말 같은 거 하지 마." 그녀가 단번에 내 말을 잘랐다. "제발 토끼말은 하지 마. 그냥 담쟁이덩굴과 채송화 얘기나 해줘."

나는 몸을 반쯤 일으키고 물었다.

"그건 해바라기와 채송화 얘기가 아니었어?"

"어쨌든 상관없어. 어차피 이렇게 된 거."

"뭐가 어떻게 되었는데?"

"지긋지긋해. 그보다 달팽이 얘기나 해봐. 아니, 그전에 왜 토끼꿈 같은 걸 꾸고 있는지 말해봐."

어째서 나는 토끼꿈 같은 걸 꾸고 있었을까.

"너, 토끼요법으로 잠들었지? 아직도 그게 듣니?"

그녀의 말이 맞았다. 그날 밤 잠들기 전에 사용한 것이 '토끼요법'이었다. 푸른 들판을 상상하고, 들판과 하늘이 맞닿은 지평선을 상상하고, 지평선 너머로부터 토끼가 한 마리씩 뛰어오는 것을 상상한다. 열 마리 정도의 토끼가 뛰어왔을 때, 나는 가볍게 이 세계의 경계를 넘어 저 세계로 갔다.

"난, 토끼 오백 마리로도 잠이 안 들어."

그녀가 투덜거렸다.

"그럼 조각배요법을 써봐."

내가 말했다.

"푸른 바다를 상상하고, 바다와 하늘이 맞닿은 수평선을 상상하고, 수평선 너머로부터 조각배가 하나씩 노 저어 오는 걸 상상한다? 소용없어."

"조각배에 하얀 돛이 있어?"

"돛?"

"그게 중요해. 돛이 없는 조각배 같은 건 소용없어."

"설마…"

말끝을 흐리는 그녀의 목소리에 호기심이 어려 있었다.

"삼각형 모양의 하얀색 돛이야."

툭, 전화가 끊어졌다. 나는 다시 잠을 청했다. 푸른 수평선 너머로 하얀 돛을 단 조각배가 하나, 둘, 셋, 넷, 다섯… 그리고 나는 다시 저 세계의 바닷가에 서 있었다.

저녁 무렵이었다. 노을이 내려앉고 있었다. 북한강 언저리마다 잔잔한 바람들이 꼬리를 흔들며 찰랑찰랑, 거품을 만들어냈다. 강을 따라 걸어가는데 미드나이트 오일의 「River Runs Red」가 듣고 싶어졌다. 멜로디를 기억하려고 애쓰다가 나무 하나와 부딪힐 뻔했다. 강물 위로 드리워진 가지에 앉아 있던 새 한 마리가 푸드덕 날아오르더니 다음 순간 곧장 강물을 향해 하강했다. 파르르, 하얀 깃털에 묻은 푸른 물방울을 털어내는 새의 입에 못 하나가 물려 있었다. 새는 내 발밑에 못을 툭, 떨어뜨리고 어디론가 날아가버렸다. 못을 들여다보고 있는데 찰랑찰랑, 물결이 일며 또 하나의 못을 물가로 밀어내었다. 두 개의 못은 서로 만나서 기쁘다는 듯이 몸을 부딪치며 소리를 냈다. 까득까득, 창창창창. 그러더니 이번엔 가당찮게도 종소리 같은 걸 내기 시작했다. 뎅, 뎅, 뎅, 땡그랑, 땡그랑, 짱그랑, 짱그랑…

"못이 있었어."

전화선을 통해 음속으로 달려온 그녀가 풀이 죽은 목소리로 말했다.

"그래. 두 개였어."

나는 아는 척을 했다.

"굉장한 초록색이었어. 빨려 들어갈 것 같았어. 그런데 물방울들이 있었어. 초조해 보였어. 나에게 답을 말하라는 거야."

"종소리를 내면서?"

"아이 참, 소리 같은 건 내지 않았어. 차라리 소리를 냈으면 좋았을 텐데. 그럼 안심이 될 텐데."

"두 개의 못이 부딪히면 소리가 나는 거야."

"두 개의 못? 못은 하나밖에 없었어. 지독하게 푸르고 깊고…"

"뭐야, 연못이란 말이야?"

"뭘 들은 거야, 연못 따위가 아니야. 그거보다 더 깊고 푸르다고. 못이야, 그냥 못."

"…"

"그런데 달팽이와 해바라기 이야기는 안 해줄 거야?"

"해바라기와 채송화야."

"아아… 그래. 상관없어. 그런데 그 하얀 돛 말이야."

"으응, 삼각형 모양의?"

"너무 지겨워. 게다가 꿈은 너무 기하학적이야."

나는 사랑을 너무 많이 한 사람이다. 언제 어느 자리에서든, 어떤 상황에서든, 사랑할 만한 사람을 발견하고야 만다. 눈을 감고 있어도 고개를 돌리고 있어도 그렇게 되어버린다. 그다음에는 참으로 한심하다. 세상에는 두 종류의 여자밖에 없다. 평범한 여자, 그리고 특별한 척하지만 사실은 평범한 여자.

평범하기 짝이 없는 여자들의 장단을 맞춰주는 일도 짜증나지만, 특별한 척하는 여자들을 부추겨주는 일은 더욱 짜증스럽다. 하지만 사랑에 빠진 그녀들은 내가 내는 짜증조차 사랑의 증거라고 생각한다. 살다 보면 짜증을 받아줄 사람이 필요할 때도 있다. 바람 빠진 풍선 같은 세상에서 나는 풍선껌을 씹듯 그녀들을 만나고 헤어진다. 이번엔 좀 특별한가, 하고 만났다가 진저리를 치고 헤어진다. 만나는 일보다 헤어지는 일이 더 어렵다고들 하지만, 사실 요령만 알면 간단하다. 헤어진다는 것이 얼마나 멋있는 일인지에 대해 몇 마디만 해주면, 대체로 금방 포기한다. 그녀들로서도 나를 사랑하지 않은 것이다. 짧고 격정적인 키스가 끝나고, 눈물이 글썽한 그녀들이 마지못해 돌아서는 모습을 끝까지 지켜본 다음, 나는 휘파람을 불며 집으로 돌아와 미드나이트 오일의 「River Runs Red」를 들었다.

"세상엔 두 종류의 남자밖에 없어. 평범한 남자 아니면 특별한 척하지만 사실은 평범한 남자."

그녀가 말했다.

"혹은 여자."

나도 잘 알고 있는 이야기였다.

"평범한 남자들의 장단을 맞춰주는 것도 짜증나지만…"

"특별한 척하는 여자들을 부추겨주는 일은 더 짜증나지."

"그러는 넌 특별하니?"

"그러는 넌?"

"전혀, 난 평범하기 짝이 없는 여자야."

"나도 마찬가지야."

"남자들은 뭔가 특별한 걸 요구해."

"머릿속에 그림을 그리지."

"맞춰주는 건 쉬워."

"쉽지."

"그뿐이야."

"쉬운 일도 하기 싫을 때가 있지."

"거지 같아."

"엿 같지."

같은 순간, 우리는 같은 생각을 했다. 그리고 전화는 툭, 끊어졌다.

　

그날, 나는 '나뭇잎요법'으로 잠을 청했다. 나무 하나를 상상한다. 나뭇가지마다 무성한 잎들이 매달려 있다. 잎이 떨어진다. 하나… 집중이 되지 않았다. 나무가 있다. 오케이. (그런데 그 나무는 왼쪽으로 약간 휘어져 있다). 나뭇가지에 잎들이 매달려 있다. 오케이. 그중에서 하나의 잎이 떨어진다. 떨어진다… 오…케이. 땅으로, 땅으로… 땅은 어디 있지?

나는 자리에서 일어나 벡의 앨범 〈MELLOW GOLD〉를 틀고 전화기를 노려보았다. 수화기를 들어보고 전화코드가 잘 꽂혀 있는지 확인했다. 그리고 다시 전화기를 노려보았다. 수화기를 들어보고 전화코드를 확

인했다. 다시 전화기를 노려보았다. 그리고 '해바라기와 채송화' 얘기를
생각해보았다. 그녀가 물어올 경우 대답할 수 있도록.

"그건 Whiskeyclone, Hotel City였어."

그녀가 말했다.

"F…in With My Head 다음에 나오는 곡이지."

나도 좋아하는 앨범이라, 또 아는 척을 했다.

"나는 떨어지고 있었어. 63빌딩 아이맥스 영화관에서 본 그랜드캐
니언 같은 곳이었어."

"알 만해."

"무섭진 않았어. 떨어지면서 다른 생각을 했으니까."

"Whiskeyclone, Hotel City?"

"오케이."

세상에는 세 종류의 여자가 있다. 평범한 여자, 특별한 척하지만 사
실은 평범한 여자, 그리고…

"그냥 주파수가 맞는 거야."

마음속으로 한 생각이 입 밖으로 나와버렸다.

"제발, 세계 각국으로 번역판이 팔려나가는 일본 대중작가 같은 소
리는 하지 마."

그녀가 주의를 주었다.

"그래도 넌 좀 다르잖아, 안 그래?"

나는 미련을 버리지 못하고 물었다.

"제발, 미국 대중작가의 번역 소설 같은 문체는 쓰지 마."

그녀가 못을 박았다.

"그래, 난 통속적이야."

"지나치게 부르주아적이지."

"가볍고 진부해."

"혐오스러워."

"그럼 네가 상상력을 발휘해봐."

"그러지. 무슨 꽃을 좋아해?"

툭, 내가 대답하기 전에 전화는 끊어졌다. 통속적이고 부르주아적이며 가볍고 진부한 나는 그녀의 전화번호를, 그녀의 이름을, 그녀의 나이를, 그녀의 몸무게를, 그녀의 신발 사이즈를 알고 싶었다. 그녀는 그런 나를 혐오스러워할 것이다.

"제목은 이거야, 동물원에 갔었지."

그녀가 말했다.

"알았어."

나는 대답했다.

"동물원에 갔었지. 코끼리들은 당근을 먹고 독수리는 좁은 우리 안에서 푸드득, 날아보다가 날카로운 눈빛으로 나를 쏘아보았지. 침팬지는 어린 아기 침팬지에게 젖을 먹이고 곤충들은 배춧잎 위에서 부화를 하고 있었지. 늑대들의 선한 눈빛, 지친 듯한 호랑이의 움직임, 우울해 보이는 고릴라의 표정에 가슴이 서늘해졌지. 바람 부는 이월의 동물원. 사람들은 원숭이들에게 먹을 것을 주었지. 북극곰들은 얌전히 앉아 사람들이 던져주는 과자 부스러기를 받아먹고 있었지. 식물원에서는 선인장들이 자라고 있었고 하마와 거북이는 미동도 없이 엎어져 있었지. 기린들은 먼 나라에서 온 듯 천천히 걸어 다녔어. 그들을 쳐다볼 때면 언제나 눈앞에 희미한 필터가 드리워져 있는 것 같았지. 이 세상이 아닌 곳에서 살고 있는 것들을 보는 것처럼. 날은 차갑고, 동물들은 우리에 들어가 있었어. 곰들은 겨울잠을 자지 않았고 여우는 대낮인데도 일어나 있었지. 그들은 밤에 잠을 자는 걸까? 사냥을 하러 다니는 대신. 저 우리에 갇혀 있는 것이 나라면, 하는 생각을 했어. 만약 그렇다면 아무도 없는 밤중에 매일매일 연습해서 우리를 빠져나갈 수도 있을 텐데. 인간의 눈에 우리는 허술해 보였고 인간의 생각에 갇혀 있는 건 재미없을 것 같아서. 그런 생각도 했지. 그들은 이미 바깥세상에 나가보았을지도 모른다고. 깊은 밤중에 몰래 우리를 빠져나와 다른 곳들을 헤매어보았을지도 모른다고. 하지만 어디서도 살 수가 없어 모든 걸 포기한 채 다시 동물원으로 돌아온 것인지도 모른다고. 그랬을 거야. 내가 그들이었다면, 이 도시 어느 거리에서 지친 걸음을 멈추어야 할지 몰랐을 거야. 달리는 차들이 세상에서 가장 무서운 동물로 보였을 거야. 딱딱한 아스팔트, 어지러운 불빛이 너무 버거웠을 거야. 그나마 먹고 잘 수 있는 작은 우리가 그리워졌을 거야. 그들에게는 선택의 여지가 없었을 거야. 아무리 향수가 깊어져도 혼자서 아프리카까지 갈 수는 없으니까. 그러나 호랑이들은? 하룻밤에 천 리를 갈 수 있다는 호랑이는 한 달음에 백두산까지 갈 수도 있지 않을까. 그들이라도 동물원을 탈출해주면 좋겠어. 어느 날 갑자기 호랑이 우리가 텅텅 비고, 그들을 가두어놓을 수 없다는 사실을 사람들이 깨달았으면 좋겠어. 호랑이를 더 이상 볼 수 없다는 것이 안타깝긴 하지만, 그러나 슬픈 호랑이들을 보고 싶지 않아."

"좋아, 내 차례야. 제목은 이거야. 우리는 커다란 매트리스 위에서 긴 키스를 나누다 문득 사랑에 빠졌다."

내가 말했다.

"알았어."

그녀가 대답했다.

"사랑은 처음에 나의 오른쪽 가운뎃손가락 끝에서부터 왔다. 손가락은 수줍게 얼굴을 붉히며 내게 말했다. 난 사랑에 빠진 것 같아. 그러자 나의 왼쪽 손가락들이 고통을 호소해왔다. 어쩌지? 잠시 후에 나도 사랑에 빠질 것만 같아. 그런 식으로 천천히 나의 몸이 사랑에 빠져드는 동안 나의 입술은 아무 말도 없었다. 그는 키스를 하느라 미처 사랑에 빠질 틈이 없었다. 결국 입술은 나의 몸 중에서 가장 마지막으로 사랑에 빠졌다. 나의 몸은 달짝지근한 열로 들떠 있었다. 이제 입술은 당황하여 살짝 벌어진 채 허공을 응시하고 있었다. 나의 손가락들은 나의 젖은 머리카락을 쓰다듬었다. 나의 발가락들은 어떤 리듬에 맞춰 까딱거리고, 나의 날갯죽지는 천천히 아려왔다. 참 오랜만에 느끼는 감정이야, 나의 심장이 말했다. 그동안 나는 점점 메말라가고 있었지. 이제야 살 것 같군. 그러자 나의 뇌가 말했다. 오래도록 난 평온했어. 도대체 왜 또다시 이런 어리석은 짓을

벌이는 거야. 둘은 잠시 다투다가 지쳐 잠에 빠졌다. 누가 나의 긴 잠을 지키고 있다. 그가 나의 꿈을 보고 있다. 네루다. 문득 나의 혀가 이렇게 발음했다. 이건 네루다식이군. 이제 아무도 네루다처럼 시를 쓰지 않아. 나의 꿈들은 잊혔다. 하룻밤 잠시 지상에 머물렀다 서둘러 떠나가는 어린 눈송이들처럼. 까마득한 곳에 꿈들이 있었다. 그녀가 말했다. 이런, 이건 나에 관한 꿈이군. 처음에 나는 커다란 매트리스 위에서 긴 키스를 나누고 있었다. 사랑은 나중에 왔다. 키스를 나누는 중간에, 혹은 키스가 끝난 후에."

"좋아, 그럼 안녕."

툭, 하고 전화가 끊어지기 전에 그녀가 '안녕'이라고 말한 것은 처음이었다. 그래서 나는 당황했다. 좋은 징조는 아니다.

그녀의 목소리에는 눈물이 섞여 있었다.

"그녀는 짙은 남빛 교복을 입고 있었고 목덜미까지 내려오는 단정한 단발머리에다 눈부시게 하얀 피부를 가지고 있었어. 그녀는 너무나 애처로운 눈빛으로 오랫동안 나를 바라보았어. 왜 그러냐고 물었지만 그녀가 나에게 속 시원히 말해준 것이라고는 하나도 없었어. 불분명한 그녀의 말을 종합하자면 그녀는 나의 꿈속의 꿈에 세 번쯤 나타났다는 거야. 내가 그녀를 본 적이 없다고 하자, 네가 기억하지 못하기 때문에 나를 볼 수가 없었어, 라고 그녀가 말했어. 이제야 내가 어렴풋하게라도 그녀의 존재를 기억하고 인정했기 때문에 자신의 모습을 드러낼 수 있었다는 거였어. 하지만 여전히 슬픈 얼굴을 하고 가까이 오려고 하지 않았어. 내가 저를 아직 기억하지 못한다면서."

"정말 기억나지 않았어?"

목소리에 최대한 위로의 마음을 담으려고 애쓰며 내가 말했다.

"그건 사실이었어. 나는 기억나지 않았지만 그녀가 거짓말을 한다고는 전혀 생각되지 않았기 때문에 가슴이 아팠어. 그래도 내가 할 수 있는 일은 없었어. 그녀는 떠나면서 나에게 이름을 가르쳐주었어. 내 기억이 살아나면 다시 만날 수 있을 거라며."

"그래서?"

"난 깨어났어. 여전히 가슴이 아팠고 그녀를 떠올리려고 애를 써보았어. 그러나 소용이 없었어. 나는 정말 그녀를 몰라. 그녀를 알지 못한다는 것이 그렇게 슬플 수가 없었어. 내 기억에 사각지대가 존재하는 건 아닐까? 그녀를 다시 만난다 해도 내가 그녀를 기억해내기 전까지 우리는 친구가 될 수 없다고, 그녀가 말했어. 그렇다면 나에게는 희망이 없어. 그녀를 볼 수는 있겠지만 그녀를 만날 수는 없을 거야."

그녀의 꿈속의 그녀. 내 꿈속의 그녀의 꿈속의 그녀. 혹은 그녀의 꿈속의 내 꿈속의 그녀. 나는 어렴풋이 기억이 날 것 같았다. 짙은 남빛 교복을 입고 목덜미까지 내려오는 단정한 단발머리에다 눈부시게 하얀 피부를 가지고 있던 그녀.

아무도 없는 토요일이었다. 텅 빈 거리에 바람만 불었다. 나는 지친 팔과 다리를 딱딱한 나무의자에 놓고 킹 크림슨의 「I Talk To The

Wind」를 들었다. 테킬라를 마시고 싶었지만 너무 한낮이었다. 나는 누군가를 기다리고 있는 듯했다. 그게 누군지 아무리 생각해보아도 알 수가 없었다. 그래서 다시 핑크 플로이드의 「Wish You Were Here」를 들었다.

예전에 내가 만나던 여자아이 하나는 어느 날 갑자기 당돌한 눈빛으로 나를 착 째려보더니 "난 널 다 알아"라고 말했다. 그래서 나는 그 아이에게 굉장히 잔인한 말들을 퍼부어주었다. 그러자 그 애는 울면서 가버렸다. 그 애는 나를 다 알지 못했던 거다.

또 어떤 아이는 온종일 나를 졸졸 쫓아다녔다. 밥을 먹을 때도 버스 안에서도 영화를 볼 때도, 심지어 운전을 할 때도 나만 바라보았다. 어느 날 그 애의 친구를 만났는데, 우리는 셋이서 아주 즐거운 시간을 보냈다. 그날 밤, 그녀는 전화로 나에게 말했다.

"네가 그렇게 웃는 걸 굉장히 오랜만에 본 것 같아."

그러고 우리는 헤어졌다. 물론 그 애도, 그 애의 친구도 두 번 다시 만나지 않았다.

나는 그런 쓸데없는 기억들을 떠올리며 지치고 딱딱한 카페에 앉아, 어느 여자가수가 부르는 「Nobody Knows You When You're Down And Out」을 들었다. 텅 빈 토요일이었다.

"꿈이란," 그녀가 말했다. "일종의 보상 같은 거야."

"현실에서 이루지 못한 것에 대한 보상."

내가 말했다.

"어떤 사람들은 자신이 현실에서 이루고 싶은 게 무엇인지 몰라."

"이루지 못한 것이 무엇인지도 모르고."

"그런데 난 무얼 이루고 싶은 걸까?"

그녀가 물었다.

"어떤 꿈을 꾸는데?"

"물에 관한 꿈. 집에 관한 꿈."

"넌 현실주의자가 되고 싶은 거군."

"그럴 수 있다면."

그녀는 쉽게 긍정했다.

"어떤 남자가 좋아?"

통속적인 내가 물었다.

"지적인 남자."

지적인 그녀가 대답했다.

"그럼 문제는 뭐야?"

진부한 내가 물었다.

"문제는, 모든 지적인 남자들은 통속적인 여자를 좋아한다는 거지." 통속적이지 않은 그녀가 말했다. "그녀들은 진한 립스틱을 바르고 볼륨 있는 몸매를 드러낸 옷을 입고서 부드러운 몸짓으로 남자를 유혹해. 나는? 그런 건 질색이야. 그러니 내가 지적인 남자를 갖지 못하는 건 당연한 일이 아닐까? 내가 그들의 세속적인 면까지를 사랑할 수 없는 건 당연하지 않을까?"

"세속적이지 않은 남자를 찾아봐." 내가 충고했다. "아니면 너 스스로 세속적이 되든지."

"게다가 나는 똑똑해." 그녀는 덧붙였다. "남자들은 '똑똑하지만 멍청한 여자'를 고르거든. 현명함에 대해 충분히 경의를 표한 다음 바보 같은 여자들을 사랑하지."

"맞는 말이야." 나는 인정했다. "세상에 대해 똑똑한 건 상관없지만 자신에게만은 백치 같은 면을 드러내었으면, 하지."

"그렇게 해주는 건 쉬워. 역겨워서 그렇지."

"누구한테?"

나는 집착했다.

"나한테."

툭, 전화는 끊어졌다.

며칠째 전화가 오지 않았다. 매일 밤 자리에 누워서 나는 수많은 별들이 떠 있는 까만 밤하늘을 상상했다. 별이 떨어지는 모습을 상상했다. 별이 떨어진다. 하나, 둘, 셋, 넷, 다섯, 여섯… 오백 개의 별이 떨어져도 잠이 오지 않았다. 오백 개의 별들이 떨어지고 난 하늘은 캄캄했다. 나는 캄캄한 하늘 아래 혼자 누워 있었다. 내 침대 언저리에 꿈들이 이리저리 뒤척이고 있었다. 그녀에게 전화가 더 이상 오지 않을 것이라는 것을 깨달은 어느 날, 전화코드를 뽑아버리고 잠을 청했다. 이제 하늘에 남아 있는 단 하나의 별을 잔뜩 노려보면서. 한참 동안 그러고 있자니, 눈에서 말간 눈물이 흘렀다.

이 세계에 상상력은 없다. 우리는 지구 위의 모든 땅과 바다, 지구 밖의 모든 별과 무한의 우주공간을 빼앗겼다. 나는 꿈에 집착한다. 집착하고 집착한다. 꿈이 무엇을 해줄 수 있는가, 하고 당신은 묻는가. 꿈은 아무것도 해주는 것이 없다. 그것 때문에 나는 꿈에 집착한다. 상상력이란 그런 것이다. 아무것도 해줄 수 없는 것이다. 판타지와 SF는 사라졌다. 동화도 사라졌다. 왜 사라졌는가, 하고 당신은 묻는가. 우리가 비밀을 지키지 못했기 때문이다. 우리가 그것들을 글로 쓰고 노래로 부르고 영화로 만들고 그림으로 그렸기 때문이다. 거기에 대해 우쭐거렸기 때문이다. 작은 요정들은 그들의 모조품이 세상에 태어난 순간 물거품이 되어 사라져갔다. 마녀들은 저주를 퍼부으며 호리병 속으로 들어갔다. 그들은 지구의 중심 혹은 다른 행성의 중심에 묻혔다. 이제 아무도 그들을 볼 수 없을 것이다. 세상은 두 번 다시 마법에 걸리지 않을 것이다.

<<<

어느 날 깊은 밤에 나는 그에게 전화를 했다. 잠에서 깨어나지 못한 채 수화기를 집어 들고 잠에서 깨어나지 못한 채 버튼을 누르고 꿈속에서 들려오는 듯한 그의 목소리를 들었다. 이것은, 다른 사랑에 빠진 나와, 아직 그를 사랑하고 있는 나 사이, 그를 떠나와버린 내가 있는 이 세계와, 아직 그를 떠나지 않은 내가 있는 저 세계 사이에 대한 이야기다. 이것은 또한, 해바라기와 채송화에 관한 이야기다. 달팽이에 관한 이야기다. 깊은 밤, 잠에서 깨어난 내가 울음 섞인 목소리로 전화를 걸 때, 해바라기와 채송화 이야기로 나를 달래어주던 누군가에 대한 이야기다. 그는 내가 더 이상 전화를 할 수 없는 세계로 떠났다. 해바라기와 채송화, 우리가 종종 착각했던 달팽이와 담쟁이덩굴까지 몽땅 내게 맡기고 갔다. 그가 떠난 이후로 몇 번인가, 나의 꿈은 그에게 전화를 했다. 이 글은, 더 이상 꿈을 꾸지 못하는 나와 나의 꿈에 대한 이야기다. 그리고…

　　오래전, 햇살이 따사로운 어느 정원에 해바라기와 채송화가 살았다. 정원을 둘러싼 담장은 그리 높지 않아서, 해바라기는 항상 발돋움을 하여 바깥세상을 구경하곤 했다. 그리고 자신의 발밑에서 투덜거리는 채송화에게 바깥세상 이야기를 해주곤 했다. 채송화는 해바라기의 이야기를 들으며 바깥세상을 그리워했다. 해바라기의 눈이 아닌, 자신의 눈으로 세상을 보고 싶었다. 채송화는 해바라기에게, 죽기 전에 한 번이라도 스스로 바깥세상을 보았으면 좋겠다고 말했다. 해바라기는 채송화의 간절한 소원을 들어주고 싶었다. 그래서 자신의 몸을 타고 올라오라고 말했다. 채송화는…
　　"채송화가 어떻게 해바라기를 타고 올라가?"
　　나는 투덜거렸다.
　　"그럼 담쟁이덩굴이라고 하지 뭐."
　　"담쟁이덩굴은 담을 타고 올라가면 되잖아. 뭐 하러 해바라기에게 부탁해?"

"그럼 달팽이라고 해." 그가 말했다. "그리고 이제 그만 자."

"그런데 해바라기는 바깥세상에서 무얼 본 거야?"

"물과 집들. 강이 흐르고 있었고, 낮은 담을 가진 집들이 있었어. 이 제 그만 자."

"채송화도 그것들을 봤어?"

"봤지. 맞은편 담장 너머에 해바라기를 타고 기어 올라온 다른 채송 화도 봤지. 이제 그만 자."

나는 안심하고 잠이 들었다. 툭, 하고 전화가 끊어지는 소리를 그는 들었을 것이다. 나는 한 번도 듣지 못했다.

'이 세계'와 '저 세계'의 사이에 존재하는 또 하나의 세계가 있다. 아주 골치 아픈 세계가. 그 '사이 세계'에 내가 있었다. 강이 흐르고 있 고, 낮은 담을 가진 집들이 있는, 해바라기와 채송화와 달팽이와 담쟁이 덩굴이 담을 타고 기어오르고 있는 곳이었다. 다른 사랑에 빠진 내가, 한 때 나였던 누군가가 어느 날 그 세계를 떠났다. 다른 사랑에 빠진 나의 꿈, 그도 떠났다. 그들은 지구의 중심 혹은 다른 행성의 중심에 묻혔다. 이제 아무도 그들을 볼 수 없을 것이다. 세상은 두 번 다시 마법에 걸리 지 않을 것이다.

국경의
도서관

읽거나 쓰거나
둘 중 하나를 하지 않으면 안 되는 운명이라고

우리는, 그러니까 엠과 나는 벽을 따라 걸어가고 있다. 벌써 삼십 분
째 걷고 있는데 끝은 보이지 않는다. 그렇다고 벽이 시작되는 것을 본 것
도 아니었다. 길이 끊어져 차에서 내렸더니 거기가 벽이었다. 높이가 오
미터는 족히 되어 보이는 벽 옆으로는 사람 하나가 겨우 걸어갈 수 있을
정도의 좁은 길이 나 있다. 우리는 차에서 내려 좀 걷기로 했다. 몇 시간
동안 차 안에 있었기 때문에 다리는 뻐근했고, 휘황찬란한 낙서와 온갖
종류의 포스터들로 뒤덮여 있는 벽은 꽤 근사해 보였기 때문이다.

　좁은 길을 나란히 걸을 수가 없어서 엠이 앞장을 섰다. 내가 그 포
스터를 발견한 건, 이제 그만 슬슬 돌아가야 하지 않을까 하고 엠을 부르
려 할 때였다.

"엠, 이것 좀 봐."

나는 포스터를 뚫어져라 바라보며 내가 본 것을 믿어야 하나 말아야 하나 망설인다. 누군가 확인을 해줄 사람이 필요하고, 그 사람이 엠이다. 엠은 발길을 돌려 나에게로 다가와 내가 보고 있는 포스터에 시선을 던진다.

낭독의 밤

초대작가; 셰익스피어
일시; 11월 11일 11시
장소: 국경의 도서관

"셰익스피어래."

내 말에, 엠은 건조한 목소리로, 응, 하고 짧게 대답한다. 어째서 목소리에 특별한 감정이 실리지 않은 건지 의아해하며, 나는 책망하는 눈초리로 엠을 본다. 그러자 엠은 내가 뭘 잘못했는데, 라는 듯이 어깨를 으쓱하고 천진난만한 미소를 짓는다. 나는 다시 포스터로 시선을 돌린다. 누군가의 잘잘못을 따지고 있을 때가 아니다.

"십일월 십일 일이면 오늘이잖아?"

내 말에, 엠은 당연하다는 듯 그래, 하고 말한다.

"하지만 연도가 나와 있지 않아. 작년일 수도 있고, 재작년일 수도 있고, 십 년 전이나 백 년 전일 수도 있는데. 게다가 이 포스터는 아주 오래되어 보여."

나는 포스터 위에 쌓인 먼지를 손가락으로 문질러본다.

"만약 올해의 십일월 십일 일, 그러니까 오늘이라고 해도, 이 셰익스피어는 그 셰익스피어가 아닐 거야. 그 사람은 천오백육십사 년에 태어나서 천육백십육 년에 죽었는걸."

동의를 구하듯 나는 엠을 바라보았지만, 엠은 '그런 건 나한테 묻지 마'라는 표정으로 고개를 흔든다.

"그래도 가보고 싶어."

별수 없이, 나는 마음을 정한다.

"이런 행사가 없다 해도, 국경의 도서관이라니, 한 번쯤 가보고 싶어. 어딘지 알아?"

엠은 손가락으로 바로 앞에 있는 거대한 벽을 가리켰다.

"이게 도서관이야."

도서관으로 가겠다는 마음을 먹자마자 문득 벽이 끝나고 문이 나타난다. 문은 육중하고 침착하게, 단호하고 부드럽게 열린다. 그리고 문 안쪽에, 상상했던 것보다 훨씬 거대한 도서관의 내부가 갑자기 모습을 드러낸다. 문을 열면 정원이나 로비 같은 것이 나올 줄 알았던 나는, 예기치 못한 책들의 공격을 받은 것 같아 두어 걸음 뒤로 물러서다가 뒤쪽에 서 있던 엠에게 부딪친다. 엠은 두 팔로 나를 단단히 잡고, 외면하지 말고 정면을 응시하라는 듯 내 몸을 고정시킨다. 그래서 나는 까마득한 세월을 뒤집어 쓰고 있는 수천, 수억 권의 책들과, 위층으로 뻗어 있는 계단을 바라본다.

"대단한 거네. 국경의 도서관이라는 건."

한숨 같은 감탄이 저절로 흘러나온다.

"그런데 어째서 아무도 없는 거야?"

구원을 청하듯 엠을 바라보지만, 엠은 듣지 못한 척 걸음을 옮긴다. 나는 마지못해 엠을 따라가며 마구잡이로 질문을 던진다.

"도서관을 찾는 사람은 없다 해도 사서는 있어야 하잖아? 누가 어떤 책을 찾고 싶은데, 도와줄 사람이 없으면 어떻게 해? 아니 그보다 낭독회는 어디서 열리는 거야? 안내문은커녕 포스터 한 장 안 붙어 있는데. 그런데 지금 몇 시야? 잠깐, 그런데 오전 열한 시였어, 밤 열한 시였어?"

"글쎄, 오전인지 밤인지는 안 쓰여 있었던 것 같은데."

엠의 말에, 나는 불만을 터뜨린다.

"뭐야, 우리가 제대로 알고 있는 게 하나도 없잖아. 물어볼 사람도 없는데."

내 말이 채 끝나기도 전에, 서가 위를 어른거리는 희끗한 그림자 하나가 눈에 들어온다. 나는 눈을 동그랗게 뜨고 목소리를 낮춘다.

"누가 있어."

이상하게도 그 공간은, 한 사람의 존재로 인해, 더욱 거대해 보인다.

한 손에는 노트를 들고, 다른 손으로는 연필을 쥔 채 서가와 서가 사이를 분주하게 오가는 그 사람을, 나는 알아본다.

"윌리엄."

내 목소리는 책과 책, 서가와 서가, 벽과 벽 사이의 공간 안에서 회오리바람처럼 맴돌다가 그의 귀에 닿는다. 그는 동작을 멈추고 엠과 내가 서 있는 쪽을 바라본다. 동그랗고 영민한 눈동자에 이미 모든 것을 다 알고 있다는 눈빛이 어린다.

"뭘 하고 있는 거죠? 여기서?"

내 입에서 튀어나온 건 적절하지도 정확하지도 않은 질문이다. 하지만 윌리엄 셰익스피어에게 적절하면서도 정확한 질문을 할 수 있는 사람이 이 세상에 있기나 할까. 그의 콧수염 아래에서 섬세한 입술이 움직인다.

"우리들의 일생 가운데 단 일 분도 즐거움을 맛보지 않고 낭비할 수는 없다."

"안토니와 클레오파트라, 1막 1장."

그의 첫마디를 음미하기도 전에 그 말에 주석을 붙이듯 대답한 사람은 놀랍게도 엠이다. 내가 또 한 번 바보 같은 질문을 하기 전에, 다행히도 누군가 끼어든다. 윌리엄이 서 있는 서가 뒤에서 모습을 드러낸 사람은 스무 살 정도 되어 보이는 남자다. 하얀 피부에 애교 있는 얼굴인데, 야구모자를 눌러 쓰고 있어 눈은 잘 보이지 않는다.

"선생님, 찾으시던 책이 이건가요?"

야구모자는 들고 있던 책을 내민다. 내 눈이 의심스럽지만, 그건 댄 브라운의 『인페르노』다. 『다빈치 코드』를 쓴 작가의 근작이며, 단테의

『신곡』에서 모티브를 따왔다는 사실은 나도 알고 있지만, 셰익스피어가 그런 책을 찾고 있었다니 좀 의외다. 윌리엄은 변명을 하는 듯한 표정으로 물끄러미 책을 바라보다가, 중얼거린다.

"설탕을 넣은 와인이 죄가 된다면, 하나님, 세상의 악인들은 불쌍합니다. 늙어서 즐겁게 사는 일이 죄가 된다면, 내가 아는 세상 술집 주인들은 모두 지옥에 떨어지겠군요."

"헨리 4세, 제1부, 2막 4장."

엠의 주석이 따라붙고, 야구모자는 긍정의 미소를 지으며 친절한 어조로 질문을 던진다.

"낭독회에 오셨습니까?"

드디어 내 수많은 물음표에 마침표를 찍어줄 사람을 만났다는 생각에, 나는 반색을 하고 고개를 끄덕인다. 내가 폭포처럼 질문을 쏟아내기 전에, 야구모자는 부드럽게 덧붙인다.

"질문은 한 번에 하나씩 해주시죠."

뒤죽박죽인 머릿속을 들여다보며 나는 허겁지겁 질문들의 순서를 정한다. 야구모자는 대답할 준비가 되어 있는 듯하지만, 서두르지 않으면 모든 것이 사라질 것 같은 기분이다.

"오늘이 맞나요? 낭독회가 열리는 날이."

"맞습니다."

우선, 안심이다. 그래서인지 변명이 따라붙는다.

"포스터에 연도가 없어서요. 시간도 오전인지 밤인지 안 나와 있고."

"일 년에 한 번, 매일 같은 날에 열립니다. 그러니까 굳이 연도를 표시할 이유가 없지요. 선생님께서는 오전에 움직이지 않으시니까, 당연히 밤입니다."

"아."

다음 질문이 생각나지 않아, 나는 말을 멈추고 엠을 바라본다. 엠은 우리의 대화에 별다른 관심을 보이지 않고, 서가를 뒤적이고 있다. 윌리엄은 서가 사이사이에 놓인 의자 하나를 차지하고 앉아, 댄의 책을 보는 중이다. 읽고 있다기보다 페이지를 마구 넘기고 있다. 그의 입가에 어리는 것이 자만인지 질투인지 잘 모르겠다. 야구모자는 미동도 없이 똑바로 서서, 파르스름한 기운이 도는 창백한 입술 끝에 미소를 반쯤 매달고, 나를 보고 있다.

"저 분이, 그러니까, 윌리엄 셰익스피어인가요? 바로 그 셰익스피어?"

최대한 작은 목소리로 물었지만, 도서관의 거대한 침묵 속에서는 모든 소리가 과장된다. 한번 발현된 소리는 동그랗게 뭉쳐 공처럼 굴러다니다가 벽과 바닥과 서가에 부딪치고 공명한다.

"당대에는 그다지 읽을 것들이 없었다고 늘 말씀하시지요. 그런 게 있다고 해도 느긋하게 독서를 할 시간이 없었다고. 일 년에 한 번, 낭독회를 하는 조건으로 이곳에 거주하고 계십니다. 읽거나 쓰거나 둘 중 하나를 하지 않으면 안 되는 운명이라고, 그 운명은 당신에게 축복이자 저주라고 하시면서. 하지만 창작은 거의 하지 않으세요. 쓸 만큼 썼다고 생각하시니까요."

"굉장해요. 그럼 당신은 저 분을 돕고 계신 건가요?"

"저는 이 도서관의 사서입니다. 보시다시피 오는 사람이 많지 않아서요, 제 일의 대부분은 저분이 원하시는 책을 찾아드리는 거죠."

야구모자는 허리에 차고 있던 주머니시계의 뚜껑을 열고 시간을 확인한다.

"슬슬 시작할 시간이군요. 제가 안내해드리죠."

무릎 위에 책을 펼쳐놓은 채 어느새 꾸벅꾸벅 졸고 있던 윌리엄은, 야구모자가 가까이 다가가자 슬며시 눈을 뜬다.

"환희의 비를 알맞게 내리게 하고, 도를 넘지 않게 해다오. 나의 행운은 너무 크다. 식상하지 않도록 줄여다오."

"베니스의 상인, 3막 2장."

들고 있던 책을 서가에 꽂으며 엠이 덧붙이고, 윌리엄은 자리에서 일어난다. 우리는 야구모자의 뒤를 따라간다.

"마음은 무겁고, 몸은 늙어 허약하다. 비통한 마음은 눈물을 자아내고, 슬픈 심정은 말문을 여노라."

낭독회가 열리는 곳은 '셰익스피어의 방'이다. 당연히 전 세계에서 발간된 셰익스피어의 저서들이 방 하나를 가득 채우고 있다. 방이라는 이름이 붙어 있지만, 중세의 탑을 연상시키는 구조다. 중앙에 동그랗게 말려 올라가는 달팽이 계단이 있고, 꼭대기는 보이지 않을 정도로 아득하다. 탑의 벽면은 온통 책으로 채워져 있는데, 계단에서 팔을 뻗어 책을 잡을 수 있게 되어 있다. 계단이 시작되는 곳, 그러니까 일 층 입구 쪽에 자그마한 테이블과 의자가 놓여 있고, 윌리엄은 그곳에 앉아 있다. 스무 명 남짓 되는 사람들은 계단에 걸터앉아, 그의 목소리에 귀를 기울이는 중이다. 사회자도 없고, 작가에 대한 소개도 없고, 약력을 읊는 순서도 없다. 셰익스피어를 모르는 사람도 없고, 그의 저서를 죄다 망라하는 것도 무의미한 일이므로. 문 옆에 서 있는 벽시계가 뎅뎅뎅 열한 번 종을 울리자 윌리엄은 의자에 앉은 채로 입을 열어, 두서없이 그의 문장들을 낭독하기 시작했다.

"끝이 좋으면 다 좋다, 3막 4장."

그가 한 구절을 읊을 때마다, 엠은 작은 소리로 속삭여준다.

"푸른 숲 아래, 나와 함께 누워, 새들의 달콤한 지저귐을 따라, 즐거이 노래하고 싶은 사람은, 오라, 오라, 이리로 오라, 이곳에는 적도 없다, 겨울날의 스산함 말고는."

"당신이 좋으실 대로, 2막 5장."

"음악이 사랑의 묘약이라면, 계속하여 연주하라. 나는 넘치도록 그것을 먹고 싶다, 사랑에 식상하여 병들어 죽을 때까지, 그 곡을 한 번만 더 들려다오, 숨 막힐 듯 황홀하다, 아, 마치 바이올렛 꽃이 피어 있는 둑 위로 꽃향기를 훔치고 다시 풀어놓는 바람처럼, 달콤한 음악은 내 귓전에 출렁인다."

"십이야, 1막 1장."

그가 이끄는 대로, 나는 겨울날의 스산함과 봄의 들판을 방문한다. 사랑의 시작과 끝을 통과하고, 욕망의 무게에 휘청이고, 생의 빈 잔을 들었다 놓는다. 노래를 듣고 있는 것 같기도 하고, 영상을 보고 있는 것 같기도 하다. 나는 이야기의 주인공인 동시에 그것을 듣고 있는 사람이기도 하다. 혹은 모든 이야기의 창조자이기도 하다.

"청춘은 기쁨으로 충만하고, 노년은 근심으로 가득하다. 청춘은 여름날 아침이고, 노년은 벌거벗은 겨울의 나날이다, 청춘은 놀이로 가득하고, 노년은 숨 가쁘게 헐떡인다, 청춘은 민첩하고, 노년은 절뚝거린다, 청춘은 용감하고, 노년은 싸늘하다, 청춘은 거칠고, 노년은 유순하다, 노년이여, 나는 그대가 싫다, 청춘이여, 나는 그대가 좋다, 오, 나의 사랑이여, 그대는 젊다."

마지막 낭독이 끝나고, 그림처럼 앉아 있던 사람들은 박수도 없이 조용히 일어나 자리를 뜬다. 계단 구석구석에 놓여 있던 램프들이 꺼지고, 윌리엄이 앉아 있는 테이블 위의 작은 독서등 하나만 반짝인다. 그는 그대로 그 자리에 붙박혀 움직이지 않는다. 금세 사라질 것처럼. 먼지나 세월 같은 것이 되어 날아가버릴 것처럼.

"제일 마지막에 낭독했던 청춘과 노년에 대한 이야기는 어디에 나오는 거야?"

'셰익스피어의 방'에서 나와, 어디로 이르는 것인지 모를 긴 복도를 걸으며, 엠에게 묻는다.

"슬퍼하는 순례자."

나는 새삼 감탄하여, 엠을 바라본다.

"몰랐어. 그렇게 셰익스피어를 잘 알 줄은."

엠은 아무것도 아니라는 듯 겸손하게 웃는다. 그것이 엠의 좋은 점이다. 자신이 아는 것을 자랑하지 않고, 다른 사람이 모르는 것을 탓하지 않는다.

"물어보고 싶은 게 많았는데."

혼잣말처럼, 한숨을 섞어 나는 중얼거린다.

"뭐?"

"글쎄, 지금은 잘 모르겠어. 다만 한 가지."

"뭐?"

"행복할까? 그 사람은?"

"바보 같은 질문이네."

엠은 가볍게 웃고, 복도에 줄 지어 있는 문 가운데 하나를 연다. 훅, 하고 꽃의 향기가 끼쳐온다. 밤의 정원이다. 푸르스름한 안개가 끼어 있고, 때 아닌 장미꽃들이 무리지어 피어 있다.

"내가 좋아하는 문장이 있었는데. 오늘 듣지 못했어."

뒤늦게, 나는 하나의 후회를 떠올린다.

"뭔데?"

"슬픔에 관한 거였는데."

엠은 잠깐 눈을 감고, 골몰한다. 미간에 살짝 주름이 잡힌다.

"슬픔이란 실체는 하나지만, 스무 가지 그림자를 가지고 있다. 그것은 모두 슬픔 그 자체로 보이지만, 사실은 그렇지 않다. 슬퍼하는 눈은 사

람의 눈을 흐리게 하는 눈물로 가려져, 한 가지 사물을 수많은 것으로 보
이게 한다."

"응, 응, 그래, 맞아, 그거야. 리처드 2세에 나오는 말이지?"

정원 한쪽에 동그랗고 하얀 테이블이 있고, 그 위에 와인 한 병과
두 개의 글라스, 그리고 초콜릿 한 상자가 놓여 있다. 나는 어쩐지 조금
슬프고, 조금 난감해진다. 마치 근사한 파티에 초대를 받았는데, 너무 늦
게 도착해버린 것 같은, 혹은 인생에서 아주 중요한 것을 너무 늦게 알아
버린 것 같은 기분이다. 오래전에는 나의 것이었으나 더 이상은 아닌 열
정을 다시 만난 듯한. 하지만 와인은 생명을 머금은 듯 붉고, 장미는 죽음
에 저항하며 가느다란 꽃잎을 떨고 있다.

너무 많은 비극을 쓴 그 사람이 이곳에, 국경의 도서관에 있다. 지
상의 어떤 슬픔도 비껴가지 못하는 곳에서, 나는 슬픔의 스무 가지 그림
자를 헤아리며, 남은 생의 한 모금을 조심스럽게 마신다.

육체는 슬프다, 아아, 나는 만 권의 책을 읽지 못한다

_말라르메